Jennys Universum

Janine Tollot

Bibliografische Information der Deutschen National-bibliothek. Die Deutsche Nationalbibliothek verzeichnet diese Publikation in der Deutschen Nationalbibliografie; detaillierte bibliografische Daten sind im Internet über http://dnb.d-nb.de abrufbar.

DAS BUCH

Jenny ist eine Außenseiterin und wird von ihrer geistig kranken Mutter vernachlässigt. Durch einen Verkehrsunfall verliert sie ihre einzige Freundin. Sie verlässt ihr Heimatland – die Schweiz –, um in dem verschlafenen Nest Little Silence in Kanada ein solitäres Leben zu führen. Hier schreibt sie Romane und arbeitet in einem Lebensmittelgeschäft, wobei die immergegenwärtige innere Stimme oft ihre einzige Gesellschaft ist. Doch die Vergangenheit holt sie ein, und nach der Begegnung mit dem geheimnisvollen Jerry Lee, der wie ein Protagonist aus einem ihrer Romane aussieht, geschehen seltsame Dinge um sie herum. Am meisten macht ihr jedoch die unerwiderte Liebe zu Jerry Lee zu schaffen.

In all dem Chaos schließt sie Freundschaft mit Victoria, einem Mädchen, das in ihrer Nähe wohnt. Durch sie erinnert sich Jenny plötzlich wieder daran, dass sie Zeugin eines Mordes wurde, den sie verdrängt hatte. Jetzt will sie den Fall aufklären. Oder ist sie selbst die Mörderin?

Jennys Universum ist ein Roman voller mystischer Begegnungen, seltsamer Ereignisse und mit einem überraschenden Ende.

DIE AUTORIN

Die Schweizerin Janine Tollot wanderte im Jahr 2009 nach Kanada aus, wo sie heute lebt, arbeitet und schreibt.

Jennys Universum erschien in der 1. Auflage bereits 2007. Im Jahr 2015 werden drei weitere Fantasy-Romane das Licht der Welt erblicken, darunter das epochale zweiteilige Fantasy-Werk *Die Chroniken von Elexandale*.

Besuchen Sie die Autorin unter www.janinetollot.com

© Autorenfoto: Sharilyn Clowes

PROLOG

*E*s klingelte.

Jenny raste die Treppe hinunter und sprang mit einem Satz die letzten Stufen hinab bis vor die Haustüre und riss sie ungestüm auf. Das Keuchen blieb ihr im Hals stecken, als sie in dieses zerschlagene Gesicht blickte.

»Hat er dir wieder wehgetan?«

Ihre Freundin Sarah nickte. Jenny trat über die Schwelle und schloss die Tür hinter sich. Das Mädchen schaute beschämt zu Boden und versuchte, das geschwollene rechte Auge hinter einer Haarsträhne zu verbergen. Aber die von blauen und purpurnen Flecken verwüstete Wange war nicht zu übersehen. Getrocknetes Blut klebte an Nase und Oberlippe.

»Warum, Sarah?« Jenny trat ganz nahe an sie heran, weil Sarah nur wisperte, wenn sie über ihren Vater redete.

»Ich habe geflucht«, antwortete sie kaum hörbar. »Ich habe den Namen des Gottvaters in den Schmutz gezogen.«

»Aber deswegen darf er dich nicht schlagen«, empörte sich Jenny.

»Schscht!«, zischte Sarah und presste den Zeigefinger auf den Mund. Nervös blickte sie um sich.

Kein Mensch ging durch die Reinhardtstraße an diesem schwülen Sommertag. Die Bilderbuchfamilien in dem vornehmen Wohnquartier saßen wohl alle drinnen in der Kühle und schlürften Eisbecher. Die Gärten und die Straße wirkten wie eine Einöde, sterbend in der klebrigen Hitze.

»Es kann uns niemand hören«, stöhnte Jenny, genervt von Sarahs Beklemmung. Aber konnte man ihr böse sein? Es war der Vater, der das Kind so machte.

Sarah zwang sich, Jenny mit dem heilen Auge anzusehen. Es schimmerte eine Träne darin.

»Es geschieht mir ganz recht. Vater sagt, ich bin als Sünderin auf die Welt gekommen und als Sünderin werde ich sterben, egal, wie sehr ich mich anstrenge.« Ein Schluchzen ließ den mageren Körper erbeben.

Jenny schlang die Arme um ihre Freundin und drückte sie an sich.

»Das ist alles Quatsch, das weißt du. Ich bin deine Freundin, okay? Ich hab dich lieb!«

Sarah ließ Jenny los und putzte sich Rotz und Tränen mit dem T-Shirt ab. »Danke Jenny«, sagte sie leise.

»Wollen wir Ball spielen? Das wird dich ablenken.« Jenny lächelte Sarah aufmunternd an. Es war schwer, Sarah zu etwas Spaß zu bewegen. Doch ihr linkisches Augenzwinkern und das Grinsen halfen ihrer Freundin immer, die Schreckhaftigkeit zu überwinden. Sarah fürchtete sich for fast allem: vor den Kindern in der Schule, vor den Schatten der Bäumen und sogar vor Spielsachen ... doch am meisten fürchtete sie ihren Vater. Sie wurde wegen ihrer Furchtsamkeit gehänselt, was ihre Angst den Kindern gegenüber noch mehr nährte.

Auch über Jenny machten sich die Kinder in der Schule lustig. Sie war pummelig und in ihrem Gesicht sprossen Pickeln, obwohl sie erst neun Jahre alt war. Wie eine zweite Haut spannten sich die Geschwüre über die linke Gesichtshälfte. Der Arzt nannte es Akne, und es gab kein Medikament, das Jenny nicht schon ausprobiert hatte.

Biest und Bammelmäuschen wurden die beiden in der der Schule gerufen. Aber das war ihnen mittlerweile egal, denn sie hatten sich gefunden in dem Sturm aus Spott und Gemeinheiten, mehr brauchten sie nicht.

»Stört es denn deine Mutter nicht, wenn du nicht im Haus bist oder wenn wir zu laut sind?«

Jenny winkte ab. »Nein, meine Mutter interessiert sich nicht viel für mich. Die hat sich wieder im Zimmer eingeschlossen.«

»Warum?«

»Mutter sagt, sie ist gerne allein, und dann weint sie sehr lange, aber sie weiß nicht, warum.«

Sarah dachte darüber nach und ihr Blick verriet, dass sie es nicht verstand. Welches Kind verstand schon die seltsamen Sachen, die Erwachsene taten?

»Okay«, antwortete sie dann, kaum hörbar. »Ich versuche es.«

Die Mädchen sprangen hinaus in den Garten und Jenny schnappte sich den knallroten Ball, der im Sandkasten lag.

»Du sollst es nicht versuchen, du sollst einfach spielen«, rief sie. Um Sarah herauszufordern, warf sie ihr den Ball kräftig zu. Verzweifelt starrte das Mädchen das bedrohende Flugobjekt an, nicht wissend, wie sie damit fertig werden sollte. Da war es bereits zu spät: Der Ball prallte hart auf Sarahs Nase und sie taumelte rückwärts.

»Hoppla! Passiert nicht noch mal«, lachte Jenny. »Komm schon, wirf so kräftig, wie du kannst.«

Also kratzte Sarah zum zweiten Mal ihr bisschen Mut zusammen. Mit zitternden Händen hob sie den Ball auf und hielt ihn, als wäre er aus Glas. Doch genau wie Sarahs Wesen, war auch ihr Wurf: zaghaft und schwach. Jenny musste nach vorne springen, um den Ball zu erwischen. Dann positionierte sie sich mit leicht gespreizten Beinen und blickte auf den Ball, den sie in ihren Händen jonglierte. Sie holte mit der Wurfhand weit aus und schleuderte ihn mit voller Wucht.

Im hohen Bogen flog der Ball durch die Luft, und das verlieh Sarah endlich Wagemut. Den roten Punkt nicht aus den Augen lassend, sprang sie ihm hinterher.

Jenny war stolz auf ihren Wurf. So weit hatte sie

es noch nie geschafft. Sarah musste bis auf die Straße springen.

Glas blitzte im Sonnenlicht auf und dann verschwand die Welt um Jenny.

Eins

Liebevoll streichle ich Gamby über den Nasenrücken. »Bist du bereit?«

Das Pferd wippt mit dem Kopf auf und ab und schnaubt laut. Ohne eine weitere Aufforderung schwinge ich mich auf seinen Rücken. Nur ein leises Zungenschnalzen und der schwarze Riese setzt sich in Bewegung. Der Tag könnte nicht herrlicher sein. Nicht das feinste Wölkchen trübt den Himmel und mein sensibles Gemüt. Die Morgensonne ist noch weich, aber die Hitze schleicht bereits über das Land.

Eine nach Sommergras riechende Briese kühlt mein Gesicht. Ach, wie sehr ich diesen täglichen Ritt zur Arbeit liebe. Hier fühle ich mich wie im Garten Eden. Dieses Stück Welt ist so ganz anders als meine Heimat. Im Asphaltdschungel von Zürich bin ich aufgewachsen, der mir wie ein Gefängnis vorgekommen ist. Doch hier umgibt mich nur die wunderbare Mutter Natur.

Immer weiter entfernen wir uns, in einem leichten Trab, von unserem Zuhause. Immer weiter trägt Gamby mich in das weite ebene Tal hinaus, das zu unserer Linken von hohen, in ein dünnes Kleid aus Gras gehüllten Bergen und zur Rechten von einem dichten Wald flankiert wird. Ich reite auf den Horizont zu, wo schneebedeckte Gipfel in der Hitze glitzern. Es ist mir egal, wohin mich mein

Pferd führt, denn im Moment fühle ich nichts als Freiheit. Als will er es bestätigen, fällt Gamby in einen stürmischen Galopp und es kommt mir vor, als ob er über die Erde hinwegfliegt. Ich streichle über seinen Hals, an dem vor Anstrengung die Adern hervortreten. Der Wind rauscht und berauscht mich, Gambys wirbelnde Mähne kitzelt mein Gesicht und ich schreie vor Freude. Es dauert lange, bis die Energie mein Pferd verlässt und es in einen gemütlichen Schritt übergeht. Gamby weiß genau, wohin wir gehen.

Etwa eine Stunde Ritt ist es bis zum nächstgelegenen Dorf. Man nennt es Little Silence und es macht seinem Namen alle Ehre. Rund zweihundert Einwohner leben hier, es gibt einen bescheidenen Lebensmittelladen, einen Friseur, eine Tankstelle und eine vor Rauch dampfende Bar. Nur eine asphaltierte Straße führt durch das von der Welt vergessene Kaff im Herzen von British Columbia, alle anderen Wege bestehen aus Schotter.

Die Silhouette von Little Silence taucht nun zur Linken auf. Ich weiß nicht, warum, aber dieses Bild beschwört jedes Mal Unbehagen in mir herauf. Ich fühle mich nicht besonders wohl unter Menschen und manchmal erscheint mir sogar Little Silence eng und überbevölkert. Und die Leute saugen mich schier aus mit ihren Röntgenblicken. Wenn ich mit Gamby durch die Straße reite und auf Lextons Lebensmittelgeschäft zuhalte, in dem ich arbeite, kommt es mir vor, als hätte das Dorf auf mich gewartet. Als würden alle nur den Atem anhalten und sich von ihren alltäglichen Beschäftigungen abwenden, um mich zu beäugen. Die meisten Leute gaffen mich an, als wäre ich eine Außerirdische, aber manche kennen mich auch, oder besser, sie kennen mein Pseudonym – Jenny Hill. Doch ich zweifle nicht daran, dass keiner von diesen verkorksten Farmern auch nur den Titel eines meiner Bücher kennt, geschweige denn den Inhalt. Es ist bloß Neugierde, weil ich anders bin und vielleicht für ein klein wenig Abwechslung sorge. Denn wer ist so verrückt und führt heute noch ein Einsiedlerleben? Ich bewohne die alte Hütte am Rande der Welt seit knapp einem Jahr, doch irgendwann werde auch ich zu ihrem Alltag gehören.

Heute ist es nicht anders. Gambys Hufeisen klappern auf der Straße und erzeugen ein klirrendes Echo. Es ist mittlerweile heiß geworden und die Menschen von Little Silence haben sich auf ihre schattigen Veranden zurückgezogen, um im Schaukelstuhl zu wippen und Limo oder Bier zu schlürfen. Und natürlich, um mich ungeniert zu beobachten. Ich spüre die Blicke der Späher regelrecht auf meinem Rücken wie eine eklig kitzelnde Spinne. Bestimmt schütteln sie gerade die Köpfe, weil ich noch wie zu Wild-West-Zeiten mit einem Pferd und Packtaschen unterwegs bin. Nicht, dass es eine Straße zu meiner Hütte gegeben hätte. Das ist mir nur recht, denn ich hasse Autos, fürchte mich vor ihnen, ohne zu wissen, warum. Deshalb habe ich vor Jahren auf einer Farm in Lilooet als Hilfskraft gearbeitet und reiten gelernt. Als ich das nötige Kleingeld zusammengespart und etwas geerbt hatte, kaufte ich mein Traumhäuschen, wo ich in aller Ruhe meine Geschichten schreibe.

Drei Since Fiction Romane habe ich bereits veröffentlicht. Die ersten beiden liefen nicht besonders, aber die Verkaufszahlen von Sonnenwinde, der vor ein paar Monaten veröffentlicht wurde, sind vielversprechend. Es ist nur noch eine Frage der Zeit, bis mir der endgültige Durchbruch gelingt. Und dann werde ich nie mehr langweilige Jobs wie den in Lextons Lebensmittelgeschäft verrichten müssen.

Ich steige vom Pferd und führe es hinter den Laden, wo Lexton ein Stück Weide im Schatten eingezäunt hat. Dankbar schüttelt Gamby den Kopf, als ich ihm Sattel und Zaum abnehme.

»Du hast es gut.« Ich streichle ihn am Hals und er beginnt, das Gras zu zupfen. »Ich wünschte, ich könnte den Tag auch draußen in der Sonne verbringen!« Zum Glück ist heute Freitag. Samstag und Sonntag gehören der Freiheit. Mit einem befriedigten Seufzer trete ich in die Kühle des Ladens. Dabei fällt mein Blick kurz auf mein mageres Spiegelbild in der Glastüre, das mich jedes Mal erschreckt.

Du hast nicht immer so ausgesehen, sagt eine Stimme, meine alte Freundin, in mir.

»Hey Jen«, grüßt mich Lexton erfreut.

»Hey Lex.«

Ohne ein weiteres Wort beginne ich, die Produkte in die Regale einzuräumen, zähle, rechne und notiere, was bestellt werden muss. Hin und wieder bediene ich die Kasse, wenn Lexton im Hinterhof seine stündliche Zigarette raucht. Sehnsüchtig streift mein Blick immer wieder zur Tür, wo ein Sonnenstrahl in die Düsternis des Ladens fällt, als wolle er mich rufen, ich solle doch nach draußen kommen. Ich versuche mich auf die Arbeit zu konzentrieren, damit die Zeit schneller vergeht. Die Leute, die in den Laden kommen, grüße ich freundlich, ansonsten gehe ich ihnen möglichst aus dem Weg. Ihre Gesichter kenne ich alle, aber nicht einen Namen.

Die Zeit schleicht dahin, quält mich, aber der Feierabend kommt immer. Bevor ich nach Hause gehe, muss ich selbst noch einige Besorgungen machen.

So, was brauchen wir heute?, fragt mich die innere Stimme, die meine treue Begleiterin ist, seit ich denken kann.

Ich schlendere durch den Gang aus Regalen und ziehe, ohne wählerisch zu sein, Essbares heraus. Vollkornbrot, Nudeln, Reis, Schokolade, Müsli - einfach alles, was nicht in meinem Garten wächst.

Eine Packung Chips, die berühmten kanadischen Cookies, eine Flasche Ahornsirup und …

»So in Gedanken versunken, Miss?«

Erschreckt blicke ich hoch, direkt in ein von Runzeln und Falten geprägtes Gesicht, das mich verschmitzt anlächelt. Der Mann überragt mich um fast zwei Köpfe und trotz seiner hageren Riesenhaftigkeit wirkt er vertrauenswürdig.

»Oh, Verzeihung«, sage ich verlegen.

»Mein Name ist Samuel Tucker. Aber für Sie bin ich lieber Sam.« Er greift meine Hand und schüttelt sie energisch. Ich fasse es nicht. Der Alte hat mir seinen Namen genannt.

»Ich bin …«

»Jenny Hill, ich weiß, ich weiß.« Er lässt meine Hand los und begleitet mich auf meinem Spaziergang durch den Laden.

»Naja, eigentlich Jenny Lauper«, entgegne ich. »Aber meinen Familiennamen benutze ich schon lange nicht mehr«, füge ich leise hinzu, eher zu mir selbst sprechend. Warum empfinde ich diesem Namen gegenüber Abscheu? Sam scheint meine plötzliche Verwirrung nicht bemerkt zu haben.

»Wie lebt es sich da draußen?«

Es war vom ersten Tag an das Zuhause, das ich mein Leben lang gesucht habe.«

»Freut mich zu hören, freut mich wirklich!« Schräg, dieser alte Kauz, aber sehr liebenswert.

»Hast du morgen Abend etwas vor?«

Was? Will der dich etwa zu einem Date einladen?, japst meine innere Stimme.

»Wir feiern ein Fest«, erzählt Sam aufgeregt.

»Das ganze Dorf wird dort sein und du bist auch herzlich willkommen.«

»Natürlich, ich komme sehr gern!«

Bist du dir sicher?

»Wunderbar! Um acht Uhr also. Hat mich gefreut, Jenny Hill.« Er verbeugt sich wie ein Gentleman und ist für einen alten Herrn erstaunlich schnell aus dem Laden verschwunden. Lange stehe ich noch da, die Arme mit Einkäufen überladen, und starre zur Tür. Zum ersten Mal, seit ich hier wohne, habe ich mit jemandem Bekanntschaft geschlossen, abgesehen von Lexton. Bereitet mir das Angst oder Freude?

Die Packtaschen, die Gamby trägt, sind vollgestopft und festgeschnallt. Sam geht mir nicht aus dem Kopf.

Egal! Ab nach Hause an den Schreibtisch!, fordert mich die Stimme auf.

Gamby spürt meinen Drang und schreitet die Asphaltstraße hinab, die wie abgeschnitten mitten in der Prärie aufhört. Bald höre ich die Hufeisen meines Pferdes nicht mehr und widme meine Aufmerksamkeit der mich umgebenden Schönheit. Am früheren Abend – die Zeit ist mir egal geworden, seit ich hier lebe – bin ich wieder daheim. Das Häuschen aus Holz liegt verlassen am Waldrand, genau deshalb ist es mir so sympathisch. Die Veranda ist dem Westen zugewandt, wo ich oft stundenlang sitze und schreibe, und wenn abends die Sonne untergeht, tippen die Finger noch immer auf die Tasten, während mein Blick auf die feurige Kugel gerichtet ist. Der Stuhl, auf dem ich draußen zu sitzen pflege, ist unbequem und der kleine Tisch wackelt, weil er auf drei schiefen Beinen steht. Der Luxus gebührt Gamby. Seine von einem morschen Holzzaun umrahmte Weide ist fast eine Meile lang und eine halbe breit. Dort, wo die Ecke des Zaunes an den Gemüsegarten grenzt, wächst ein schattenspendender Hain.

Ich sattle mein Pferd ab und bringe die Ausrüstung in dem Schopf unter, der an die Hütte angebaut ist, dann betrete ich mein bescheidenes Zuhause durch die Verandatür.

Vertrautes Heim, Glück allein!

»Du sagst es«, antworte ich der Stimme laut.

Es gibt nur einen großen Raum in der Hütte. In der Mitte steht mein altes, karminrotes Sofa, das ich schon als Kind hatte. Von manchen Dingen konnte ich mich nicht trennen, so auch davon nicht. Wenn ich darauf sitze, schaue ich aus einem Fenster, das fast so groß ist wie eine Kinoleinwand, mit Blick auf Gamby und den Sonnenuntergang. An der gegenüberliegenden Wand der Verandatür in der linken Ecke steht das Bett.

Ich durchquere den Raum und verstaue die

Nahrungsmittel im Wandschrank. Es gibt kein warmes Wasser hier und Licht spenden mir Petroleumlampen und haufenweise Kerzen. Meine Geschäfte erledige ich irgendwo draußen und waschen tue ich mich in dem großen Holzbrunnen am Tor von Gambys Weide. Im Winter muss ich das Wasser auf dem Gasherd wärmen, falls es im Brunnen nicht gefriert. Aber noch ist es brütend heißer Sommer und was mich in wenigen Monaten hier draußen erwartet, soll mich noch nicht kümmern. Was mich jetzt noch interessiert, sind der Bleistift und die zahllosen leeren Blätter. Ich setze mich hinaus auf die Veranda und beginne zu schreiben. Alles, was meine Ohren noch wahrnehmen, sind das zufriedene Schnauben von Gamby und das Tastenklappern der alten Schreibmaschine. Und alles, was meine Augen noch sehen, sind die Wörter und Sätze, die unaufhaltsam auf dem weißen Blatt entstehen.

Zwei

Nur mit großer Überwindung habe ich mich von meiner Arbeit trennen können, die mich die ganze Nacht und den darauffolgenden Tag beschäftigt. Gamby und ich sind wieder auf dem Weg nach Little Silence und die letzten geschriebenen Sätze hallen noch in meinem Kopf. Gemütlich streift Gamby durch das kniehohe sommergrüne Gras. Die Sonne ist bereits hinter dem Horizont verschwunden und das flammende Licht, das sie zurücklässt, durchleuchtet ein leichtes Gespinst aus Federwolken. Die einsetzende Frische ist eine Erlösung und ich verliere mich in Gedanken. Erst, als Gamby vor Lextons Laden stehen bleibt, merke ich, wo ich bin. Nicht einmal das Hufgeklapper habe ich wahrgenommen.

»Ich kann mich glücklich schätzen, ein so schlaues Pferd wie dich zu haben«, sage ich zu meinem vierbeinigen Freund, tätschle seinen Hals, steige ab und bringe ihn auf die Weide. »Wünsch mir Glück!« Ich küsse seine Oberlippe. »Ich werde nicht länger als zwei Stunden weg bleiben.« Er blickt mir hinterher, wie ich dem Gelächter von Menschen folge, das nicht von weitem erklingt. Es führt mich die Straße hinab, weiter ins Dorf hinein. Es sind vielleicht fünfundzwanzig Häuser und Gebäude, die an die Hauptstraße – die Eternity Road - grenzen. Ich biege nach links ab, schlendere zwischen eng aneinander gebauten Häuschen hindurch, wie sie für die Kanadier typisch sind. Warum drängen diese Menschen ihre Häuser so dicht beisammen, wenn sie doch so viel Platz haben?

Die Schotterstraße führt mich auf eine große Wiese, wo die Menschenmasse von Little Silence versammelt ist, alle in Gespräche vertieft und in Gelächter verfangen. Holztische und Bänke sind aufgestellt worden, brennende Holzstrünke spenden Licht in der aufziehenden Nacht. Unmengen Köstlichkeiten sind aufgetischt worden, an denen sich die Leute nach Herzenslust bedienen. Schreiende und lachende Kinder springen zwischen den stehenden Erwachsenen umher, die bemüht sind, das Abendessen nicht fallen zulassen. Irgendwo höre ich jemand auf einer Gitarre spielen.

Halte dich lieber etwas abseits!

Die Dorfbewohner haben mich noch nicht bemerkt. So beginne ich, die Menschen mit wachen Augen zu beobachten, mir sämtliche Einzelheiten zu merken, ihre Gesten zu studieren und ihre Kleider in Gedanken zu beschreiben – das ist eigentlich der Grund, warum ich hierher gekommen bin.

»Hallo Jenny«, ruft eine bekannte Stimme.

»Hey Sam.«

»Schön, dass du da bist. Hast du schon von den Salaten probiert?«

»Nein, ich ...«

»Zuerst muss ich dir noch jemanden vorstellen.« Ehe ich mich versehe, werde ich auf die Menschenmasse zugezogen. Ich weiß nicht, was mir mehr Unruhe bereit, die bevorstehende Bekanntschaft oder mich in das Gewühl aus Gerede und Gelächter stürzen zu müssen. Die Leute treten zur Seite und mustern mich beim Vorbeilaufen aufmerksam, um sich sogleich wieder ihren Freunden zuzuwenden. Ich lächle ihnen verlegen zu und grüße jene leise, die mein Lachen erwidern. Obschon dieses Dorf wohl kleiner ist als irgendein Stamm in den Büschen Afrikas, kommt es mir vor, als nähme der Strom aus Menschen kein Ende, durch den mich Sam energisch zieht. Er steuert auf eine mächtige Trauerweide zu, die am Rande des Festplatzes steht. Die lang nach unten hängenden Äste verleihen ihr das Aussehen einer erstarrten Fontäne aus perlgrünen Blättern. Meine Umgebung lichtet sich allmählich, die Menschen stehen hier am Rande der Wiese nicht so dicht beieinander. Ein Schritt, und wir sind der Masse entkommen.

Was ich jetzt erblicke, lässt mich den Atem anhalten. Ein junger Typ steht alleine unter der Weide, die Hände vornehm hinter dem Rücken verschränkt. Regungslos wie eine Statue hält er sich aufrecht und blickt mich durchdringend an, so, als hätte er mich erwartet. Ich kenne dieses Gesicht! Ich kenne es ganz genau. Das ist doch Alexis!

Das Bild dieses Mannes verwahre ich seit fast zwei Jahren in meinen Gedanken und jetzt steht er leibhaftig vor mir. Er hat die genau gleiche Frisur wie die Figur aus meinem dritten Roman. Braunes Haar mit dunkelblonden Strähnen, das bis zum Nacken reicht und leicht nach hinten gekämmt ist. Sein schmaler Mund wirkt weiblich, die hohen Wangenknochen verletzlich. Das kindliche Gesicht ist dünn und wohlgeformt, die Haut hell und rein. Aber das Bemerkenswerteste sind seine Augen. Ihre Farben sind ein ruheloses Gemisch aus Grün, Blau und Grau. Die Lider eng, verleihen ihm einen unbewusst verführerischen Blick. Meine vermeintliche Traumgestalt ist einfach gekleidet: eine verblichene Jeans und ein dunkelblaues Karohemd, das er offen trägt, darunter ein weißes Hemd.

»Das ist mein Enkel Jerry Lee«, sagt Sam und will mich näher an mein Fantasiegeschöpf heranziehen. Aber ich stehe genauso an den Boden gefesselt da wie Jerry Lee. Sam lässt meine Hand los und schaut verwirrt zwischen mir und seinem Enkel hin und her.

»Kennt ihr euch etwa schon?«

Ja!, schreit meine innere Stimme.

»Nein«, lüge ich und zwinge mich aus meiner Erstarrung. Und sobald ich einen Schritt auf Jerry Lee getan habe, fällt mir diese Bewegung nicht mehr schwer, so als würde mich dieser Mensch wie ein Magnet anziehen.

»Es freut mich, dich endlich kennenzulernen«, sagt Jerry Lee. Seine tiefe Stimme birgt eine kaum hörbare Rauigkeit in sich, was sie erotisch klinken lässt. Ich strecke meine leicht zitternde Hand aus.

Fass ihn nicht an, sonst könnte sich der Traum in Luft auflösen! Schwach ergreife ich seine Hand.

»Ja … Hallo!« Mehr zu sagen bin ich nicht fähig und ich komme mir selten dumm vor. Seine stechenden Augen durchbohren mich schier. Wie kann so etwas möglich sein? Jerry Lee ist das exakte Abbild von Alexis.

Das ist ein Traum. Wach auf!

»Ich habe deine Bücher gelesen.« Er versucht, seine Aufregung zu verbergen, aber ich spüre sie deutlich. Sie ist längst nicht so schlimm wie die meine. Er weiß also über Alexis Bescheid. Ob ihm wohl die eigene Ähnlichkeit mit dem Romanheld aufgefallen ist? Ich beruhige mich mit dem Gedanken, dass jeder Leser die Figuren anders sieht, egal, wie detailliert sie beschrieben sind.

»Ach wirklich?«, erwidere ich, was mehr wie ein Hauchen als ein Sprechen klingt.

»Jerry ist der Sohn von Jeff McAuffrey, meinem Schwiegersohn. Du kennst doch die McAuffrey Farm?«

Ich nicke auf Sams Frage, ohne den Blick von Jerry Lee zu wenden. »Ja, aus der Ferne.«

»Es ist die größte Farm in der Umgebung. Jeff besitzt zweihundert Hektar Getreideland, rund fünfzig Rinder und zwanzig Pferde, ein Dutzend Angestellte und …«

»Bitte, hör auf damit!« Jerry Lee blickt seinen Großvater ermahnend, aber nachsichtig an, und dieser klappt seinen Mund zu.

»Ich bin für die Pferde meines Vaters verantwortlich«, wendet er sich wieder mir zu.

Ich bin immer noch sprachlos.

Nach einer verlegenen Pause fragt er: »Hättest du Lust, morgen mit mir auszureiten? Ich bin mir sicher, ich kann dir viele Orte zeigen, die du noch nicht entdeckt hast.«

Beobachtet er dich etwa seit einiger Zeit?

»Sehr gerne«, flüstere ich.

»Dann hole ich dich um sieben Uhr ab, solange es noch nicht zu heiß ist … und dir nicht zu früh.«

»Einverstanden.«

»Na dann«, sagt Sam zufrieden, »stürzen wir uns aufs Bankett!« Ohne sich umzuschauen, ob wir seinem Befehl Folge leisten, verschwindet er durch die Lücke zwischen den Menschen. Jerry Lee aber fixiert mich weiterhin mit seinen magischen Augen.

Er versucht, in dein Innerstes zu dringen!

Er schweigt, ich schweige. Nach ein paar Sekunden wird es mir peinlich, aber er lächelt mich nur an.

»Würdest du mich bitte kurz entschuldigen?«, frage ich mit erstickter Stimme.

Irgendetwas Undefinierbares steckt in meinem Hals fest, ich spüre, wie ich schwach werde.

»Natürlich«, sagt Jerry Lee und nickt kaum merklich mit dem Kopf. Auch er blickt mir hinterher, wie es viele immerzu tun. Ich bemühe mich, Anmut wirken zu lassen, aber die Welt schwankt unter meinen weichen Beinen und mir ist speiübel. Ich verlasse die Festwiese und torkle in die im Dämmerlicht brennende Prärie hinaus. Die Stille und die Einsamkeit hier draußen beruhigen mich. Meine Schritte werden zügiger, als hätte ich ein klares Ziel vor Augen. Aber ich habe keines, ich will nur weg. Erst, als ich ein paar dürre Büsche erreiche, erkenne ich ein Ziel. Ich muss ganz dringend! Ich schaue mich kurz um. Weit genug weg vom Getümmel. Gut. Schnell hinter dem Gebüsch verschwinden, Hose runter und die Erleichterung genießen.

Aber ich kann es nicht.

Der Klos in meinem Hals brennt, so dass es mir vorkommt, als würde ich durch den Mund pinkeln und mein Urin wäre kochend heißes Wasser. Tränen in den Augen lassen die Blätter vor meiner Nase doppelt und dreifach erscheinen. Ich weiß nicht, was mit mir los ist. Bin ich etwa nicht glücklich, dass ich endlich dem Mann meiner Träume begegnet bin? Ich habe mich in meine Romanfigur Alexis verliebt, so, wie es sich für einen Schriftsteller gehört. Aber das Originalexemplar ist noch unglaublicher, zu schön, um wahr zu sein!

Vielleicht weine ich deswegen – weil ich Angst habe, er könnte nur ein Traum sein.

»Was machst du da?«

Ich schrecke hoch, kaum habe ich zu Ende gepinkelt, und wäre beinahe auf dem Boden kauernd und mit heruntergelassener Hose zur Seite gekippt. Hinter mir steht ein Mädchen und grinst frech auf mich herab.

»Pinkeln. Siehst du das nicht?« Hastig stehe ich auf und zerre die Hose über meine Hüften. Sie antwortet nicht und fixiert mich weiterhin. Diese Menschen hier können einem mit ihren schweigenden Blicken in den Wahnsinn treiben, denke ich. Sie hat voll gelockte, dunkelbraune Haare, die ihr Mondgesicht umrahmen. Das Mädchen ist klein gewachsen, ihre Gestalt dünn und zart. Das schelmische Lächeln zeigt eine Lücke, wo die beiden oberen vorderen Schneidezähne fehlen.

»Wie heißt du?«, fragt sie mich. Ich bin erstaunt. Zum ersten Mal, seit ich hier lebe, fragt mich jemand nach meinem Namen.

»Ich heiße Jenny Hill. Und du?«

»Victoria Orsen.«

Ich schaue sie noch eine Weile an, aber sie schweigt wieder. Also drehe ich mich um und gehe zurück zur Festwiese. Die ersten Sterne blitzen am bordeauxvioletten Himmel auf. Victoria folgt mir, ich höre ihre tippelnden Schritte im Gras.

»Wo wohnst du?«

Ich verlangsame meinen Gang, um neben ihr zu gehen. »Ich wohne draußen in der Prärie, etwa zwei Stunden mit dem Pferd von hier entfernt. Mein Haus grenzt direkt an einem Wald.«

»Oh, du wohnst in der alten Charity Hütte?«

»Ja, kennst du sie?«

»Natürlich! Wir sind Nachbarn.«

Ich bleibe wie vom Blitz getroffen stehen. Nachbarn? Ich dachte, ich wäre allein dort draußen.«

Oh nein! Unsere Einsamkeit ist dahin.

»Nein, nein. Ich wohne mit meiner Mutter im Wald, nicht weit von der Charity Hütte entfernt. Wenn du willst, kann ich es dir zeigen.«

»Ja, tu das«, erwidere ich desinteressiert und setze mich wieder in Bewegung. Eigentlich leide ich unter klaustrophobischen Anfällen, aber dennoch stürze ich mich in das Meer aus Menschen, um die Kleine abzuhängen.

Was machst du hier eigentlich?

»Nach Jerry Lee Ausschau halten«, murmle ich vor mich hin. Er steht nicht mehr unter der Trauerweide und meine Worte gehen in dem Gelächter und Stimmengewirr unter. Dieses Mal machen die Leute mir keinen Platz. Geschmeidig wie eine Katze weiche ich Ellbogen und unachtsamen Füßen aus und schlüpfe zwischen den Lücken hindurch, ohne jemanden zu streifen. Aber egal, wie sehr ich mich anstrenge, ich finde dieses Gesicht unter den vielen Fremden nicht, als hätte das mystische Wesen niemals existiert.

Es ist besser so, Jenny, versucht die innere Stimme meine Enttäuschung zu beschwichtigen. *Lass uns nach Hause gehen!*

Ohne eine weitere Aufforderung verlasse ich das Fest und flüchte mit Gamby in die Nacht. Tatsächlich geht es mir jetzt besser. De frische Luft der Nacht bläst die Verwirrtheit aus meinem Verstand.

Drei

Der nächste Morgen trotzt nicht weniger vor Schönheit wie die vorhergegangenen. Das Morgenlicht strömt durch das Zimmer und wärmt mein Gesicht. Ich setze mich auf die Bettkante und gähne laut. Staubkörner schweben in dem weißgelben Sonnenstrahl, der durch das Fenster fällt, und je länger ich diese Stimmung betrachte, desto mehr erscheint es mir, als wären sie glitzernde Sterne, die einen wilden Tanz vollführen. Ein Blick aus dem Panoramafenster und ich sehe Gamby zufrieden grasen.

Jerry Lee!, erinnert mich die innere Stimme.

»Nichts weiter als ein dummer Traum«, entgegne ich und stehe auf. Ich bereite ein Frühstück aus Äpfeln, Birnen und trockenem Müsli vor und schüttle dabei lachend den Kopf. Manchmal träume ich wirklich verrückte Sachen. Das muss ich gleich aufschreiben! Könnte eine Geschichte wert sein.

Mit einer nie gekannten Seelenruhe genieße ich das bescheidene Frühstück und dann mache ich mich auf, mein Pferd zu füttern. Ich öffne die Haustür auf der Ostseite, wo mir am Morgen die aufgehende Sonne ins Gesicht lacht und mich der Tag begrüßt. Aber heute schweift mein Blick nicht zu der brennenden Kugel über der leicht geschwungenen Hügelkette sondern zu einer anmutigen Gestalt, die einen breitrandigen, leicht eingedrückten Hut aus Leder trägt. Vor Schreck stolpere ich die drei Stufen hinunter, aber Jerry Lee ist bereits am Fuß der Treppe, um mich aufzufangen. Seine Nähe betört mich, genauso, wie sie mich zutiefst verwirrt. Grob stoße ich ihn von mir weg und er tritt zwei Schritte zurück, in dem Wissen, mir zu nahe getreten zu sein.

»Ist alles in Ordnung?«

Nein, gar nichts ist in Ordnung, jetzt, wo du wieder vor mir stehst!

»Ja, ja, ich bin okay.«

»Hast du unsere Verabredung vergessen?«, fragt er und streift die Zügel über den Hals seines Schimmels, dessen Weiß mich blendet.

»Ja … Nein … Ich dachte nur, du …«

Still! Sonst hält er dich für verrückt!

»Was dachtest du?«

»Ach, vergiss es«, lächle ich, um meine Verstörtheit zu verbergen, und gehe um das Haus. Laut pfeife ich durch die Zähne und ein Wiehern kommt als Antwort zurück. Gamby steht bereits am Tor, stolz auf mich herabblickend. Jerry Lee ist mir beim Putzen und Satteln behilflich, schweigend, und zu allem Übel stelle ich fest, dass sein ganzes Erscheinen mit einer vollendeten Grazie erfüllt ist. Seine Hände sind zart, und mit geschickten Fingern schnallt er den Sattelgurt fest, legt Gamby sorgfältige den Zaum an. Jeder Handgriff sitzt, jede Bewegung fließt.

Er arbeitet schließlich täglich mit Pferden, Jenny!

Trotzdem! Er ist …

»So, das hätten wir«, sagt Jerry Lee zufrieden, lächelt und bindet den Strick los. »Ihr edles Ross ist bereit, Eure Majestät.«

Kichernd steige ich auf, während er die Zügel festhält. Dann packt er das Horn seines Sattels und schwingt sich mit einem Satz auf den Schimmel, ohne den Steigbügel zu gebrauchen. Erstaunlich, wie gut Pferd und Reiter zusammenpassen, beide geschmeidig und gertenschlank. Mit kleinen Schritten tippelt der Schimmel durch das taufeuchte Gras und Gamby lässt sich von seiner Motivation mitreißen. Dass Jerry Lee wie ein Bilderbuch-Cowboy aussieht, lässt ihn noch unwirklicher erscheinen.

»Wo warst du gestern Abend? Ich konnte dich nicht mehr finden«, begann Jerry Lee ein Gespräch.

»Genauso, wie ich dich nicht mehr gefunden habe.«

»Ich bin nicht sehr lange geblieben.«

Ich horche auf. »Warum nicht?«

»Weiss nicht.« Er zuckt mit den Schultern und starrt zu Boden. »Was soll ich da?«

Ich runzle die Stirn. »Waren deine Freunde nicht dort?«

Er schüttelt den Kopf und blickt in die Ferne.

»Ich habe nicht viele Freunde. Um ehrlich zu sein, nur meinen Großvater und Jack.«

»Wer ist Jack?«

Jerry Lee tätschelt den Hals seines Schimmels. »Das ist Jack.«

Ich muss lachen. »Dein Pferd heißt Jack?«

»Meine Mutter hat ihm diesen Namen gegeben. Es war ihr Pferd.«

»Jetzt nicht mehr?« Ich blicke ihn von der Seite an und erkenne, dass er nach einer Antwort sucht. Bevor auch nur ein Wort über seine Lippen kommt, kenne ich sie bereits.

»Sie ist tot.«

Ich sage nichts, denn ein *Das tut mir leid* hört sich so gestelzt an. Wenn er möchte, wird er weiter erzählen. Aber er tut es nicht. Schweigend reiten wir nebeneinander her. Unsere Verschwiegenheit stört mich nicht, im Gegenteil, ich genieße die frohmutige Stimmung des Morgens. Der Tau schwindet allmählich von den Gräsern und fast meine ich es wachsen zu hören. Nur die Grillen schweigen niemals und es kommt mir vor, als verstehe ich das Chaos ihres Zirpens. Plötzlich erscheint es mir wie ein herrliches Orchester, das die vollendete Harmonie der Musik beinhaltet. Ich versinke in Gedanken und vergesse die Illusion neben mir. Es schwillt an und wieder ab, kommt näher, entfernt sich, macht mich müde, macht mich traumversunken.

»Hast zu Lust zu traben?«, reißt mich plötzlich eine Stimme aus meiner Losgelassenheit. Ich presse die Augen zweimal fest zusammen und schüttle den Kopf, um wieder einen Gedanken zu fassen. Ich blicke Alexis – nein, Jerry Lee – an und plötzlich gerät das Zirpkonzert so durcheinander, als hätten die Grillen ihre Notenblätter verloren.

»Natürlich«, antworte ich und presse die Fersen sanft in Gambys Bauch. Wir reiten über die Prärie auf den Westen zu, während die Wärme der Sonne uns in den Rücken fällt. Bald treiben wir die Pferde in einen Galopp und die beiden liefern sich ein halsbrecherisches Rennen. Wir lassen sie und lachen ausgelassen. Keiner ist der Gewinner, denn wir müssen Gamby und Jack in den Schritt bringen, ansonsten wären sie gerannt bis zum Kollaps.

Jerry Lee dirigiert Jack nach links, ohne, dass man irgendetwas von den Hilfen sah, die er dem Pferd gibt. Lenkt er es mit seinen Gedanken? Die beiden führen uns in den Wald. Die Bäume stehen licht beieinander, so dass wir uns in einem willkürlichen Slalom fortbewegen. Die Schritte der Pferde erzeugen ein Rascheln im trockenen Laub, Amseln zwitschern in ihren Verstecken. Es ist noch kühl im Wald, welcher vom Morgenlicht in ein flammenloses Feuer getaucht wird. Mein Blick verliert sich in dem Schachbrett aus Licht und Schatten, das Sonne und Blätterwerke auf den Boden werfen. Schon nach wenigen umkurvten Bäumen habe ich die

Orientierung verloren. Je weiter wir in den Wirrwarr aus schlanken Birken und buschigen Eichen vordringen, desto steiler steigt der Boden an. Als das Marschieren für die Pferde schweißtreibend wird, kommen wir aus dem Wald. Jerry Lee führt uns einen steilen Hang aufwärts, der von trockenem, braunem Gras überzogen ist. Nun können wir über das weite Tal blicken, durch das ich so oft reite. In der Ferne sehe ich mein Haus als ein kleines Pünktchen, dort, wo ein alter Tannenwald wie Wellen an einer Bergkette hinaufwächst.

»Das hier ist mein liebster Platz«, sagt Jerry Lee und bringt sein Pferd zum Stehen. Vom höchsten Punkt dieses Berges – es müssen etwa 3900 Fuß sein - lassen wir unsere Blicke über die Welt schweifen, die mir von hier aus unendlich vorkommt. Hinter uns ruht ein kleiner See, dessen Wasser so regungslos ist wie Jerry Lee auf seinem Pferd. Kein Lüftchen weht und es herrscht die leiseste Stille, die ich je gehört habe.

»Was hast du gesagt?« Gedankenverloren, wie ich bin, waren seine Worte nur ein fernes Flüstern gewesen, als hätte er aus einer anderen Welt zu mir gesprochen.

Du bist in einer anderen Welt.

»Ich fragte, ob es dir gefällt.«

»Ja«, platze ich heraus, mehr kann ich dazu nicht sagen. Für diesen Anblick würde nicht einmal der geübteste Schriftsteller die treffenden Worte finden. Alles gleicht einer Realität, die mit einem Traum verschmilzt. Tief atme ich den Geruch von Freiheit ein.

»Ich komme oft hierher, um nachzudenken. Manchmal schlafe ich auch hier. Du solltest unbedingt diesen Sternenhimmel sehen!«

Vorsicht, das ist ein Annäherungsversuch!

»Wir können das jederzeit tun«, ignoriere ich die Stimme, denn nichts möchte ich mehr, als neben Jerry Lee zu liegen und die Pracht des Universums zu bewundern, bis mir die Äuglein zufallen. Aber dennoch ... dennoch ist da irgendetwas zwischen uns, das ich nicht zu erklären vermag, das mir unbegreiflich ist.

Es ist eine Mauer, die du nicht durchbrechen kannst.

Ja, das ist es! Ich bin Jerry Lees Schöpferin. Mit ihm eine romantische Beziehung einzugehen, verstößt gegen jedes Naturgesetz. Es würde mir wie Vergewaltigung vorkommen.

»Lass uns gehen.« Etwas zackig wende ich Gamby, um Jerry Lees verwunderten Gesichtsausdruck nicht ertragen zu müssen. Aber es nutzt nichts, denn ich spüre seine Enttäuschung so deutlich, als würde sie mich mit glühend heißen Händen streicheln.

»Hast du noch etwas vor?«

»Eine Geschichte wartet darauf, fertig geschrieben zu werden.«

Auf dem Heimweg fragt mich Jerry Lee, warum es mich nach Little Silence verschlagen hat.

»Ich habe die Stadt nicht mehr ausgehalten«, antworte ich knapp.

»Sind Städte denn wirklich so schlimm?«

»Ja, das sind sie. Ein lärmendes und stinkendes Gefängnis, in dem du täglich befürchten musst, auf brutale Weise zu sterben.«

Er lacht auf. »Du übertreibst.«

Ich erwidere sein Lachen nicht, denn ich meine es todernst. Mir ist bewusst, dass ich eine extreme Einstellung zu vielerlei Dingen habe, aber so bin ich nun mal.

»Fühlst du dich nicht einsam in diesem Haus?«

»Einsamkeit ist ein Segen. Niemand, der mir sagt, was ich tun und lassen soll. Keine Gefahren. Ich kann nun mal mit Menschen nichts anfangen, und sie nicht mit mir.«

»Aber was ist mit deiner Familie?«

Schmerzende Erinnerungen kommen hoch. Ich kehre einen Moment in sie zurück, bevor ich antworte, denn viele Dinge in meiner Vergangenheit sind verschwommen.

»Mein Vater hat Mutter verlassen, als ich noch ein Baby war. Mit ihr habe ich mich nie besonders gut verstanden, wie mit allen anderen auch. Sie bezeichnete mich als seltsam, und ich hatte auch immer das Gefühl, dass irgendetwas nicht mit ihr stimmt. Als ich achtzehn war, hat sie sich erhängt.

Danach hat mich in der Schweiz nichts mehr gehalten.«

»Und nach ihrem Tod bist du nach Kanada gekommen?«

»Ja, Mutter hat mir Geld hinterlassen, mit dem ich die Charity Hütte gekauft habe.«

»Vermisst du deine Heimat nicht?«

»Um Gottes Willen, nein! Ich bin heilfroh, hier zu sein.«

Er lächelt und meine Welt ist wieder geheilt. Plötzlich fällt es mir leicht, Jerry Lee zu akzeptieren. Was kann denn schon Schlimmes passieren, wenn wir uns anfreunden?

Auf dem weiteren Weg reden wir über belanglose Dinge und ich genieße die Unbeschwertheit. Zu Hause angekommen, bedanke ich mich bei ihm und wir verabreden uns für den nächsten Tag zu einem weiteren morgendlichen Ausritt. Voller Motivation setze ich mich mit der uralten Schreibmaschine auf die Veranda und spanne ein leeres Blatt ein. Das Letzte, das ich gestern geschrieben habe, bevor ich zum Fest aufbrach, lautet:

Vor ihnen tat sich ein gigantisches Wurmloch auf, dessen Maul das eines Monstrums zu sein schien. Sein Schlund war unergründlich und niemand wusste, wo sie dieses Mal landen würden – vielleicht würden sie nirgendwo mehr landen.

Die Geschichte spielt im Jahre 4'350. Die Erde ist seit 2'000 Jahren zerstört und nun ist auch das Universum dem Untergang geweiht, denn der Urknall hat seine größte Ausdehnung erreicht und jetzt läuft der Prozess rückwärts. Alles zieht sich wieder zusammen. Eine Hand voll Menschen – die letzten Überlebenden – versuchen verzweifelt, durch Wurmlöcher dem Ende zu entkommen, aber ihr Weg ist mit allerlei Strapazen gepflastert.

Ich positioniere meine zehn Finger auf den Tasten und warte. Warte auf eine Eingebung. Doch ich warte vergeblich. Eigentlich ist es ganz einfach: Das Aussehen des Wurmlochs beschreiben und die turbulente Fahrt hindurch als Szene darstellen. Doch es ist, als hätte mein Verstand verlernt, wie man Wörter zu einem sinnvollen Satz zusammenfügt. Mit jeder tatenlosen Sekunde, die verstreicht, versteifen sich meine Finger mehr. Es ist, als hätten auch sie die göttliche Gabe des Schreibens vergessen. Mein Blick schweift hinüber zu Gamby, der zufrieden grast und nichts von meiner Misere ahnt. Ich blicke noch weiter zu der Bergkette am Horizont, in der Hoffnung, dort eine Inspiration zu finden. Nichts. Mein Kopf ist so leer wie das Papier, das in der Maschine geduldig darauf wartet, mit Buchstaben eingekleidet zu werden.

Du hast eine Schreibblockade.

Frustriert reiße ich das Blatt heraus, zerknülle es und werfe es fort. »Aber warum?«

Jerry hat deine Sinne verwirrt.

Zum ersten Mal flüstert die innere Stimme nicht

mehr, sie spricht plötzlich laut, so, wie ich zum ersten Mal in meinem Leben nicht fähig bin, eine Geschichte weiterzuschreiben. Immerzu habe ich auf diese Stimme gehört und nie hat sie mir den falschen Weg gewiesen. Das ist eine Warnung! Ich sollte unbedingt auf sie hören.

Du darfst ihn nicht wiedersehen!

Etwas Rotes draußen auf der Wiese zieht meine Aufmerksamkeit auf sich. Langsam wird der Punkt größer und ich erkenne eine kleinwüchsige Gestalt. Ein Mädchen. Es winkt mir zu, hüpft durch das kniehohe Gras.

»Victoria«, stöhne ich auf. Die hat mir gerade noch gefehlt! Sie läuft am Zaun von Gambys Weide entlang und bleibt keuchend am Fuß der Verandatreppe stehen.

»Hallo Jenny.« Sie lächelt keck mit der Zahnlücken zu mir auf.

»Hallo Vic.«

»Was machst du da?«

»Das ist eine gute Frage.«

»Darf ich dir zeigen, wo ich wohne?«

»Nein, nicht jetzt. Ich muss …«

Vom Rumsitzen kommt dir sowieso nichts in den Sinn.

»Na gut. Etwas Abwechslung wird mir gut tun.«

Ich stehe auf und springe mit einem Satz über die drei Stufen hinab. »Wollen wir dorthin reiten?«

Victoria verzieht das Gesicht zu einer angewiderten Grimasse. »Nein. Ich hasse Pferde.«

Okay, jetzt hat sie gerade einen Sympathiepunkt bei mir verloren.

»Komm, rennen ist viel besser.« Sie packt meine Hand und zieht mich mit. Wir springen am Zaun entlang und wo er endet, führt mich Victoria nach links, hinein in den Fichtenwald. Ich habe diesen Wald oft durchstreift und gedacht, ich kenne ihn. Aber wo Victoria mich durchführt, kommt mir nichts bekannt vor. Der Wald erscheint mir düsterer als sonst, gar unheimlich. Die pyramidenförmig wachsenden Baumkronen vereinen sich hoch über uns zu einer dichten Decke, die kein Licht durchlässt, als hätten die Tannen Angst, es könnte ihre empfindlichen Wurzeln verbrennen. Der Boden ist ein Teppich aus rotbraunen, trockenen Nadeln, auf denen unsere Schritte federn.

»Hast du das gehört?« Abrupt bleibe ich stehen und reiße dabei Victoria ungewollt grob zurück.

»Was meinst du?«

Ich horche angestrengt. Da war etwas gewesen, ganz leise. »Jemand hat geflüstert«, und gerade in diesem Moment höre ich es wieder. Eine undefinierbare Stimme, weder männlich noch weiblich. Verführerisch und dennoch bedrohend. Sie ist überall. Direkt neben mir und in der Ferne, hinter den Bäumen und in ihren Kronen.

»Ach so.« Victorias Ruf erzeugt dabei ein langanhaltendes Echo, als wäre der Wald von einer hohen Mauer umgeben. »Das ist nur der Wind.«

»Der Wind flüstert?«

»Alles flüstert.« Sie redet gedämpft unter vorgehaltener Hand, wodurch sie mein Unbehagen noch verschlimmert. »Der Wind, die Bäume, der Regen und manchmal sogar das Gras.« Sie zieht mich wieder vorwärts. »Komm jetzt!«

Ich versuche meine Angst vor Victoria zu verbergen, schließlich ist sie das Kind. Aber ich fühle mich immer enger in die Mangel genommen, je tiefer wir in das Labyrinth der hochragenden Stämme eindringen. Die Luft ist irgendwie stickig, das Atmen fällt mir schwer. Der kaum spürbare Wind flüstert weiterhin, aber ich verstehe seine Sprache nicht. Ich weiß nur, dass es mir Unbehagen bereitet. Ist es vielleicht eine Warnung, dem seltsamen Mädchen nicht weiter zu folgen? Mir kommt es vor wie eine Ewigkeit, bis wir endlich Victorias Zuhause erreichen. Es ist ein altes Waldhaus, das auf einer Lichtung thront. Und im ersten Moment bin ich so entzückt, dass ich meine Anspannung vergesse. Es sieht der Charity Hütte nicht unähnlich, einfach gebaut aus Fichtenholz, mit einem moosbewachsenen Ziegeldach und einem schiefen Schornstein obendrauf. Das unermüdliche Kind besteht darauf, mir das Haus zu zeigen.

Der Geruch von frisch gebackenem Schokoladenkuchen lässt mir das Wasser im Mund zusammenfließen, als wir durch die Haustür treten. Ich denke an das Lebkuchenhaus aus dem Märchen *Hänsel und Gretel* und meine innere Stimme lacht auf.

Das Hexenhäuschen birgt drei Räume: Victorias Kinderzimmer, in dem ein schmales Kurzbett steht, eine antike Kommode im englischen Stil und ein Schaukelpferd. Im Schlafzimmer ihrer Mutter gibt es nur ein Bett und einen Kleiderschrank, der ohne Zweifel ein gemütliches Zuhause für Motten ist. Küche und Wohnzimmer bilden einen Raum. Ein alter, aber gepflegter persischer Teppich bedeckt die Holzlammelen des Wohnzimmers. Gekocht wird in einem Topf, der über einer Feuerstelle hängt. Da drinnen braut die Hexe also ihren Zaubertrank. Mir kommt es vor, als wäre ich zweihundert Jahre in die Vergangenheit zurückversetzt.

Aufmerksam schaue ich mich in Victorias Zimmer um. »Ist deine Mutter nicht zu Hause?«, frage ich, während ich die vielen Zeichnungen betrachte, die sorgfältig an die Wände geklebt sind.

»Nein, sie ist einkaufen«, antwortet sie, ohne den aufmerksamen Blick von mir zu wenden. Victoria malt sehr gut, aber die Bilder erschrecken mich zutiefst. Eines zeigt ein Mädchen in einem Auto, das ein Kind überfährt. Ein anderes Bild zeigt, wie zwei Mädchen sich an den Händen halten. Es scheinen Zwillinge zu sein. Das eine Mädchen lacht, trägt einen bunten Rock und hat lange, blonde Locken. Das andere aber hat eine Glatze, es weint, sein Kleid ist zerschlissen und dort, wo das Herz ist, strömt Blut als Fontäne aus der Brust. Auf dem dritten Bild sehe ich ein Kind, nicht zu sagen, ob Junge oder Mädchen, das eine Klippe hinunterpurzelt, wo in einer Grube behaarte Ungeheuer mit weit aufgerissenen, sabbernden Mäulern und spitz herausragenden Zähnen auf die Kost warten.

»Hast du diese Bilder gemalt?«, frage ich mit flacher Stimme.

»Ja«, ruft Victoria und lächelt mich voller Stolz an. »Gefallen sie dir?«

Mit diesem Mädchen stimmt etwas ganz und gar nicht. Jedes Bild zeigt Gewalt.

Ach was, sie hat nur eine seltsam ausgeprägte Fantasie!, versucht mich die innere Stimme zu beruhigen.

Ein Knacken bewahrt mich davor, ihr antworten zu müssen. Ich fahre erschrocken herum. »Ist das etwa auch der Wind?«

»Nein«, antwortet Victoria, wobei sie das ‚Nein‘ übertrieben genervt in die Länge zieht und die Augen verdreht. »Das ist das Haus.«

»Ach, Quatsch!« Ich verlasse eilig das Zimmer. Es wird mir mit jedem Augenschlag unheimlicher.

»Doch«, entgegnet das Mädchen beleidigt. »Das Haus redet manchmal mit mir, wenn ich mich einsam fühle. Auch dein Haus spricht.«

Das Hexenhäuschen erscheint mir plötzlich

nicht mehr heimelig, sondern viel zu eng, als würden sich die Wände auf mich zu bewegen und den Raum verkleinern. »Erzähl keine Lügengeschichten.« Verzweifelt versuche ich, die Beherrschung zu wahren.

Raus hier!

Hastig trete ich durch die Tür ins Freie, gefolgt von Victoria. Ich sauge die Waldluft tief in mich ein, aber die beruhigende Wirkung bleibt aus. Die Luft ist alles andere als frisch.

»Was riecht hier eigentlich so seltsam?«

Wieder schaut mich Victoria mit gerunzelter Stirn an. »Was meinst du?«

»Es riecht irgendwie nach … nach …«

… verbranntem Gummi, nach Qualm, nach Tod.

»Ach, vergiss es«, winke ich ab und schreite den Hügel hinab.

»Wohin gehst du?«

»Nach Hause.«

»Darf ich mitkommen?«

»Nein, Victoria. Ich hab noch viel zu tun.«

Das Mädchen spitzt die Lippen zu einem Schmollmund, ihre Augen werden glasig.

Sie tut mir leid. Bestimmt fühlt sie sich einsam hier draußen. Wie kann eine Mutter ihr Kind allein im Wald zurücklassen? Nicht dass es hier böse schwarze Männer gibt, doch wie ich Victorias Fantasie einschätze, kommen ihr bestimmt eine Unmenge verrückter Dinge in den Sinn, um sich zu beschäftigen. Aber das erklärt nicht diese Bilder. Und dass die Mutter erlaubt, diese schaurigen Zeichnungen aufzuhängen!

Ohne ein weiteres Wort wende ich mich ab und laufe zurück in den Wald. Ich befürchte, dass Victoria mir folgt, aber als ich mir sicher bin, dass sie es nicht tut, beginne ich zu rennen. Schneller und immer schneller. Dünne Schleier aus Nebel haben sich im Wald ausgebreitet und bald habe ich die Orientierung verloren. Es ist, als würden die Bäume sich mir in den Weg stellen, als hätten sie Augen, um mich zu beobachten. Und das Geflüster des Windes ist in Spott umgeschlagen. Als ich völlig erschöpft endlich den Waldrand erreiche, ist es bereits dunkel geworden. Mit schmutzigen und schweißdurchtränkten Kleidern lasse ich mich ins Bett fallen, doch obwohl ich todmüde bin, will der Schlaf mich einfach nicht einlullen. Mit krampfhaft geschlossenen Augen und die Decke bis zum Kinn hochgezogen, versuche ich, die schrecklichen Zeichnungen und den Horrortrip durch den Wald zu vergessen.

Morgen wird alles nur noch halb so schlimm sein!

Auch dein Haus spricht, spuken mir Victorias Worte durch den Kopf. Und in genau diesem Moment höre ich ein ähnliches Geräusch wie jenes, das ich in ihrer Hütte gehört habe. Ein Knacken und Poltern, als würde jemand mit geballter Kraft und bloßer Faust eine Holzlatte zerschlagen. Hier ist das Geräusch lauter, oder bilde ich mir das nur ein? Das Knacken und Knarren ertönt immer wieder von irgendwo her und überall. Angst treibt den Schweiß aus meinen Poren und macht mich starr wie eine Leiche. Was zum Teufel ist das?

Nur mit größter Mühe überwinde ich meine Lähmung und stehe auf. Wie ein Geist wandle ich durch den Raum nach draußen. Der Vollmond taucht die Welt in silbernes Licht, was mich daran zweifeln lässt, ob ich wirklich wach bin.

Ich rufe und suche, entdecke aber niemanden. Auch hier draußen höre ich das Geräusch, gedämpft, und jetzt wird mir klar, dass es von drinnen kommt.

Auch dein Haus spricht.

Ich wage mich nur hinein, um die Bettdecke zu holen. Diese Nacht verbringe ich auf Gambys Weide. Es ist kühl und feucht, aber das ist mir egal, solange ich die Nacht nicht in diesem Spukhaus verbringen muss. Erst, als der Himmel im Osten sich von Schwarz in ein Dunkelblau färbt, schlafe ich endlich ein.

Vier

*E*twas kitzelt meine Wange. Ein Schnauben dröhnt in meinem Ohr.

»Gamby!« Schlaftrunken drehe ich mich um und blicke direkt in das lange Gesicht meines Pferdes. Es wippt aufgeregt mit dem Kopf auf und ab. »Ja, ich weiß! Ich habe gestern Abend vergessen dich zu füttern.« Ich erhebe mich mit weichen Knien und streichle ihn an den Nüstern. »Tut mir leid. Dafür gibt's heute eine Extraportion.«

Mit Erschrecken stelle ich fest, dass bereits wieder Montag ist und ein Blick auf die Uhr verrät mir, dass ich in etwa einer Stunde auf der Arbeit antraben muss. Ich spurte mich, um Gamby zu füttern und gehe dann mit der Decke zurück zum Haus. Wie angewurzelt bleibe ich auf der Veranda stehen. Der Schreck hat mich nicht verlassen, während ich geschlafen habe.

Auch dein Haus spricht.

»Diesen Bockmist habe ich mir nur eingebildet!«

Entschlossen betrete ich das Haus, werfe die Decke aufs Bett, die nass vom Tau ist. Mit einem trockenen Müsli setzte ich mich auf die Veranda und kaue gedankenverloren vor mich hin. Der bevorstehende Tag graut mir, doch dass Jerry Lee mich am Abend in Little Silence abholt und wir zur Farm seines Vaters reiten, macht mir Mut.

Nach fünf Bissen gebe ich auf. Es bleibt ohnehin

keine Zeit dafür. Ich sattle Gamby und reite los, so schnell ich es ihm zumuten kann.

Wie eine Befreiung ist es, als ich bei Feierabend aus dem Laden trete und als erstes fällt mein Blick auf meine geliebte Augenweide, vor der sich ein Teil in mir so fürchtet.

»Hey!« Ich lächle Jerry Lee an. Heute hat er nicht den Schimmel Jack gesattelt, sondern einen braun-weiß gefleckten Pinto.

»Guten Abend.« Er mustert mich mit einem durchdringenden Blick. »Ist alles in Ordnung?«

Ich wundere mich, dass er meine Unruhe schon nach zwei Sekunden spürt.

Er kann deine Gedanken lesen.

»Ja, alles in Ordnung«, antworte ich wenig überzeugend, aber er ist so taktvoll und geht nicht weiter darauf ein. »Und wer ist dieses Pferd?«

»Das ist Flip. Mein Vater hat ihn gestern verkauft. Morgen wird er abgeholt.«

»Wer hat ihn gekauft?«

»Sandra.« Sein Gesicht nimmt eine sehnsüchtige Miene an.

Ich steige auf und unsere Pferde setzen sich in Bewegung. »Wer ist Sandra?« Ich mustere ihn von der Seite, während wir die Straße hinabreiten. Da ist mehr. »Seit ihr Freunde?«

»Ich wünschte, das wären wir.« Jerry Lee lacht auf, aber sein Lachen klingt bitter. »Sie kommt nur auf die Farm, um reiten zu lernen.«

»Sie kommt regelmäßig zu euch, mehr kannst du dazu nicht sagen?«

Jerry Lee schaut mich verlegen an, um dann den Blick wieder auf den Boden zu heften, wo die Hufe der Pferde Staubwölkchen aufwirbeln. Er schweigt.

Er ist in sie verliebt.

»Du liebst sie, nicht wahr?«

Noch immer wagt er nicht, mich anzusehen, als würde er sich dafür schämen. Er nickt nur schwach, aber die Wirkung, die diese Geste erzielt, ist schmerzhafter als alles, was ich bisher zu kennen geglaubt habe.

»Seit ich denken kann«, versetzt er mir einen weiteren glühenden Stich in die Brust.

»Weiß sie es?«

»Nein, ich glaube nicht. Jedenfalls zeigt sie kein Interesse an mir.«

»Dann musst du ihr Interesse wecken.«

Was tust du denn da?

»Kannst du mir dabei helfen?«

»Mal sehen«, sage ich und treibe Gamby in den Trab. Jerry Lee holt mit dem Pinto schnell auf.

»Und was schlägst du vor?«

»Siehst du sie manchmal auch im Dorf?«

»Ja, sie kauft jeden Dienstag bei Lexton ein.«

»Gut, das ist morgen und du wirst auch da sein.«

»Was genau hast du vor?«

»Nicht ich habe etwas vor, sondern du. Ich stehe

nur hinter dir, um dir in den Allerwertesten zu treten.«

Jerry Lee schüttelt lachend den Kopf.

»Kennst du ein kleines Mädchen namens Victoria?«, lenke ich ein neues Thema ein.

Er überlegt kurz, die Augen zu schmalen Schlitzen zusammengepresst, genau so, wie ich es Alexis habe tun lassen, wenn er nachdachte. Doch nach einer Weile schüttelt er den Kopf. »Nein. Es lebt kein Mädchen in Little Silence, das Victoria heißt. Glaub mir, ich kenne so ziemlich alle Einwohner.«

»Sie lebt nicht im Dorf, sondern in dem Wald, der an mein Grundstück grenzt.«

»Es gibt niemanden, der dort wohnt. Kein Haus liegt weiter abseits von Little Silence als die Charity Hütte.«

Ich gehe nicht weiter darauf ein, bin mir sicher, dass er einfach nichts von dem Lebkuchenhaus in dem Tannenwald weiß. Und Victoria scheint kein Mädchen zu sein, das zum Spielen bis ins Dorf geht.

Aber ihre Mutter geht bestimmt dort einkaufen.

Während der Arbeit sollte ich zukünftig darauf achten, wer ihre Mutter sein könnte.

»Kann es sein, dass es in meinem Haus spukt?« Ich erschrecke über meine Direktheit und bereue sie im selben Moment.

Jerry Lee zieht beide Augenbrauen hoch und schaut mich irritiert an. »Wie kommst du darauf?«

»Na ja«, zögere ich, nach den richtigen Worten suchend. Ich komme mir so bescheuert vor, aber jetzt ist es zu spät. »Ich höre manchmal seltsame Geräusche.«

»Die Hütte ist alt. Das sind bestimmt das Holz und der Wind.«

»Ja, bestimmt.« Aber seine Worte beruhigen mich nicht. »Wer hat vor mir darin gewohnt?«

»Charlie Bexter. Er war der beste Freund meines Großvaters.«

»Ist mit ihm was Schlimmes passiert?«

»Ich wünschte, ich wüsste es. Er ist eines Tages verschwunden. Er war ein Einsiedler und etwas merkwürdig. Deshalb glauben viele Leute in Little Silence, dass er weggegangen ist, um zu sterben. Irgendwo in den Wäldern. Man hat ihn eine Zeit lang gesucht, es aber bald sein lassen, weil Charlie so hatte sterben wollen, in Einsamkeit.«

Eigentlich eine romantische Geschichte, aber dennoch bereitet sie mir Unbehagen. Warum, kann ich mir nicht erklären. Doch der herrliche Ausritt vertreibt mit der Zeit meine düsteren Gedanken und wieder zeigt mir Jerry Lee spektakuläre Plätze, von denen ich nichts geahnt habe. Wir machen Rast an einem Bassin, das von einem rauschenden Wasserfall gefüllt wird. Über Kaskaden strömt das Wasser weiter abwärts und verschwindet zwischen dichten Büschen. Die Gischt wird vom Sonnenlicht in Regenbogenfarben getaucht und schwebt als feiner Nebel durch die Baumkronen. Wir reden über alle möglichen Dinge. Über Pferde und die Natur, über Gott und Philosophie, über das Ende der Welt und des Universums. Wir vergessen die Zeit und alles andere, außer uns selbst.

Danach reiten wir zur McAuffrey Farm, nicht weit entfernt, und ich bin erstaunt darüber, wie groß sie ist. Das Wohnhaus ist aus makellos weißem Holz gebaut, an dem prächtige Rosensträucher emporwachsen. Die moosgrünen Fensterläden und das in der Sonne glitzernde Schieferdach, aus dem zu den beiden Längsseiten Dachgauben hervorstehen, zeugen davon, dass dieses Haus mit hingebungsvoller Liebe errichtet worden ist. Ein kleiner Garten, in dem alles Mögliche wächst, umgibt das Haus, eingerahmt von einem weißen Lattenzaun. Es gibt zwei große Scheunen dahinter. An einer ist ein Geräteschuppen angebaut, an der anderen türmen sich fettleibige Siloballen. Es gibt einen Schweinestall mit großzügigem Auslauf und einen Rindviehstall, an den ebenfalls ein Zaun angebaut ist, damit die Tiere Tag und Nacht ein- und ausgehen können. Die Viehweiden sind so groß, dass ich nicht erkennen kann, wo die Zäune enden. Unzählige bunt gemischte Pferde und Rinder grasen auf den Weiden. Traktoren, Streuwalzen, Lade- und Silierwagen, Ballenpresser und Rundballenwickler, Kreiselheuer und mächtige Mähdrescher stehen in einer Reihe parkiert hinter den Scheunen.

»Gefällt es dir?«, fragt Jerry Lee mich von der Seite anblickend.

Mit meinem vor Stauen aufgesperrtem Mund bringe ich nur ein »Aha« zustande. Es ist ein Traum!

»Wenn du willst, kannst du mich ab und zu besuchen, wenn du Gesellschaft brauchst.«

»Aha.« Bringe ich denn nicht mehr als zwei nichtssagende Silben zustande?

Er begleitet mich nach Hause und am Abend sitze ich wieder auf der Veranda vor der Schreibmaschine. Ihre Tasten schweigen, meine Gedanken kreisen unaufhörlich um Jerry Lee und Sandra. Ich hege allmählich das beklemmende Gefühl, dass mir alles entgleitet. Wie schön und außergewöhnlich sie sein muss, um seine Liebe zu verdienen. Warum hat ein so gutherziger Mensch wie er keine Freunde? Er ist wie ich ein Außenseiter, aber dass uns so etwas verbindet, verbittert mich zutiefst.

‚Ich liebe dich, Jerry Lee' tippe ich auf das unbefleckte Blatt. Zu mehr bin ich nicht fähig. Ich stehe auf und gehe nach drinnen. Links von dem Panoramafenster hängt ein kleiner Spiegel an der Wand. Ich starre mich an. Die dunkelblonden Haare hängen schlaff an den bleichen Wangen herab, die ausdruckslosen Augen erschrecken mich. Mein Gesicht ist knochig und wirkt sehr erschöpft. Keine Ausstrahlung geht von mir aus.

Bin diese Leichengestalt wirklich ich?

Du hast nicht immer so ausgesehen.

Was willst du damit sagen?

Die Stimme schweigt dazu.

Ich taste mein Gesicht ab, Stück für Stück, untersuche jede Unreinheit, fahre mit den Fingern durch das strähnige Haar.

Er liebt nicht dich, er liebt Sandra.

Ja, er wird mich niemals lieben.

Weil du seine Schöpferin bist.

Und genau deshalb fühle ich mich ihm so nah. Er ist ein Teil von mir und ich bin ein Teil von ihm.

Sandra.

Morgen werde ich sie sehen.

Mein Gesicht im Spiegel wird dunkler. Mit Schrecken und unfähig, mich abzuwenden, schaue ich zu, wie mein Spiegelbild immer mehr verblasst. Wo bin ich? Ich kann mich nicht mehr sehen!

Schau dich um!

Ich gehorche der Stimme und erkenne, dass es im Wohnzimmer dunkel geworden ist. Die Sonne hat im Westen ein mattes Violettblau zurückgelassen. Mein Herz hämmert wie verrückt.

»Was ... ist ... passiert?«

Du hast die Zeit verloren.

Wie kann so etwas passieren? In diesem Haus spuckt es eindeutig!

Ja, es verführt dich!

Ich lasse mich erschöpft aufs Bett fallen. Die

Schwäche in meinen Beinen ist Beweis genug dafür, dass ich stundenlang vor dem Spiegel gestanden bin und mich betrachtet habe. Zu müde bin
ich, um erneut nach draußen zu flüchten.

Fünf

An diesem Morgen reite ich mit Jerry Lee nach Little Silence, wo ich mich für einen weiteren Tag als Sklave hingebe und wo mein Freund seine Angebetete treffen soll. Heute stellt er mir den Rappen Thaddäus vor, dessen nachtschwarzes Fell im Dämmerlicht bläulich schimmert. Jerry Lees Gegenwart entspannt mich und lässt das Grauen von gestern Nacht rasch verblassen.

»Na gut«, beginne ich, Jerry Lee über die Kunst der Verführung der Frauen zu unterrichten. »Frage Sandra, ob du sie auf einen Drink einladen darfst.«

Nicht gerade einfallsreich!

»Sei offen und ehrlich, aber verbirg deine Schüchternheit nicht. Das macht die Frauen an.«

Jerry Lee erwidert mein Grinsen, wobei seines viel herzlicher ist als meines. »Das sollte kein Problem sein.« Er kann seine zitternden Hände nicht vor mir verstecken, aber ich mein blutendes Herz vor ihm. Unwillkürlich kommen mir Victorias Zeichnungen in den Sinn.

Wir erreichen Little Silence. Jetzt können die Leute ihre Köpfe über zwei Menschen schütteln. Aber heute lassen mich ihre abschätzigen Blicke kalt. Ich habe nur noch Augen für Jerry Lee, der nun den Laden betritt, während ich bete, dass Sandra nicht hier ist. Aber wie die geregelten Tagesabläufe eines verschlafenen Dorfes es so an sich haben, sich niemals zu ändern, bleibt Jerry Lee unvermittelt unter der Türschwelle stehen. Ich pralle gegen ihn und verschlucke gerade noch rechtzeitig eine tadelnde Bemerkung, denn ein paar Schritte vor uns steht sie. Ich habe Sandra schon öfter hier gesehen. Sie ist mir nie sonderlich aufgefallen, ich hatte keinerlei Emotionen für sie empfunden. Doch die Gefühle, die ich jetzt für sie hege, erschrecken mich. Und die Art, wie Jerry Lee sich verhält, zur Salzsäule erstarrt, unfähig, sich zu bewegen, verletzt mich. Dafür schlottern seine Hände wie verrückt. Er benimmt sich, als hätte Sandra ihn verhext. Jerry Lee zeigt Anstalten, kehrt zu machen, aber ich lege meine Hand auf seinen Rücken und schiebe ihn ein paar Schritte vorwärts, bevor ich nach links in den nächsten Gang aus Regalen abbiege. Wo Jerry Lee stehen bleibt, verweile auch ich und lausche zwischen den Konservendosen hindurch.

»Hallo Sandra«, sagt er, wobei seine Stimme ein flüsterndes Gewisper ist.

Sandra blickt von der Verpackung auf, die sie gerade eingehend studiert hat.

Zwischen den Spalten der Ware hindurch betrachte ich sie genauer. Sandra ist bildschön, so schön, dass es unwirklich scheint. Eine dünne

Schicht Make-up macht ihre Haut glatt wie Seide und lässt das Gesicht makellos erscheinen. Sie trägt schulterlanges, elfenblondes Haar, die hellblauen Augen funkeln wie Diamanten und die spitze Nase und das schmale Kinn verleihen ihr eine kindliche Unschuld.

»Oh, hey, Jerry?"

Na toll. Sie ist sich nicht einmal sicher, ob er wirklich so heißt, und er ist unsterblich in sie verliebt.

»Darf ich dich etwas fragen?«

»Ja?«, antwortet sie mit übertriebenem Interesse. Dabei strahlt sie Jerry Lee mit einem so bezauberndem Lächeln an, dass ich ihr am liebsten eine Dose Bohnen in die Elfenvisage werfen möchte. Aber glücklicherweise hält mich meine von Vernunft gesegnete innere Stimme zurück. Für ein paar Sekunden schweigen die beiden sich an und ich bete wieder um meine Gunst.

»Darf ich dich morgen Abend auf einen Drink einladen?«

Ich bekomme sie, aber nicht so, wie ich mir das vorgestellt habe. Sandra beginnt tatsächlich, zu lachen. Ihre Stimme überschlägt fast in ein Kreischen, das bleich gepuderte Gesicht läuft rot an. Das habe ich mir für Jerry Lee nicht gewünscht. Dieser blickt so entgeistert auf seine Angebetete herab, dass es mich schmerzt. Das hat er nicht verdient. Ein weiterer Schock hat Jerry Lee zu einer

Statue erstarren lassen. Sandra lacht ihm ins Gesicht und hält sich dabei mit der einen Hand den Bauch, mit der anderen den unverschämten Mund. Ich biege um die Ecke des Regals und laufe zügig auf die beiden zu.

»Du glaubst doch nicht im Ernst …«, beginnt Sandra, aber der Spott raubt ihr den Atem, um zu sprechen.

Ich zerre Jerry Lee am Ärmel Richtung Ausgang. »Komm schon!«, zische ich durch zusammengepresste Zähne.

»Hey«, ruft uns Sandra mit nervenzerreißender Stimme hinterher. Jerry Lee dreht sich nach ihr um und will stehen bleiben, aber ich reiße ihn gewaltsam mit. »Spendiere doch deiner kleinen Freundin einen Drink. Wer weiß, vielleicht wirst du dann auch berühmt und beliebt.« Wieder bricht sie in schallendes Gelächter aus und mir wird bewusst, dass dieser unbeschreibliche Schmerz in mir Jerry Lees Pein ist, denn wir sind auf eine unergründliche Weise miteinander verbunden. Sandras hysterisches Lachen verfolgt uns noch weit bis vor die Tür. Es sind glühende Pfeile, die sich in unser beider Herzen bohren. Wir laufen ein Stück die Straße hinab und ich hoffe, dass Lexton nichts von meinem Verschwinden mitbekommt. An der nächsten Hausecke bleibe ich stehen, atmete gestresst aus und zwinge mich, ihn anzusehen. Jerry Lees Miene wirkt verkrampft. Ich kann mir vorstellen, was er in diesen Momenten für einen Kampf durchsteht.

»Warum bloß muss du dich in den Dorfliebling verschießen, Jerry Lee?«

Er wagt nicht mich anzusehen, so, wie er nicht den Mut hat, seine Tränen der Enttäuschung loszulassen. Sie würden alles nur noch schlimmer machen.

»Wie kommst du darauf, dass sie der Dorfliebling ist?«, weicht er kleinlaut meiner Frage aus.

»Ach, komm schon«, stöhne ich auf, »sieh sie dir doch an. Wie aus einem Foto entsprungen. Sie ist bildhübsch, sie ist aufreizend angezogen, sie ist beliebt. Ich kenne Frauen wie sie. Hinter ihr ist mit Sicherheit das halbe Dorf her.« Ich spotte verachtend. »Scheint ja hier sonst nicht viel Auswahl zu geben.«

»Willst du damit sagen, dass ich sie nur mag, weil es andere auch tun?«

»Du hast's erraten.«

»Ich bilde mir diese Liebe nicht ein.«

Mir ist bewusst, dass ich Jerry Lee beleidigt habe und nicht weniger verletzt, aber ich kann nicht aufhören. »Ich wette, das war das erste Mal, dass du mit ihr gesprochen hast.« Er schweigt, und das genügt mir als Antwort. Ich bin grausam, aber ich will Jerry Lee davor bewahren, dass er noch einmal so verletzt wird. Doch je länger er schweigt, desto erdrückender wird mein schlechtes Gewissen. Sandra hat ihm wie mit einer eisernen Faust ins Gesicht geschlagen, er wirkt wie betäubt.

Ich werfe einen Blick Richtung Laden. Noch kein Lexton, der nach mir schreit.»Hör zu, Jerry Lee«, wende ich mich ihm wieder zu. »Es tut mir leid, dass ich so hart zu dir war. Du hast Sandras gemeine Abfuhr nicht verdient.«

»Danke, Jenny, ich weiß das zu schätzen. Ich komm schon klar.« Er schlurft die Straße hinauf und verschwindet hinter der nächsten Hausecke. Ich möchte ihm hinterher schreien, was ich tun muss, damit er *mich* liebt, aber meine Zunge ist gelähmt. Warum bin ich nicht zufrieden? Ich habe doch bekommen, was ich so dringlich gewünscht habe: Sandra hat Jerry Lee kälter als eiskalt abgewiesen.

Das heißt noch lange nicht, dass er sich ich dich ver-lieben wird!

Es ist mir egal, ob er mich liebt oder nicht. Ich kann es nur nicht ertragen, wenn es ihm schlecht geht.

Ist es dir wirklich egal?

Sei jetzt endlich still!

Er tut dir nicht gut.

Es hat keinen Sinn, weiter mit der inneren Stimme zu diskutieren, denn sie behält immer das letzte Wort. Ich fühle mich ausgezehrt, von jeder Kraft verlassen. Ich schleiche mich zurück in den Laden und fahre mit meiner eintönigen Arbeit fort. Sandra ist noch immer da, aber ich nehme sie nicht mehr wahr. Alles, was mich noch beschäftigt, ist der Schmerz in mir. Und kaum habe ich mich versehen, ist Feierabend. Auf einmal ist die Zeit an mir vorbei gerast. Auf dem Nachhauseweg lässt Gamby den Kopf hängen, so als hätte er Mühe, mein schweres Herz zu tragen. Die Hände in Gambys Mähne gekrallt, gleite ich kraftlos aus dem Sattel, entlasse ihn auf die Weide und mich ins Bett. Schlaf ist jetzt alles, was ich will. Gedanken kreisen wie Geister in meinem Kopf und über mir, alles zerfließt und ergibt keinen Sinn mehr. Die Müdigkeit bereitet mir Kopfschmerzen, die mich nicht einschlafen lassen. Obwohl ich mich davor fürchte, lausche ich angestrengt. Draußen ist es absolut windstill.

Stille.

Da! Da war dieses Geräusch wieder! Nein, diesmal klang es nicht wie ein Knacken im Holz, sondern wie Geflüster. Aber keines der Wörter spricht die Geisterstimme vollständig aus. Es sind nur Silben wie -en, -heit und -lich. Und da ist noch irgendetwas anderes dahinter, etwas Hohes, fast Schrilles. Etwas wie ein schreiendes Quietschen. Ich wage nicht mich zu rühren und wünsche mir, ich könnte mir verbieten zu hören. Aber Ohren zuhalten bringt nichts, denn die Geister können jede Art Materie durchdringen. Seit Monaten lebe ich nun schon hier, aber bis vor wenigen Tagen ist mir nie etwas Außergewöhnliches aufgefallen.

Warum höre ich diese Dinge erst jetzt?

Die Geräusche waren schon immer da. Aber erst seit Victoria dir erzählt hat, dass dein Haus spricht, hörst du ihm auch zu.

Ich will dieses Teufelszeug nicht hören! Ich will nur meinen Frieden. Stimme, mach dass es aufhört! Lass mich taub werden.

Aber das Biest spottet nur über mich. Während die Geräusche mich plagen, beobachte ich, wie die Dunkelheit der Nacht in mein Haus einkehrt und erst, als es wieder hell wird, geben die Stimmen Ruhe und ich falle in einen unruhigen Schlaf.

Erst am Nachmittag komme ich wieder auf die Beine und fühle mich, als wäre ich drei Tage ohne Schlaf und Wasser durch eine Wüste marschiert. In meinem Kopf schlägt ein Hammer rhythmisch auf einen Amboss, die Beine sind wie aus Gummi. Mein erster Gedanke ist das Schreiben, der zweite die verschlafene Arbeit. Ich entscheide mich, heute nicht mehr hinzugehen. Soll Lexton mir morgen den Hals umdrehen, es ist mir einerlei. Nicht einmal ein Frühstück gönne ich mir und Gamby kann auch noch eine Weile warten. Ohne eine weitere Verzögerung setze ich mich an den Schreibtisch.

Der Tag ist mit dem Summen der Bienen und Fliegen erfüllt, ein paar Grillen zirpen laut. Friede herrscht in der Welt, die mich umgibt und ich lache laut über mich selbst, weil ich in der Nacht geglaubt habe, irgendwelche geisterhafte Stimmen zu hören. Es muss der Mangel an Schlaf und der Stress sein, weil ich zurzeit eine harmlose Schreibblockade durchlebe.

Schluss mit diesen Gedanken. Fang endlich an!

Ich lege meine Finger auf die Tasten. Das Wurmloch. Die turbulente Fahrt hindurch.

Jerry Lee!

»Ich kann mich einfach nicht konzentrieren«, schnaube ich vor mich hin.

Dann triff dich nicht mehr mit ihm!

»Ja, ja, du hast recht. Ich werde diese Freundschaft beenden, aber jetzt hilf mir bitte.«

Schreib irgendwas!

‚Der Morgen ist still und heiß' tippe ich.

»So ein Bockmist!« Ich versuche es noch einmal.

‚Ich sollte es nicht, aber ich liebe dich.'

Fang nicht damit an!

‚Wir sollten zusammen sein, aber wir sind es nicht.'

Du irrst dich. Jerry ist nichts für dich.

‚Du bist wunderschön, aber ich bin es nicht. Du bist anmutig, ich bin ein Tölpel. Du bist mir nah und doch so fern. Jeden Tag warte ich auf die herabfallenden Krümeln von deinem Tisch.'

Dir ist nicht zu helfen!

‚Geht es dir auch so wie mir?' fahre ich mit dem Liebesbrief für Jerry Lee fort.

‚Bist du nicht auch so sehr in dich verliebt, wie ich es bin? Wenn ich du wäre, würde ich mich stundenlang im Spiegel betrachten.'

Aber das tust du doch bereits!

»Hallo Jenny.«

Erschrocken zucke ich im Stuhl zusammen, meine Gedanken purzeln drunter und drüber. Ich blicke auf. Am Fuß der Verandatreppe steht Jerry Lee, wie immer statuarisch aufrecht, die Hände hinter dem Rücken verschränkt und mit einem höflichen Lächeln. Jack, dem die Zügel vom Hals hängen, steht ein paar Schritte hinter ihm.

»Bist du nicht auf der Arbeit?«

»Nein, siehst du doch. Ich fühle mich nicht besonders.«

»Dann ist diese Nachricht überflüssig.« Er zerknüllt das Papier in seiner Hand.

»Was steht darin?«

»Es ist eine Einladung zum Abendessen, von Vater und Christine, seiner Freundin. Heute Abend.«

Es ist ein ganz kurzer Moment, in dem wir uns einfach nur ansehen, und das reicht aus, um mich noch mehr durcheinander zu bringen.

Sag Nein! Du willst ihn nicht mehr sehen.

»Ich habe keine Zeit. Ich muss arbeiten.«

»Du bist irgendwie seltsam. Ist es wegen gestern?«

»Bin ich das?«

Jerry Lee runzelt die Stirn, ratlos wegen meinem Verhalten.

»Vater und Christine würden sich wirklich freuen.«

»Würdest du dich denn auch freuen?«

»Warum fragst du solche Sachen? Es wäre mir eine Ehre.«

Dieser Typ ist einfach unglaublich. »Dann komme ich gerne.«

Warum tust du dir das an?

»Danke, Jenny«, lächelt er und neigt seinen Kopf.

Wieder starren wir uns nur an und ich würde bei seinem Anblick am liebsten losheulen.

»Woran schreibst du?«, unterbricht er die peinliche Stille.

Ich starre hinab auf das Blatt, aber was da steht, ist ohne Zusammenhang und ergibt keinen Sinn. »Nichts Besonderes.«

Er überlegt einen Augenblick, ob er noch einen Versuch starten soll, doch dann sagt er: »Also, dann sehen wir uns heute Abend um sieben Uhr.« Er schwingt sich auf sein Pferd und reitet ohne ein weiteres Wort davon. Noch lange sitze ich da und sehe ihm nach. Zu lange. Warum verliere ich mich immer wieder in meinen Gedanken? Erst, als ich nicht mehr die Kraft habe, regungslos dazustehen, setze ich mich wieder, schließe die Augen und atme tief durch. Das soll angeblich helfen. Aber das tut es nicht. Ich bin die Unruhe in Person.

Als ich die Lider öffne, fällt mein Blick auf das

Blatt und ich verstehe wieder, was ich geschrieben habe. Ich richte mich auf und fahre mit dem Brief fort, erleichtert, endlich ein paar Worte gefunden zu haben.

Sechs

Punkt sieben Uhr reite ich über den Hof der McAuffrey Farm. Die Sonne in meinem Rücken lodert als Feuerkugel am Himmel und taucht das idyllische Bild in einen orange schimmernden Dunst. Eine Brise bringt den Duft von frisch geschnittenem Heu mit sich – und Jerry Lee. Er steht dort auf dem staubigen Hof und wartet auf mich, als hätte er niemals etwas anderes getan.

Bilde dir nicht zu viel ein!

Er hilft mir, Gamby den Sattel abzunehmen und zusammen bringen wir ihn zu den anderen Pferden auf die Weide. Ich versuche, mir meine Nervosität nicht anmerken zu lassen. »Du wirkst so unruhig.« Jerry Lee bemerkt sie trotzdem.

»Ich mache mir fast in die Hosen.« Er spricht keine beruhigenden Worte und das macht mich noch zappeliger.

Du bist selbst schuld! Ich habe dich gewarnt, nicht hierher zu kommen.

Wir treten durch die Tür, deren Holz so makellos weiß ist wie die Fassade. Der Geruch von Bratkartoffeln und Kräutergewürzen kommt mir entgegen, so wie ein fuchsbrauner Irish Setter, der wie verrückt mit dem Schwanz um sich schlägt und mich eingehend beschnuppert. »Das ist Sokrates«, stellt mir Jerry Lee den Hund vor.

Ich lache und tätschle seine Schulter.

»Ihr nennt euren Hund Sokrates?«

»Er selbst nennt sich so, nicht wahr, Soke?« Der Setter bellt einmal laut zur Antwort und legt sich in den mit Kissen gefüllten Korb. Wir betreten das Wohnzimmer, wo ein feierlich gedeckter Tisch steht. Altmodische Kerzenleuchter brennen, Silberbesteck, weiße Stoffservietten sind zu kunstvollen Fächern gefaltet. Schon seit Jahren habe ich nicht mehr an einem solch edel gedeckten Tisch gegessen. Ich komme mir fast wichtig vor. Neugierig schaue ich mich in der geräumigen Stube um. Die Polstergruppe sieht durchgesessen, aber keineswegs unbequem aus. Es ist eines von diesen Modellen, bei denen man glaubt, in den Polstern wie in Watte zu versinken, so weich sind sie. An den Wänden hängen unzählige Fotos von der Farm bei jeder Witterung, Cowboys, die mit Lassos Pferde und Rinder einfangen, Fotos von Rodeoshows und Gesichter von Menschen, die ich nicht kennen lernen möchte. Viele Bilder von Jerry Lee mit seinen Pferden und von einem riesenhaften Mann, der sein Vater zu sein scheint.

»Willkommen, Miss Hill«, ertönt eine laute Stimme hinter mir. Ich drehe mich hastig um und blicke genau in jenes Gesicht, das mich gerade von einem Foto angestarrt hat. Irgendwie habe ich ihn schon einmal gesehen. Ich gehe mit ausgestreckten Händen auf den grobschlächtigen Mann zu.

»Guten Abend, Mister McAuffrey. Vielen Dank

für die Einladung«, demonstriere ich meine gute Erziehung. Mit einem überschwänglichen Druck ergreift er meine Hand. Er ragt fast zwei Köpfe höher als ich. Ich bin zwar ein kleingewachsener Mensch, aber dieser Mann erscheint mir groß wie ein auf den Hinterläufen aufgerichteter Bär. Seine feurigen Augen wirken streng und aufmerksam, das von Bartstoppeln freie Gesicht ist gepflegt, aber es verkündet eine gewisse Arroganz. Die Ärmel des blaugrün karierten Holzfällerhemdes sind hochgekrempelt und zum Vorschein kommen Arme, dick wie Beine. Er mustert mich von oben bis unten und mir ist, als würde er mich röntgen. McAuffrey scheint sehr darüber in Sorge zu sein, mit wem sich sein Sohn einlässt. Endlich befreit er meine Hand, aber bereits drei Sekunden später halte ich eine andere Hand, eine zartere und schmalere.

»Freut mich sehr, dass du gekommen bist, Jenny«, strahlt mich eine gekrauste Blondine an, die eine Schürze und einen Backhandschuh an der freien Hand trägt. »Ich bin Christine.« Sie weist mir einen Platz am Tisch zu und verschwindet wieder in der Küche.

Jerry Lees Vater fragt mich über mein Pferd aus, meine Arbeit und mein Befinden in dieser Provinz, während Christine ihre Köstlichkeiten auftischt. Es gibt, wie mir meine Nase bereits verraten hat, Bratkartoffeln, Reis und einen Salat, der aus jedem erdenklichen Gemüse zusammengemischt ist und mit vielem mehr, das ich nicht kenne. Ohne Zweifel ist dies das frische Gemüse aus dem Garten Eden vor der Tür. Ich verschlinge die Götterspeise, als hätte ich seit Tagen nichts mehr gegessen. Christine schaut mir amüsiert zu, McAuffrey aber behandelt mich weiterhin mit diesem Misstrauen. Vielleicht hält er Leute für verrückt, die über Raumschiffe und Marsmenschen schreiben.

»Haben Sie schon ein paar von Jerrys Freunden kennengelernt, Miss Hill?« Mir bleibt fast eine Kartoffel im Hals stecken. Mit Gewalt würge ich sie herunter, während er mich prüfend fixiert. Seine Miene ist undurchschaubar, aber in seinen Augen brennt die Ungeduld und ... sehe ich da etwa Schadenfreude? Was für eine Antwort erwartet er jetzt von mir? Mein Blick flüchtet zu Jerry Lee, der mir gegenübersitzt. Er schaut mich an, nickt kaum merklich, und ich weiß, dass sein Vater es weiß.

»Ja, Mister McAuffrey«, wende ich mich an ihn. Er zieht verwundert die Augenbrauen hoch.

»Jerry Lee hat mir Sandra vorgestellt.«

Warum sagst du das?

Die kreischende Stimme in mir lässt mich kalt, denn ich habe McAuffreys Spiel beendet, bevor es begonnen hat.

»Ach ja?« Mehr weiß er darauf nicht zu antworten. Er spottet nur kopfschüttelnd vor sich hin und stochert im Reis. Wie kann sich ein Vater bloß über seinen Sohn lustig machen, weil er keine Freunde hat?

»Ja«, genieße ich den Triumph. »Gestern. Sie ist sehr nett.« Mein Mund lächelt, wobei mein gedankliches Lachen verbittert klingt. »Und hübsch dazu«, setzt Jerry Lee seinem Vater und mir noch eins drauf.

McAuffrey grunzt etwas Unverständliches, trinkt einen Schluck Bier und stellt das Glas polternd ab, so dass das Gebräu überschwappt. Als würde er es darauf anlegen, dreht er den Kopf langsam zu seinem Sohn und stiert ihn mit flammenden Augen an, bevor er endlich spricht. »Ich will nicht, dass du dich mit dieser Dorfhure triffst.«

Christine lacht schrill auf und dieser Biss bleibt mir im Hals stecken. Ich huste wie verrückt, Jerry Lee springt auf und klopft mir den Rücken.

»Hörst du, Jerry?«, ruft McAuffrey mit berstender Stimme, wobei er sich zu seiner Riesenhaftigkeit erhebt und verurteilend wie ein Richter auf seinen Sohn zeigt. »Genauso wenig wie ich dulde, dass du dich mit nichtsnutzigen Schreiberlingen herumtreibst.«

Mein Hals hat sich beruhigt, dafür ballt sich ein schmerzender Groll in meiner Brust zusammen. Jerry Lee lässt von mir ab. Sein Gesicht ist gerötet, eine Ader tritt pulsierend an der Stirn hervor.

»Warum willst du, dass ich keine Freunde habe?«, schreit er kochend vor Wut. Für den Bruchteil einer Sekunde, was mir als großer Gewinn erscheint, wirkt McAuffrey eingeschüchtert.

Es ist wohl das erste Mal, dass Jerry Lee die Stimme gegen ihn erhebt. Aber dann bäumt er sich wieder auf und holt tief Luft, um zu schreien, was das Zeug hält. »Du wagst es, mir zu widersprechen? Hast du deine gute Erziehung vergessen?«

»Ja, Vater, ich widerspreche dir, aber meine Erziehung würde ich niemals vergessen.« Jerrys Stimme ist im Gegensatz zu der seines Vaters sanft wie der Gesang eines Vogels, auch wenn ich ihn noch nie so in Rage erlebt habe. Er klammert die Hände so fest um die Rückenlehne meines Stuhls, dass ich spüre, wie er am ganzen Leib zittert. »Ich will nur Freunde haben, Vater, mehr nicht, und ich suche sie mir selbst aus.«

»So unflätig wie du dich benimmst, ist es kein Wunder, dass du keine Freunde findest.«

»Ich habe sehr wohl Freunde, Vater. Sandra, Jenny und Sam.«

»Ja, mit Gesindel verkehrst du.«

»Ich hatte viele Freunde, bis Mutter verschwunden ist«, sagt Jerry Lee plötzlich ganz leise.

Ich spüre förmlich den Zorn, der in diesem Moment in McAuffreys Hals hoch kriecht, um in seinem Kopf zu explodieren. »Erwähne noch einmal deine Mutter, dann töte ich dich!«, sagt er noch leiser als sein Sohn, aber Klang und Worte lassen es wie ein monsterhaftes Gebrüll erschallen.

Umso toter wirkt nun die Stille, die über uns hängt. Alle schauen wir Jerry Lee an, wie er auf diese Drohung reagieren wird. Aber dieser ist wohlerzogen und wahrt seine Haltung in trotzender Selbstbeherrschung. Mit ruhigen Schritten durchquert er das Esszimmer und schließt die Haustür lautlos hinter sich. Jetzt funkelt McAuffrey mich an und ich bin heilfroh, dass Blicke nicht töten können.

Sieh dich vor! Diese können es vielleicht!

»Seit mein Sohn Sie kennt, ist er frech geworden.«

»Sie wollen also nicht, dass wir Freunde sind? Haben Sie mich zum Essen eingeladen, um mir das zu sagen?«

»Schon als Sie zur Tür hereingekommen sind, Miss Hill, da wusste ich, dass Sie nicht gut für Jerry sind.«

Siehst du? Genauso wenig wie er gut für dich ist!

»Warum wollen Sie nicht, dass Ihr Sohn Freunde hat? Er ist alt genug, um selbst darüber zu entscheiden, mit wem er sich umgibt.«

»Verlassen Sie jetzt mein Haus.«

Ohne eine weitere Sekunde mit diesem sturen Scheusal zu verschwenden, wende ich mich an Christine. »Vielen Dank für das Essen. Es war köstlich.« Denn auch ich weiß, was Manieren sind.

Sie nickt nur. Ich erhebe mich und verlasse das Haus, aber all das viel effektvoller als Jerry Lee.

Mein Freund hat Gamby bereits von der Weide geholt, im Wissen, dass ich ihm bald folgen werde. Er macht sich gerade daran, dem Pferd den Sattel anzulegen. Ich streichle den straffen Hals des Tieres und beobachte Jerry Lees Fingerfertigkeiten. Doch ich wage es nicht, ihn anzusehen. Zu sehr fürchte ich den Schmerz, den ich sehen würde. Warum straft das Schicksal diesen edelmütigen Menschen mit solchen Grausamkeiten? Erst, als ein Schluchzen aus seiner Kehle kommt, blicke ich zu ihm auf und sehe, was ich mir niemals hätte vorstellen können. Tränen glänzen in den Augen, seine Hände sind nicht mehr fähig, das Nasenband des Zaumes zuzuschnallen.

»Lass nur, Jerry Lee!« Ich schiebe seine Hände fort und mache es selbst. Ich spüre, wie sein Blick auf mir haftet, mich förmlich durchdringt.

»Weißt du, dass du neben meiner Mutter die Einzige bist, die mich mit meinem vollen Namen anspricht?«

Ich zwinge mich, das tränenüberströmte Gesicht anzusehen.

McAuffrey hat Recht. Ihr dürft keine Freunde sein.

Ich schweige und warte. Jerry Lee schluchzt noch zwei Mal auf und dann offenbart er mir endlich das Geheimnis seiner Mutter. »Es war vor genau zehn Monaten, einer Woche und drei Tagen.« Er nimmt die Zügel und führt mein Pferd. Wir schlendern nebeneinander her, hinaus in die Prärie.

»Es war etwa dieselbe Tageszeit wie jetzt, kurz nach Sonnenuntergang, als meine Mutter Jack für ihren täglichen Ausritt sattelte. Carol hat von früh bis spät geschuftet, hat alles getan, was Vater ihr aufgebürdet hat, aber die Ausritte mit Jack jeden Abend konnte ihr niemand nehmen und sie wollte immer alleine gehen. Vater hat sie tyrannisiert, seit ich denken kann. Sie litt unter schlimmer Arthrose, doch mein Vater sagte, wer atmen kann, kann auch arbeiten. Irgendwann ist es so schlimm geworden, dass sie sich nicht einmal mehr die Kleider anziehen oder die Zähne putzen konnte. An diesem 12. Juni, an einem Sonntag, ist sie nicht mehr von ihrem Ausritt zurückgekehrt. Gegen Mitternacht bin ich aufgebrochen, um nach ihr zu suchen, aber ich konnte sie nicht finden. Jack ist am nächsten Morgen zurückgekehrt. Er war am Bein verletzt.«

»Dann ist deine Mutter vom Pferd gestürzt?«

Jerry Lee bleibt stehen. Er blickt mich ernst an und weiß nicht, wie sehr ich ihn liebe. Es dauert lange, bis er endlich antwortet. »Etwa zwei Stunden, bevor ich ausgeritten bin, war Vater unterwegs, um sie zu suchen. Als er zurückkam, waren seine Kleider voller Dreck.«

»Du glaubst doch nicht etwa, dass …«

»Meine Mutter war eine Last, weil sie nicht mehr arbeiten konnte«, unterbricht mich Jerry Lee in schroffem Ton und setzt sich wieder in Bewegung, um nicht meinen schockierten Gesichtsausdruck sehen zu müssen. Ich folge ihm erst ein paar Augenblicke später. Jerry Lee fixiert das Gras unter sich, seine Miene ist verkrampft. »Das Gerücht, mein Vater hätte Mutter erschlagen und im Wald vergraben, geht seit damals in Little Silence umher.«

»Ist das der Grund, warum niemand dein Freund sein will?«

Jerry Lee bleibt wieder stehen, und so auch Gamby und ich. »Möchtest du mit dem Sohn eines Mörders befreundet sein?«

Um Gottes Willen Nein!, kreischt die innere Stimme voller Panik.

»Aber was denkst du darüber? Glaubst du, dein Vater hat Carol umgebracht?«

Er starrt auf mich herab. Noch nie habe ich eine solche Verbitterung gesehen und meine Liebe zu ihm wird noch größer. Wie gern würde ich ihn jetzt in die Arme nehmen, um ihn zu trösten, aber die vernünftige Stimme hält mich davon ab.

Erst nach Minuten des Überlegens – als hätte er darüber nicht schon oft nachgedacht – antwortet Jerry Lee: »Ja, das glaube ich.« Er legt die Zügel über Gambys Hals und hält ihn am Nasenband fest. Eine Aufforderung, dass ich jetzt gehen soll.

Ich steige auf und nehme die Zügel in die Hand. Er blickt zu mir hoch. Ich hätte noch stundenlang auf dem Rücken meines Pferdes sitzen können, um ihn anzusehen. Ihn anstarren, ohne auch nur ein

Wort zu sagen. »Wann werden wir uns wiederse-hen?«, frage ich ihn.

»Es ist besser, wenn wir uns in nächster Zeit nicht mehr sehen.«

Ich nicke zustimmend, aber betrübt, während meine innere Stimme einen erleichterten

Seufzer ausstößt. Ohne ein Wort des Abschieds wende ich Gamby, denn es hätte mich in Stücke zerrissen. Auch das Zurückblicken verkneife ich mir mit aller Gewalt und jage mein Pferd in einen halsbrecherischen Galopp. Nicht nur der Wind treibt mir Tränen in die Augen.

Sieben

*E*s ist jetzt sechs Tage her, seit ich das letzte Mal arbeiten war, und fünf Tage, seit ich Jerry Lee gesehen habe - an jenem Abend, als ich ihn ohne Abschied zu nehmen in der Prärie zurückließ. Seitdem habe ich versucht, mich mit dem Schreiben von diesem Seelenleid abzulenken, aber ich stecke noch immer in dem Wurmloch fest. Nicht einen Satz weiter bin ich gekommen.

Du hast eine Schreibblockade, wiederholt die Stimme ständig in meinem Kopf, aber ich will es nicht wahrhaben. Schließlich fließen die Wörter und Sätze noch immer aus meinem Kopf wie ein Wasserfall. Aber alles, worüber ich fähig bin zu schreiben, ist Jerry Lee.

Der Liebesbrief, den ich an dem verhängnisvollen Tag begonnen habe, ist mittlerweile zwanzig Seiten lang.

Du bist die warmherzige Sonne, die alles in einem strahlenden Licht erhellt – ich bin der trübe Nebel, der alles in Düsternis taucht. Du bist Sonne und Regen, die alles gedeihen lassen – ich bin der Wirbelsturm und die Sintflut, die mit ihrer ungestümen Art alles zerstören. Du bist der Stern – ich bin dir schnuppe. Du bist der edelmütige Prinz, der seine Umgebung mit Licht flutet – ich bin der triste Knecht, der all das ins Gegenteil ver-

*kehrt. Du bist Musik – ich bin der Lärm. Du bist die
Ruhe – ich bin das Unkontrollierte. Du bist ein Traum –
ich der Albtraum. Du bist wie Feuer – ich bin wie Eis.
Du bist das beruhigende Blau und das heilige Grün –
ich bin das nichtssagende Weiß und das bedrückende
Schwarz …*

So fahre ich fort, mich selbst zu erniedrigen.
Warum schreibe ich all das, verflucht? Ich sollte ihn
nicht lieben, weil er eine andere liebt. Ich darf nicht
an ihn denken, weil er bestimmt keinen Gedanken
an mich verschwendet. Ich darf nicht über ihn
schreiben, weil das geschriebene Wort eine Endgül-
tigkeit darstellt. Ich darf nicht von Jerry Lee träumen, weil das in einem Albtraum enden wird.
Eigentlich hat es das schon, wenn ich an das
Abendessen bei den McAuffreys zurückdenke.
Aber es ist es egal, ob ich Albträume habe oder
nicht, denn mein Haus lässt mich nicht schlafen.
Das Flüstern ist mittlerweile zum Sprechen ange-
schwollen.

Jeden Tag, den ganzen Tag, sitze ich draußen
auf der Veranda, auch bei Wind und Regen, und
suche die Prärie nach Jerry Lee ab. Aber er kommt
nicht und ich wage es nicht, auch nur an der Farm
seines Vaters vorbeizureiten. Niemals hätte ich
gedacht, dass ich mich so sehr nach jemanden ver-
zehren kann. Ich, die sich stets so weit wie möglich
von den Menschen fernhält!

Wie kann ein Mensch ein solches Chaos in mir

verursachen? Seit ich Jerry Lee begegnet bin, geht in meinem Leben alles drunter und drüber.

Er ist nicht die Wirklichkeit, flüstert die innere Stimme.

»Nein«, sage ich scharf, »jetzt übertreibst du! Ich weiß, was ich sehe und was nicht.«

Einmal behält sie nicht das letzte Wort und selbst diese scheinbare Belanglosigkeit bringt mich aus der Fassung.

Diese Woche ohne Jerry Lee kommt mir so unendlich lang vor und langsam fange ich tatsächlich an zu glauben, dass er nur ein Traum war.

Er wäre zu schön gewesen, um wahr zu sein, Jenny.

Ich halte es hier nicht mehr aus, springe vom Stuhl hoch und pfeife in die Finger. Gamby marschiert zum Tor und zwei Minuten später reite ich in die Prärie hinaus nach Little Silence. Vielleicht hoffe ich Sam zu sehen, oder gar Jerry Lee. Vielleicht werde ich mich heute Nachmittag in einen anderen verlieben oder wenigstens einen Freund finden. Nur Lexton darf mich nicht erwischen, er war alles andere als begeistert, als ich ihm sagte, dass ich gerne für ein paar Tage zu Hause bleiben möchte. Aber je weiter ich mich von der Charity Hütte entferne, desto tiefer atme ich durch. Es ist nicht so, dass ich mich dort nicht mehr wohl fühle, im Gegenteil. Die Stimmen der Hütte sind mir angenehm geworden. Sie beruhigen mich und – man glaubt es kaum – ich habe begonnen, ihnen zu antworten. In der Einsamkeit muss man sich irgendwie Gesellschaft verschaffen. Nein, der eigentliche Grund warum ich erleichtert bin, von der Charity Hütte fortzukommen, ist der, dass ich glaube, an Klaustrophobie zu leiden. Nach ein paar Stunden im Haus habe ich das Gefühl, die Decke fällt mir jeden Moment auf den Kopf. Nicht so, wie es das Sprichwort meint, sondern wortwörtlich. Es ist wohl wahrscheinlicher, dass das Knacken und Knarren nicht die Sprache des Hauses ist, sondern ein Zeichen, dass es kurz davor steht, in sich zusammenzufallen. Wahrscheinlich habe ich deswegen plötzlich diese Angst vor dem Inneren des Hauses. Ich möchte mich nicht drinnen aufhalten, wenn das Dach einstürzt. Wenn ich schon auf dem Weg ins Dorf bin, sollte ich Sam einen Besuch abstatten.

Dieser sitzt, wie üblich, auf der Veranda, die hoch oben thront wie ein Aussichtsturm, damit er die Eternity Road ungehindert überblicken kann.

»Hey, Jenny«, ruft er zu mir herab. Ich grüße zurück, binde Gamby am Zaun fest und hüpfe die acht Stufen hinauf. Sam bietet mir den Schaukelstuhl rechts neben sich an. Das Quietschen seines Stuhls macht mich nervös, gar rasend, aber ich lasse mir nichts anmerken.

»Gibt es hier jemanden, der sich mein Haus einmal anschauen könnte?«

»Warum? Willst du es verkaufen?« Dieser Gedanke lässt ihn mit dem permanenten Schaukeln innehalten und ich danke ihm im Stillen dafür.

»Nein, nein. Eher würde ich meine Seele verkaufen!«

Sam lächelt und schaukelt weiter, während ich unruhiger werde. »Das Holz scheint morsch zu sein. Ich glaube, das Dach bricht demnächst.«

»Der richtige Mann dafür sitzt gleich neben dir«, sagt Sam und zeigt mit dem Daumen auf seine Brust. »Ich komme gleich morgen Früh vorbei und schaue mir die Bruchbude an.«

Sanft schlage ich mit der Faust auf seinen Oberarm. »Hey, pass auf! Sonst fällt die Decke dir auf den Kopf. Das Haus hat nämlich Augen und Ohren und sogar eine Zunge zum Sprechen.«

Sam brüllt vor Lachen, ohne zu wissen, dass ich das nicht als Witz gemeint habe. Trotzdem lache ich mit ihm, weil es einfach gut tut. Aber das Schicksal meint es in letzter Zeit nicht gut mir, und so wird mein Gelächter von jener Person unterbrochen, die ich seit Tagen bemüht bin aus meinen Gedanken zu verbannen.

»Hallo Sam, hallo Jenny«, sagt Jerry Lee, der neben Gamby steht und zu uns hoch schaut. Ich würge mein Lachen herunter. Sams Seitenblick verrät mir, dass er begreift, dass Jerry Lee es ist, der mir das Lachen verdorben hat.

»Wie geht es dir, Jenny?«

»Gut«, antworte ich trocken.

Wie kann dieser Kerl so eine dämliche Frage stellen?

Ruckartig stehe ich auf.

»Dann bis morgen, Sam.«

»Du willst schon gehen?«

»Ja, ich muss arbeiten.« Nervös trete ich von einem Bein aufs andere. »Schreiben, meine ich.«

Lügnerin! Du hast seit Wochen nicht mehr ernsthaft geschrieben.

Ich stampfe die Treppe hinab und jede Stufe, die mich Jerry Lee näher bringt, lässt meine Beine schwerer werden. Er bindet mein Pferd los und legt mir die Zügel in die Hände. Einen Moment lang starren wir uns an. Als ich zu dem Schluss komme, dass er mir nichts zu sagen hat und ich mich dem Steigbügel zuwende, wagt er es doch zu sprechen. »Hör zu, Jenny, ich …«

»Hey, Jerry!« unterbricht ihn eine Stimme, die in den Ohren schmerzt.

Du reagierst bloß überempfindlich auf jedes Geräusch.

Gleichzeitig drehen wir uns um. Hinter Jerry Lee steht Sandra. Die Verwunderung in seinem Gesicht weicht unermesslicher Freude. Sandra wirft mir einen giftigen Blick zu und strahlt Jerry Lee wieder an. »Wegen deiner Einladung neulich«, beginnt sie, hält einen Moment inne, um auf der Unterlippe zu kauen. McAuffrey hat Recht. Sie ist eine Hure und weiß genau, wie sie ihn rumkriegt. »Gilt sie noch?« Sie blickt wieder mit funkelnden

Augen zu mir. »Oder bist du schon mit ihr verabredet?« Das ‚ihr' hätte sie ebenso gut ausspucken können, so verachtend klingt es. Aber das ist nebensächlich, denn es scheint, als würden all die Erniedrigungen und die Pein des letzten Jahres von Jerry Lee abfallen.

Hast du jetzt endlich genug? Begreifst du es nun?

»Ja, natürlich«, haucht Jerry Lee. »Ich meine, nein. Ich bin nicht mit Jenny verabredet.« Er liebt sie noch immer, ungeachtet der schamlosen Gemeinheit, die sie ihm in Lextons Laden ins Gesicht geschleudert hat. Ich versuche mich zu freuen, denn Jerry Lee ist meine bessere Hälfte. Wenn es ihm gut geht, soll es mir auch gut gehen.

»Dann hol mich morgen um acht Uhr ab«, sagt sie und dreht sich mit wehendem Haar um. Verträumt schaut er ihr hinterher, wie sie mit geschmeidigem Gang und taktvollen Schritten die Straße hinabstolziert. Nach ein paar Metern wirft sie ihren Kopf herum, um Jerry Lee noch einmal anzulächeln. Dieser hebt kraftlos die Hand, die ich ihm in diesem Moment am liebsten abhacken würde.

»Ich gehe dann, Jerry Lee. Machs gut.«

»Ja, du auch«, sagt er leise, ohne den Blick von Sandra zu nehmen.

Acht

Dein Haus ist so fit wie ein Vollblut vor seinem großen Rennen«, sagt Sam. Er steigt vom Dach die Leiter hinunter und putzt sich die schmutzigen Hände an den Jeans ab. »Du kannst dich beruhigt darin aufhalten, Jenny. Das Holz ist tüchtig, die Ziegel sitzen und das ganze Fundament ist stabil.«

»Danke, Sam«, lächle ich ihn an und drücke kurz seinen Oberarm.

Keuchend blickt er mich an, Schweiß perlt auf seiner Stirn. »Sag mir, was stimmt nicht mir dir und Jerry?«

»Gar nichts«, weiche ich ihm aus, nicht fähig, ihm ins Gesicht zu lügen.

Aber Sam ist keineswegs senil und dumm schon gar nicht. »Ich habe doch gestern gemerkt, wie abweisend ihr aufeinander reagiert.«

Ich stöhne resigniert auf. »Sein Vater will nicht, dass wir Freunde sind.«

»Dieser widerwärtige Bock!«, flucht Sam und spuckt in den Staub.

Ich weiß, dass es unangemessen ist, aber ich kann mir die Frage nicht verkneifen.

»Glaubst du auch, dass er Carol …?«

»Ja, verdammt, das glaube ich. Dazu ist James

allemal fähig. Er hat meine Tochter kaltblütig ermordet und jetzt ruiniert er das Leben seines eigenen Sohnes.«

»Aber ist dieser Fall nie aufgeklärt worden? Gibt es denn in diesem Nest keine Polizei?«

»Natürlich. Aber keine Leiche, keine Beweise. Nachdem man sie nach drei Wochen intensiver Suche noch immer nicht gefunden hat, hat die Polizei es als ungeklärten Vermisstenfall abgetan.« Er schweigt eine Weile, um seinen Zorn zu bändigen. »Seit dem Tag, an dem meine Tochter verschwand, ist Jerry der Außenseiter, über den sich alle lustig machen. Die Jungs in seinem Alter foppen ihn, die Mädchen ignorieren ihn und die Alten tuscheln und lästern, kaum ist er im Dorf. James ist sehr besitzergreifend, noch nie hat er gewollt, dass sein Sohn sich mit Gesindel abgibt, wie er die jüngeren Menschen von Little Silence zu nennen pflegt. Sein Sohn sollte etwas Besseres sein als alle anderen, etwas Besonderes. Aber er hat nur einen Freak aus ihm gemacht.«

»Aber Jerry Lee ist doch etwas Besonderes«, sage ich mit ferner Stimme.

»Ja, das ist er «, seufzt Sam.

»Was soll ich jetzt machen?«

Sam stöhnt ratlos auf.

»Ich möchte dir sagen, dass eure Freundschaft nicht wegen diesem Tyrann kaputt gehen darf. Andererseits rate ich dir dringend, dich von Jerry fernzuhalten, sonst macht James dir das Leben zur Hölle.«

Wieder einmal bekommst du eine Bestätigung, dass Jerry und du nicht zusammen sein dürfen.

»Warum hast du ihn mir dann vorgestellt?« Ich wünschte, Jerry Lee wäre nie in mein Leben getreten.

»Weil ich dachte, dass ihr gut zusammenpasst«, antwortet er in schuldbewussten Ton. »Er ist oft allein, du bist immer allein.« Sein Blick verliert sich im fernen Horizont und zum ersten Mal sehe ich Schmerz in seinen gutmütigen Augen.

»Ich werde mir deinen Ratschlag zu Herzen nehmen, Sam«, sage ich leise.

Er drückt sanft meine Schultern und versucht, meinen Blick einzufangen. »Ich weiß, dass es schwer ist, aber du wirst andere Freunde finden. Es gibt viele junge nette Leute hier und bestimmt sind alle scharf darauf, mit einer Schriftstellerin befreundet zu sein.«

»Ja, bestimmt«, erwidere ich mit bitterer Ironie.

Wir verabschieden uns und Sam braust in seinem alten Jeep davon. Ich schaue der Staubwolke nach, bis eine hohe Stimme mich herumfahren lässt.

»Hallo, Jenny Hill!" Vor mir steht Victoria. Das Mädchen habe ich in all der Aufregung fast gessen und ein schlechtes Gewissen überfällt mich. »Dir geht es schlecht«, stellt sie nüchtern fest.

Ich erinnere mich an den Blick in den Spiegel, bei dem ich mich für Stunden vergessen habe. Es war das letzte Mal, dass ich mich selbst gesehen habe, aber mir ist bewusst, dass ich auf die Menschen wie der wandelnde Tod wirke.

Ich erwidere nichts.

Victoria kommt auf mich zu und schaut mich durchdringend an. »Warum besuchst du mich nie?«

»Ich habe zur Zeit viel um die Ohren, Vic«, antworte ich müde.

»Du lügst.«

Woher kann sie das wissen?

Sie ist jetzt deine einzige Freundin. Sie weiß so manches.

»Glaub doch, was du willst.« Ich wende mich ab, um ins Haus zu gehen, in der Hoffnung, sie würde mich mit ihren grausamen Worten in Ruhe lassen, die vor Wahrheit schmerzen.

»Es ist wegen diesem Jerry.«

Ich bleibe erstarrt unter der Eingangstür stehen. Habe ich ihr jemals von Jerry Lee erzählt?

Sie kann Gedanken lesen!

Langsam drehe ich mich um. Das Kind kommt näher und ich fühle mich plötzlich müde. »Ich bin froh, dass ihr nicht mehr zusammen seid.«

Wie viele Menschen haben denn noch ein Problem mit unserer Freundschaft?!

Alle, außer dir selbst.

»Aber der steht uns nicht mehr im Weg. Jetzt können wir richtige beste Freundinnen sein.«

»Woher weißt du, dass Jerry Lee und ich unsere Freundschaft beendet haben?«

»Du hast es mir erzählt.«

Hast du das?

»Nein, habe ich nicht.«

Sie steigt die drei Stufen hoch. »Ist dein Buch fertig?« Mir scheint, als würde sie sich mit ihren Fragen in mein Innerstes bohren, um es bloßzustellen. Wie sie mich ansieht, mit diesen unschuldig anklagenden Augen! Ich habe einfach keine Kraft mehr und sinke zu Boden. Vor Victoria weine ich wie ein kleines Kind. All meine abartigen Gedanken und verwirrenden Gefühle überschwemmen meinen Verstand in derselben Sekunde. Victoria kniet sich neben mich und streichelt mir über den Kopf, so sanft, wie es nur ein Kind vermag. Und zum ersten Mal in meinem erbärmlichen Leben fühle ich mich geliebt. Ich hätte niemals gedacht, dass es sich so wunderbar anfühlt.

Victoria ist jetzt deine einzige Freundin, mehr brauchst du nicht.

Und was ist mit Gamby?

»Ja, natürlich bleibt Gamby auch dein Freund«, antwortet Victoria.

Das Schluchzen bleibt mir im Hals stecken. Woher weiß dieses Mädchen, was die innere Stimme gerade zu mir gesagt hat? Hat sie tatsächlich recht?

Ich schaue Victoria entgeistert an. »Siehst du meine Gedanken?«

Sie lacht quirlig, wie es ein Kind von Herzen tut. »Nein. Du hast doch gesprochen.«

»Nein, das habe ich *gedacht*, nicht gesagt.«

»Du spielst ein Spiel mit mir, nicht wahr?«, lacht sie. »Aber ich durchschaue es.«

Sie durchschaut mich! Plötzlich fühle ich wieder diese Abneigung ihr gegenüber, dieses Unbehagen, das ich nicht erklären kann. Ich erhebe mich. Wahrscheinlich habe ich wirklich laut gedacht und es einfach nicht bemerkt, gemeint, es wäre die vorlaute Stimme. Zum Teufel! Alles ist zurzeit so verwirrend, als würde die Welt um mich herum verrückt werden.

»Was machen wir jetzt?« Victoria folgt mir mit tippelnden Schritten ins Haus.

»Hast du Hunger?«

»Ja«, ruft sie begeistert.

Niemals hätte ich gedacht, dass ich mich mit einem kleinen Mädchen für Stunden so amüsieren kann. Wir kochen Spaghetti, viele kleben an den Wänden, Tomatenflecken punktieren den Fußboden. Wir machen eine Kissenschlacht, bis Fetzen und Federn fliegen. Wir klettern auf die alte Eiche neben Gambys Weide und philosophieren über den Sonnenuntergang. Ich bin erstaunt, wie intelligent das Mädchen ist. Sie dreht alles Schlechte ins Gegenteil, zeigt mir die Welt aus einem anderen

Blickwinkel, aus der Sicht eines soglosen Kindes. Aber ihre Bilder scheinen nicht so sorgenlos.

Victoria hat sich sogar bis auf zehn Schritte in die Nähe von Gamby gewagt. Ich bin zuversichtlich, dass sich der Sicherheitsabstand zwischen Mädchen und Pferd verkleinern wird. Doch als das letzte Licht des Abends langsam verblasst und wir im Gras unter der Eiche sitzen, überfällt mich wie aus dem Nichts wieder diese Melancholie – nein, Depression trifft es eher.

Victoria merkt es natürlich sofort. Sie ist wie Mutter, Schwester und Freundin in einer Person. Ich lese ihr die Frage von den Augen ab. »Es ist acht Uhr«, antworte ich darauf.

»Was ist um acht?«

»Jerry Lee und Sandra sind dann verabredet.«

»Sei doch froh, dass du diesen Jerry los bist.« Ihre plötzliche Schroffheit erschreckt mich. Doch sie blickt mich mit ihren zuckersüßen Augen und diesem Lächeln an, das alles Elend dieser Welt verblassen lässt.

»Er wird dich niemals glücklich machen.« Sie streichelt mir über das Haar.

»Vielleicht hast du recht.«

Das hat sie ganz bestimmt!

»Musst du nicht bald nach Hause?«, lenke ich vom Thema ab.

»Willst du denn nicht, dass ich bei dir bleibe?«

»Ich möchte jetzt gern alleine sein.« Ich küsse sie

auf die Stirn. »Danke, dass du meine Freundin bist.«

Victoria drückt mir einen flüchtigen Kuss auf den Mund, klettert vom Baum und rennt davon.

Ich blicke ihr nach, bis sie im Wald verschwunden ist. Plötzlich wünsche ich mir, sie wäre geblieben. Warum weiß ich nie, was ich wirklich will?

Eigentlich weiß ich es, aber ich weigere mich, es mir einzugestehen. Ich komme zurück ins Haus und stöhne laut auf. Wenigsten werde ich für die nächsten drei Stunden beschäftigt sein, denn hier sieht es aus, als hätten Schweine eine Party veranstaltet. Während ich schrubbe und wische und den Boden kehre, versuche ich mich auf meine Geschichte zu konzentrieren. Wir stecken immer noch in diesem verfluchten Wurmloch fest. Ich lache laut über die Ironie, dass die Reise durch ein Wurmloch eine Millisekunde oder auch Tausende von Lichtjahren dauern kann. Meine Romanhelden sind wohl dazu verdammt, bis in alle Ewigkeit zwischen Raum und Zeit zu verharren. Die Schreibblockade ist wirklich zum dümmsten Zeitpunkt über mich hergefallen.

Keine Panik! Eine Schreibblockade dauert niemals ein Leben lang!

»Aber mein Verlag erwartet den Roman in spätesten zwei Monaten. Laut Vertrag ist das verpfuschte Werk nicht einmal mein Eigentum«, rufe ich laut und erschrecke vor meiner eigenen Stimme. Auf den Knien hockend lausche ich dem Echo meines Schreis.

Dann schweigt die Luft und das Haus wartet ab.

Die Atmosphäre ist tot!

Doch ganz plötzlich zerreißt ein lautes, mehrmals aufeinanderfolgendes Pochen die Stille. Ich versuche aus den Geräuschen ein Bild zu formen: Trolle, die ihre Riesenfäuste wie Hämmer auf das Haus niederfahren lassen. Hier spukt es eindeutig. Oder ist gar ein Ufo auf dem Dach gelandet? Als ich zum dritten Mal erschrocken zusammenzucke, baut sich die Realität wieder um mich auf. Ich schüttle den Kopf, um die Benommenheit loszuwerden.

Da klopft jemand an die Haustür! Aber irgendetwas hat dieses Geräusch um ein zehnfaches verstärkt. Ich muss dringend noch einmal mit Sam sprechen.

Oder mit einem Seelenklempner.

Das nervende Klopfen macht mich wahnsinnig; endlich habe ich die Courage, mich auf die weichen Beine zu zwingen.

»Ja, ja, ich komme …«, murre ich vor mich hin. Ich öffne die Tür. Vor mir steht Jerry Lee. Und obwohl ich ihn immer noch zum Sterben schön finde, sieht er furchtbar aus. Eine Schwellung an seinem linken Auge steht wie ein Horn hervor, blau und purpurn verfärbt. Seine Unterlippe ist doppelt so dick wie die Oberlippe, getrocknetes Blut klebt an seinem rechten Mundwinkel. Überhaupt ist sein ganzes Gesicht von Blut und Dreck verunstaltet. Die Haare stehen in alle Richtungen, das blaue Jeanshemd ist zerrissen, die Arme und der Hals von unzähligen Flecken in allen Farben übersät. Zum ersten Mal sehe ich Jerry Lee gebeugt auf schwankenden Beinen dastehen. Ich trete einen Schritt auf ihn zu, um ihn zu stützen, und in genau diesem Moment fällt er mir in die Arme. Mühsam schleppe ich ihn durchs Wohnzimmer.

»Was ist denn hier passiert?«, murmelt er undeutlich.

»Das sollte ich wohl eher dich fragen.« Behutsam schiebe ich ihn zum Sofa und blicke auf ihn herab. Ich müsste jetzt Wasser, einen Lappen und den Erste-Hilfe-Kasten holen, aber ich kann ihn nur anstarren, als wäre er der verlorene Engel, der vom Himmel gefallen ist, um zu mir zurückzukehren.

Er ist nur gekommen, weil er deine Hilfe braucht.

»Victoria war hier, wir hatten jede Menge Spaß«, erkläre ich das Desaster in meinem Haus. Obwohl ich seit einer Stunde putze, bin ich noch nicht weit gekommen.

Ja, was genau hast du in der letzten Stunde eigentlich gemacht? Es ist immer noch genauso schmutzig wie vorher.

»Wenigstens hattest du Spaß«, stöhnt Jerry Lee und kneift das halbwegs heile rechte Auge vor Schmerzen zusammen. Seine Worte setzen mich endlich in Bewegung und ich suche alles zusammen, was für eine Verarztung nötig ist.

»Wie bist du hierher gekommen?«, frage ich ihn und winde den Lappen aus.

»Jack«, ächzt er, als ich ihm das Gesicht wasche – so vorsichtig, als könnte es zu Staub zerfallen und der Traum, dass er tatsächlich auf meinem Sofa liegt, sich in Luft auflösen. »Keine Angst, er läuft schon nicht weg.«

»Ich mache mir mehr Sorgen um dich.« Hat sein Vater ihn so zugerichtet?

»Das mit Sandra …« Ächzend stützt er sich auf den Ellbogen auf. »Das war ein Reinfall.«

Ich halte mit dem Lappen auf seiner Stirn inne. »Was hat sie getan?«

Sein Gesicht ist eine Grimasse aus bitterer Enttäuschung und unermesslicher Traurigkeit. »Den ganzen Abend hat sie mir zu verstehen gegeben, dass sie mich mag. Sie hat sogar meine Hand gegriffen!«

Ein Feuer aus Eifersucht rast durch meinen Verstand, aber ohne mir etwas anmerken zu lassen, trockne ich sein Gesicht ab.

»Sie hat mich gefragt, ob ich mit zu ihr komme. Wir verließen die Bar und ich sah mich von Adam, Phil, Bud und George umzingelt. Ich weiß, dass Adam seit langem hinter Sandra her ist, aber dass sie seit drei Tagen seine Freundin ist, wusste ich nicht.«

»Dann war es ihre Absicht?«

Eine Träne quillt aus dem geschwollenen Auge hervor, mit dem anderen blickt er mich an. Eigentlich brauche ich nicht mehr zu hören, aber Jerry Lee geht ins Detail. »Sie hat gelacht, als ich am Boden lag und ihre Freunde auf mich eintraten.«

Nur zu deutlich hallt Sandras Lachen in meinem Kopf wider, jenes schillernde Gekreische, das sie in Lextons Laden von sich gegeben hat. Ich frage mich, welche Erniedrigung für Jerry Lee schlimmer gewesen ist: Ihr schadenfrohes Lachen oder vor ihr im Dreck zu liegen, während vier Typen ihn zusammenschlagen. Zu mehr als den Kopf schütteln bin ich nicht fähig. Würde ich etwas zu seinem Trost sagen oder mein Mitleid aussprechen, müsste ich wahrscheinlich in Tränen ausbrechen. Woher kommt das bloß? Dieses Hin und Her, Auf und Ab, dieses Nicht-wissen-was-ich-will?

Ich wende meine Aufmerksamkeit dem Verbandskasten zu. Kühlendes Spray, Wundsalbe und Pflaster – meine ganze Konzentration gilt den Verletzungen, Schwellungen und Prellungen, um meinen sprunghaften Gefühlen zu entfliehen. Doch ich traue mich kaum, Jerry Lee zu berühren.

Aus Angst, dass du ihm wehtust oder dass deine ungeschickten Hände den Traum zum Platzen bringen?

Ich weiß es nicht!

»Was weißt du nicht?«

Oh nein! Ich habe schon wieder einen Gedanken

laut ausgesprochen. »Ich weiß nicht, was ich sagen soll«, winde ich mich heraus.

»Du brauchst gar nichts zu sagen. Ich bin derjenige, der sprechen sollte.«

Diesmal verharren meine Hände über Jerry Lees Wange. Langsam ziehe ich sie zurück.

»Ich muss mich bei dir entschuldigen.«

»Wofür?« Was könnte denn dieser Mensch schon Schlimmes tun?

»Dass ich so bei dir aufkreuze.«

»Dafür sind Freunde da.«

Freunde?

»Ja, und obwohl ich dich fortgeschickt habe, behandelst du mich noch immer wie einen Freund.«

Am liebsten würde ich ihm den Waschlappen ins Gesicht schlagen und ihn anschreien, dass ich mehr als nur sein Kumpel sein will, doch ich sage und tue nichts, schaue ihn nur an und höre zu, wie sein Atem schwerer wird. Hoffentlich findet wenigstens er den Frieden im Schlaf. Ich will nicht von seiner Seite weichen und lege mich zwischen Sofa und Couchtisch auf den Boden.

Neun

Mit einem Schrecken erwache ich am nächsten Morgen. Die Sonne ist längst aufgegangen und ich habe bis jetzt durchgeschlafen. Ich rapple mich auf und blicke zu Jerry Lee empor. Meine Glieder sind von dem harten Nachtlager steif, trotzdem danke ich mit einem leisen Seufzer meinem Freund. Das erste Mal seit Wochen habe ich richtig geschlafen – traumlos und ohne vom Geplapper meines Hauses geweckt zu werden.

Jerry Lee schlägt die Augen auf und ich schrecke peinlicherweise zurück und schlage mir den Kopf am Couchtisch an.

Hey, nimm es nicht so schwer! Er ist ja nur ein Traum.

Ich reibe mit den Fäusten meine Augen, aber als ich die Lider aufschlage, sitzt Jerry Lee noch immer vor mir.

»Hast du dir wehgetan?«

»Nein, nein, geht schon.« Alles, was mir wehtut, ist deine Ignoranz!

Du solltest aufhören, solche Sachen zu denken, bevor du wieder einen Gedanken laut aussprichst!

Das kann dir doch egal sein! Du glaubst sowieso nicht, dass Jerry Lee existiert.

Ich taumle in die Küche und widme mich dem

Frühstück. Jerry Lee geht hinaus. Jack haben wir gestern Abend vergessen. Er hat sich selbst geholfen und Gamby Gesellschaft geleistet. Jerry Lee striegelt ihn, schickt ihn auf die Weide und setzt sich an den Tisch auf der Veranda, wo ich Flocken, Früchte und Milch serviere. »Mehr kann ich dir leider nicht anbieten.«

»Es ist mehr, als mir jemals jemand gegeben hat, Jenny. Damit meine ich nicht nur das Frühstück.«

Wortlos setze ich mich zu ihm und kaue lustlos auf einem Apfel herum. »Geht es dir besser?«

»Ja, ich komme klar. Aber sag mir, wie geht es mit deinem Buch voran?«

Beschämt starre ich auf den Boden. Was soll ich ihm denn sagen? Schließlich ist er ein Fan von mir, hat all meine Bücher gelesen und wartet nun gespannt auf das nächste. Doch er ist mein Freund und ich bin nicht fähig, ihn anzulügen. »Im Moment läuft es nicht gut.« Er blickt mich mit hochgezogenen Augenbrauen an. »Ich glaube, ich leide an einer Schreibblockade.« Ich lehne mich in den Stuhl zurück und atme tief aus. Es tut gut, es endlich laut ausgesprochen zu haben.

»Woran mag das liegen?«

»Ich weiß es nicht. So etwas hatte ich noch nie und ich habe keine Ahnung, wie lange dieser Zustand andauern wird. Ich weiß nur, dass ich in zwei Monaten ein fertiges Manuskript einschicken muss.«

»Vielleicht brauchst du Ablenkung.«

»Nein«, sage ich scharf, »ich habe zu viel Ablenkung.«

Er starrt mich noch eine Weile an, bevor er sich erhebt. »Dann werde ich nicht weiter deine kostbare Zeit verschwenden. Danke für deine Gastfreundschaft.«

»Wann sehen wir uns wieder?«

»Bald.«

Und schon ist er weg.

Ich sitze da und starre lange ins Leere, bevor ich mich endlich überwinde, den Tisch abzuräumen und die Schreibmaschine darauf zu platzieren. Nach einer halben Stunde Untätigkeit vor dem halb gefüllten Blatt der letzten Manuskriptseite gebe ich auf. Stattdessen spanne ich ein frisches Blatt ein.

‚Ich bin ein Kartenhaus – bist du meine ruhige Unterlage oder bist du der pustende Junge?

Ich bin Wasser – bist du die Wärme, die mich ausfüllt oder die Kälte, die mich zu Eis erstarren lässt?

Ich bin ein Gänseblümchen – bist du die Sonne, die mich wachsen lässt oder bist du das unachtsame Kind, das mich zertrampelt? Ich bin ein Baum – bist du die Motorsäge, die mich in Stücke reißt – oder bist du meine Wurzel, die mich standhaft macht? Ich bin eine Welle – bist du ein Schiff, das mich bricht oder bist du ein Fisch, der mit mir schwimmt?

Ich bin ein Feuer – bist du das Wasser, das mich zischend erlöscht oder bist du Öl, das mich noch heißer entfacht?'

So schreibe ich Seite um Seite, um meine unzulängliche Beziehung zu Jerry Lee zu hinterfragen. Es fällt mir nicht schwer, hierfür die Worte zu finden. Ich liebe es, diesen Brief zu schreiben, den ich nie verschicken werde, denn er gibt mir die Gewissheit, dass ich immer noch Worte zu sinnvollen Sätzen zusammenfügen kann.

»Hallo, Jenny Hill!'«

Victoria ist so plötzlich aufgetaucht wie ein Geist. In meinem Liebeskummer versunken, habe ich sie nicht kommen hören und jetzt steht sie neben mir und blickt auf das Geschriebene herab. Wieder fühle ich mich entblößt.

»Warum schreibst du nie solche Sachen für mich?«, fragt sie trotzig.

»Weil es eine Liebesgeschichte zwischen einer Frau und einem Mann ist, nicht zwischen zwei Mädchen.«

»Aber du und Jerry habt doch gar keine Liebesgeschichte.«

Meine innere Stimme lacht auf, Victoria kann ich nichts vormachen. Sie weiß, dass ich keinen Liebesroman schreibe, nur einen endlosen Brief an Jerry Lee, doch ihre nüchterne Feststellung bringt mich mit einem Schlag zurück in die Realität. Victoria kniet sich vor mir auf den Boden und zupft an den Schnürsenkeln ihrer Schuhe. »Du solltest es machen, wie ich es mit meinen Bildern tue.«

Was denn? Soll ein wild gewordenes Alien meine ganze Mannschaft mit Haut und Haar auffressen, damit ich ihre Probleme endlich los bin?

»Hänge das, was du bereits geschrieben hast, an die Wand«, erklärt sie und wieder scheint es mir, als würde eine erwachsene Frau mit mir sprechen. »Dann liest du die Geschichte Blatt für Blatt durch, aber nicht in der richtigen Reihenfolge. Lies alles durcheinander!«

»Ja, natürlich«, lache ich auf. »Ich hab schon genügend Unordnung in meinem Kopf.«

»Aber so kannst du das Chaos in deinem Kopf entwirren.«

Bist du jetzt auch noch Psychiater?

»Was ist ein Psychiater?«

Wieder Gedanken mit Worten verwechselt, verdammt. »Ein Mensch, den ich unbedingt einmal aufsuchen sollte.«

»Warum?«

»Victoria, kannst du bitte morgen wiederkommen? Du verstehst doch sicher, dass ich mich unbedingt ins Zeug legen muss, sonst kriege ich kein Geld mehr, um Essen und Papier zu kaufen.«

»Ich gehe nur, wenn du mir versprichst, meinen Trick anzuwenden.«

»Na gut. Ich versuche es.«

Von der Mitte des Raumes betrachte ich kritisch

mein Werk. Die Wände aus Holz sind mit Papier eingekleidet, aber es gibt immer noch viele Lücken. Sie zu füllen, soll meine Motivation sein. Bereits hundertfünfzig Seiten habe ich geschrieben. Ist doch gar nicht schlecht.

Ich wage mich an das erste Blatt heran. Es ist Seite 68. Dann Seite 14.

Noch immer nichts.

Seite 111.

Keine Blitzidee.

Seite 1.

Beim letzten Satz dieser Seite löst sich endlich ein Knoten in meinen Hirnzellen, eine lockere Schraube verankert sich wieder. Innert kürzester Zeit baut sich die gesamte Geschichte in meinem Kopf auf. Meine Hände schlottern wie verrückt, als ich ein leeres Blatt von dem Stapel auf dem Couchtisch nehme und in die Schreibmaschine spanne. Seite um Seite tippe ich, ohne ein einziges Mal innezuhalten, ohne einmal überlegen zu müssen, wie es weitergeht. Jedes beschriebene Blatt hänge ich sorgfältig auf, als wäre es ein Zeugnis, dass ich immer noch Schriftstellerin bin und nicht nur eine Regaleinräumerin. Ab und zu ertönen die seltsamen Geräusche des Hauses oben im Dach, aber ich lasse mich nicht ablenken. Es ist, als wäre ich selbst im Weltraum versunken. Nichts von außerhalb kann mich jetzt noch erreichen.

Erst, als die Dunkelheit der Nacht schwindet,

lasse ich mich erschöpft auf die Couch fallen, drücke mein Gesicht in das Kissen, das noch den Geruch von Jerry Lee in sich birgt, und mit einer nie gekannten Erleichterung schlafe ich ein.

Zehn

Es ist Victoria, die mich aus meinem Toten-schlaf weckt. Sie grinst mich an, und dann die Wände. »Hat geklappt, nicht wahr?«

Ich strecke mich von den Fingerspitzen bis in die Zehen kräftig durch und nicke schlaftrunken. Ein Geräusch lässt mich aufschrecken. »Was war das?« Sofort bin ich hellwach.

»Es klang wie ein Klatschen«, flüstert Victoria und schaut zum Dach empor.

»Wie hast du das damals gemeint, dass mein Haus spricht?« Ich ziehe ihren Blick auf mich.

»So, wie ich es gesagt habe.«

»Aber worüber spricht es? Will es mir irgendetwas sagen?«

Victoria schaut mich an, als wäre ich ein Kind, das weniger als nichts versteht und dem man alles genau erklären muss. »Natürlich will es dir etwas sagen, Jenny. Du musst nur genau hinhören. Irgendwann wirst du die Geräusche erkennen.«

»Erkennst du sie denn?«

»Ich glaube, dass es Charlie ist«, flüstert sie geheimnisvoll.

Charlie!, hallt es in meinem Kopf. »Was ist mit Charlie?«

Sie winkt mit der Hand, damit ich mich zu ihr

hinunterbeuge. »Ich glaube, dass sein Geist noch immer hier wohnt«, flüstert sie hinter vorgehaltener Hand in mein Ohr. Ich schrecke hoch. Jetzt, wo jemand anders diese Vermutung ausspricht, scheint es mir plötzlich völlig absurd. Das Mädchen schmunzelt. »Keine Angst. Er wird dir nichts tun. Wir waren gute Freunde.« Sie seufzt. »Ich vermisse ihn so.«

»Und ich vermisse Jerry Lee«, stöhne ich auf.

Victoria presst ihre Augen zu schmalen Schlitzen zusammen. »Ich hasse ihn«, zischt sie.

»Warum?«

»Weil sein Vater seine Mutter umgebracht hat.«

»Und warum ist das Jerry Lees Schuld?«

»Was der Vater in sich trägt, gibt er seinem Sohn weiter. Jerry Lee ist böse und schlecht.«

»Das sagst du doch nur, weil alle in Little Silence so denken.«

»Warum verschweigst du es?«, fragt sie leise, aber in scharfem Ton.

»Was meinst du?«

Das Mädchen kommt langsam auf mich zu. Ich fühle mich bedroht und weiche vor ihr zurück. »Warum willst du dich nicht daran erinnern?«

»An was erinnere ich mich nicht?« Wie ein in die Enge getriebenes Tier komme ich mir vor. Was ist bloß in sie gefahren?

»Das ist die Art, wie du deine Probleme löst, nicht wahr? Du vergisst einfach alles.«

»Sag mir, wovon du redest«, schreie ich sie an und Victoria bleibt endlich stehen.

Sie neigt den Kopf schief und schaut mich mit gerunzelter Stirn an. »Du hast es gesehen.«

»Was gesehen?«

»Wie er sie erschlagen hat.«

Ich schüttle den Kopf. »Nein, du lügst. Das habe ich nicht.«

»Du sprichst im Schlaf, Jenny.«

»Spionierst du mich etwa aus, wenn ich schlafe?«

Sie lächelt. »Ich schaue dir gerne beim Schlafen zu.« Und sogleich verhärtet sich ihre Miene wieder. »Du hast den Mord gesehen und du weißt, wo er die Leiche vergraben hat.«

Ich setze mich aufs Bett, versuche, mich an etwas Derartiges zu erinnern, aber die Einleuchtung bleibt aus. Dafür wird mir etwas anderes klar. Es würde erklären, warum mir James McAuffrey bekannt vorgekommen ist. Das harte Gesicht, die Riesenhaftigkeit, sein ganzes Erscheinen. Victoria könnte recht haben. Doch warum bin ich so feige und verdränge alles? Ist das tatsächlich meine Art? Erscheint mir deshalb meine Vergangenheit so verschwommen? Es fällt mir schwer, den einen Gedanken mit dem anderen zu verknüpfen. Ich stammle wie von Sinnen, bringe die Frage nicht zustande. Meine beste Freundin aber weiß, was ich sagen will.

»Wir müssen zur Polizei.«

»Solange wir keine Beweise haben, können wir nicht viel ausrichten.«

»Du musst die Leiche finden«, sagt Victoria.

Ich packe sie an den Schultern; es fällt mir schwer, die Nerven zu wahren. »Aber ich erinnere mich nicht daran. Ich weiß nicht, wo er sie vergraben hat.«

»Die Erinnerung ist da. Du musst nur auf deine innere Stimme hören.«

Erschrocken weiche ich vor ihr zurück. »Woher weißt du von ihr?«

»Jeder Mensch hat eine innere Stimme. Manche haben sogar ganz viele. Meine Mutter sagt, dass man seiner inneren Stimme vertrauen soll. Sie führt einen immer auf den richtigen Weg.«

»Wirst du mir helfen?«

Victoria kaut auf der Unterlippe und blickt mich scharf an. »Wenn ich dir helfe, versprichst du mir, Jerry Lee niemals wieder zu sehen? Er zerstört unsere Freundschaft.«

Ich klage frustriert, doch ich gebe mit dem Einverständnis meiner inneren Stimme nach. »Also gut, wie willst du mir helfen?«

Jetzt fixiere ich Victoria, als würde es in dieser Welt nur noch sie und mich geben.

»Wir brauchen irgendetwas von Carol. Ein Kleid, eine Kette, eine Haarschleife oder so was.«

»Wozu?«

»Es wird deinem Gedächtnis auf die Sprünge helfen.«

»Ich bin doch kein Spürhund.«

»Meine Mutter sagt, dass jeder Mensch eine übernatürliche Fähigkeit hat. Sie wartet nur darauf, geweckt zu werden.«

»Deine Mutter scheint ja sehr weise zu sein.« Ich verstehe ihre Absicht nicht, aber sie ist meine Freundin und ich vertraue ihr. Also hecken wir einen Schlachtplan aus und am Nachmittag schicke ich Victoria nach Hause. Heute Nacht würde ich zur McAuffrey Farm reiten und eine Karriere als Einbrecherin wagen. Wer weiß, vielleicht wäre das eine Alternative zur Schriftstellerei, falls die Blockade wieder von mir Besitz ergreift.

Nachdem Victoria weg ist, versuche ich mich in das Chaos aus Texten hineinzufinden, doch es fällt mir schwer, die Konzentration heraufzubeschwören. Die Vorstellung, dass ich diesen Mord wirklich gesehen habe, lässt mich keinen vernünftigen Gedanken fassen. Ich schreibe zwar wie verrückt, aber mir scheint, als würde ich mich im Kreis bewegen. Wie die Helden in der Geschichte verliere auch ich das Gefühl von Raum und Zeit, die Realität steht kopfüber. Was stimmt nicht mit meinem Gedächtnis, dass es so vieles einfach verdrängt und vergisst?

Nach einer Stunde werfe ich den abgestumpften

Bleistift in eine Ecke, wo er zerbricht. Ich lasse einen Moment den Kopf hängen und als ich ihn wieder hebe, starre ich direkt auf Seite zweiundzwanzig, die am Spiegel klebt. Es kostet mich große Überwindung, das Blatt zu heben. Ich fürchte mich vor dem Blick in den Spiegel, habe Angst, die Zeit erneut darin zu verlieren. Aber es kommt erst gar nicht so weit, denn nach einer halben Sekunde habe ich genug gesehen.

Was hast du denn gesehen?

Ich starre auf das mit Bleistift vollgekritzelte Papier, das den Spiegel wieder vor mir verbirgt. Meine Schrift ist kaum leserlich.

Dein Gesicht!

Was war mit meinem Gesicht?

Du hast es nicht gesehen!

Ja! Alles, was mir der Spiegel in diesem kurzen Augenblick gezeigt hat, war mein Hinterkopf gewesen. Ich habe mich in dem Spiegel von hinten gesehen.

Schau noch einmal hinein!

»Nein, auf keinen Fall!«, rufe ich entrüstet. In diesem Spiegel spukt es, genauso wie in meinem Haus. Die beiden stecken unter einer Decke. Ich werde dieses Miststück entfernen.

Ein dumpfer Schlag. Aber von wo?

Es kam vom Dach!

Ich setze mich aufs Bett und lausche. Da! Als würde ein Körper irgendwo aufschlagen.

Eigentlich sind es nicht die Geräusche selbst, die mir unzählige Schauer durch den Leib jagen, sondern die beklemmende Ahnung, dass mir die Geräusche bekannt, gar vertraut vorkommen. Ich habe diese Geräusche schon einmal gehört. Nein, ich habe sie immer wieder gehört! Krampfhaft denke ich nach, aber irgendetwas blockiert meine Erinnerung.

»Was willst du mir sagen?«, schreie ich das Dach an. Ein Quietschen antwortet, dem ein ferner Schrei folgt, aber es hilft mir nicht weiter. Ich stürme aus dem Haus zu Gamby, springe mit einem Satz auf seinen Rücken, jage ihn durch das geöffnete Tor und wir galoppieren davon.

Elf

Erst kurz nach Sonnenuntergang kehren wir nach Hause zurück. Mein Geist ist leergefegt, meine Seele hat sich zurückgelehnt. In ein paar Stunden werde ich wieder losziehen, um ein Verbrechen zu begehen. Aber ich tue es für Jerry Lee. Alles bin ich bereit für ihn zu tun! Ich glaube fest daran, dass er zur Ruhe kommen wird, wenn wir Carols Leiche gefunden haben. Er würde sie ehrenvoll bestatten können und es würde endlich einen Ort geben, wo er sie besuchen kann. Und ich hoffe, dass ihn die Menschen in Little Silence wieder respektieren.

Ich bin so nervös, dass mir schlecht ist. Keine Sekunde kann ich stillhalten und jede einzelne Minute verstreicht so langsam wie eine Stunde, doch ich ermahne mich, lange genug zu warten. Gegen zwei Uhr werde ich aufbrechen, eine Stunde später sollte ich die McAuffrey Farm erreichen. Dann sollten dort alle tief und fest schlafen. Aber was, wenn Sokrates bellt?

Vielleicht schläft der Hund draußen auf dem Hof.

Ich bin mir des Risikos und meiner Leichtsinnigkeit bewusst, doch der Wunsch, Jerry Lee zu helfen, ist stärker als jede Vernunft.

Um mir die Zeit zu vertreiben, fange ich an, die

Tapete aus Papier herunterzureißen. Anfangs klappte es gut, aber jetzt verliere ich die Übersicht. Ich werde mir etwas anderes ausdenken müssen. Aber wenigstens bin ich auf diese Weise ein gutes Stück vorangekommen. Die Worte haben mich wiedergefunden.

Über der Welt hat sich ein sternenklares Himmelsfeld ausgebreitet und der Vollmond lässt die Landschaft silbern leuchten. Es ist still, nur ein paar nimmermüde Grillen zirpen irgendwo zwischen den Gräsern. Eine angenehme Wärme hüllt mich ein und gibt mir das Gefühl, noch nie einer Sache so sicher gewesen zu sein. Was ich vorhabe, ist das einzig Richtige. Gamby trabt gemächlich, seine Schritte sind geräuschlos, mein Pferd weiß genau, worum es geht. Selbst als das helle Weiß des Hauses in der Dunkelheit auftaucht, fühle ich mich gelassen. Ich lasse Gamby hier draußen stehen. Er senkt seinen Kopf um zu grasen und ich pirsche mich auf leisen Sohlen an den Hof heran. Kein Hund bellt, als ich mich nähere, und die Haustür ist auch nicht verschlossen. Das ist einer der vielen Vorteile in diesen verschlafenen Nestern: Keiner fürchtet Einbrecher und Mörder. Warum also sich die Mühe machen, die Tür abzuschließen?

Weil der Mörder bereits drinnen ist!

Jetzt ist nicht der richtige Zeitpunkt, um mir Angst einzujagen.

Ich schaue mich zuerst im Wohnzimmer um.

Mit dem Feuerzeug suche ich die Wände nach Fotos von Carol ab. Jerry Lee hat sie mir einmal beschrieben: Langes, volles, kupferbraunes Haar, genauso braun ihre großen Augen und ein herzliches Lachen. Aber ich finde nirgends ein Bild von solch einer Frau, als wären die Erinnerungen für Jerry Lee zu schmerzhaft – oder als würde James McAuffrey ihre anklagenden Blicke nicht ertragen.

Ich schleiche mich lautlos wie eine Katze die Treppe hinauf. Es ist das erste Mal, dass ich den ersten Stock dieses Hauses sehe. Keine Ahnung, wer und was in welchem Zimmer auf mich lauert. Ein langer Gang erstreckt sich vor mir, vier geschlossene Türen auf jeder Seite. Tief durchatmend schließe ich die Augen und versuche, irgendeine Intuition in meinem Innern zu erhaschen. Aber es gibt keine. Mit geschlossenen Augen mache ich sieben Schritte vorwärts. Für die dritte Tür von rechts entscheide ich mich schließlich. So leise und langsam wie nur möglich öffne ich die Tür, darauf gefasst, dass McAuffrey bewaffnet vor mir steht. Aber in diesem Zimmer gibt es nur ein frisch bezogenes Bett und eine Kommode. Muss wohl das Gästezimmer sein. Ich öffne die Tür links von mir. Auch dieses Zimmer ist schlicht eingerichtet, aber hier sind die Fensterläden geschlossen. In der Düsternis erkenne ich einen Umriss, der sich unter dem Bettlacken erhebt. Es muss einer der Angestellten sein. Ich gehe weiter zu den zwei hintersten Türen und wähle die rechte. Hier sind die Fensterläden geöffnet und das Zimmer wird vom Mondlicht geflutet. Sofort erkenne ich, wer im Bett dieses Zimmers liegt. Jerry Lees Gesicht ruht im silbrigen Widerschein des Mondes. Die Stimme schreit mich an, die Tür zu schließen, aber ich gehorche ihr nicht. Wie ein Geist fühle ich mich, während ich das Zimmer durchquere.

Sein Gesicht! Es ist zwar immer noch verschlagen, aber im Mondlicht wirkt es traumhaft schön und wieder zweifle ich daran, dass er der Wirklichkeit entspricht. Es kommt mir vor, als wäre er von einer anderen Welt. Ich beuge mich hinab, um ihm ins Ohr zu flüstern, dass ich ihn liebe, aber die Alarmglocken bewahren mich davor. Jetzt hätte ich endlich die Gelegenheit, ihn stundenlang zu beobachten. Aber all das, was uns verbindet, bedeutet rein gar nichts. Ich seufze lautlos, nicht fähig, den Blick von ihm zu nehmen.

Warum tust du dir das an?

Weil ich hoffe, dass sich etwas von dem Frieden, den er in seinem Schlaf hegt, auf mich überträgt. Meine Schlaflosigkeit wird immer schlimmer. Sehnsüchtig denke ich an die vorletzte Nacht zurück, als Jerry Lee auf meiner Couch geschlafen hat und ich wie ein Hund zu seinen Füßen. Stundenlang habe ich durchgepennt!

Jerry Lees Gesicht verblasst allmählich.

Siehst du? Er ist ein Traum und jetzt löst er sich auf!

Nein, scheiße! Der Mond ist untergegangen! Wie lange stehe ich denn schon hier? Bin ich verflucht? Verflucht, die Zeit zu vergessen und Erinnerungen zu verdrängen?

Ich zwinge mich, das Zimmer zu verlassen, wo der Mann meiner Träume friedlich schläft, ohne zu wissen, wie sehr ich mich nach ihm verzehre. Ohne zu wissen, dass ich ihm fast zwei Stunden lang beim Schlafen zugesehen habe.

Schnurstracks trete ich durch die gegenüberliegende Tür. Ein hemmungsloses Schnarchen hallt in dem Zimmer wider. Zwei Gestalten in dem Bett. Das müssen James und Christine sein. Dieses Zimmer zu betreten würde Selbstmord bedeuten und hier würde ich mit Sicherheit nichts von Carol finden. Wenn die McAuffreys noch irgendetwas von ihr aufbewahren, dann muss es sich auf dem Dachboden oder im Keller befinden. Ich blicke nach oben an die Decke. Hier gibt es keinen Zugang. Ich schleiche die Treppe hinab. Links an ihrem Fußende befindet sich eine Tür. Auch sie ist unverschlossen. Ich erlaube mir, das Licht einzuschalten. So errege ich weniger Aufmerksamkeit, als wenn ich im Stockdunkeln die Treppe herunterpurzle.

Es ist kühl hier unten. Holztruhen und Kartonkisten sind zu schiefen Türmen aufeinandergestapelt, die den ganzen Keller ausfüllen. Von Gerümpel versperrt würde ich an manche Kisten gar nicht herankommen. Ich suche die berühmte Nadel im Heuhaufen. Als wären meine Augen Röntgenstrahlen, lasse ich meinen Blick langsam über die Kisten schweifen.

Da! Auf einer uralten Holztruhe, von der die grüne Farbe abblättert, steht in schwungvollen Buchstaben ‚Carol' geschrieben. Ich stürze mich auf die Truhe und schlage den Deckel auf. Es muss Jerry Lee sein, der die Schätze seiner Mutter hier drinnen aufbewahrt. Es befinden sich allerlei Kleinigkeiten in der Kiste: Tagebücher, Schmuck, Groschenromane, ein Sommerhut, verstaubte Schallplatten, ein alter Zaum und vieles mehr. Und haufenweise Fotos. Carol und Jerry Lee, wie sie sich lachend in den Armen halten; Carol, die auf Jack sitzt; Carol im Rosengarten; Carol auf einem Traktor. Die Ähnlichkeit zwischen Mutter und Sohn ist verblüffend. Dasselbe Grübchenlachen, dieselben schmalen Augen mit der undefinierbaren Farbe, das kindliche Gesicht.

Lange starre ich Carol an, die mir entgegenlacht und mich gleichzeitig anfleht, sie zu suchen. Tatsächlich kommt diese Frau mir irgendwie bekannt vor. Aber mehr nicht. Also wühle ich weiter. Ich finde keine Fotos, wo Carol und James gemeinsam drauf sind. Ohne Zweifel hat Jerry Lee sie beseitigt.

Aus der Tiefe der Truhe berge ich ein blumenfarbenes, seidenes Sommerkleid.

Das ist Carols Lieblingskleid gewesen!, ruft die innere Stimme.

Ich starre auf das Kleid und horche in mich. Du weißt etwas, das ich nicht mehr weiß, Stimme. Sag es mir! Du wohnst in meinem Unterbewusstsein. Was siehst du dort unten? Du bist diejenige, die Jerry Lee helfen kann!

Du weißt, wie ich über ihn denke.

»Dann tue es verdammt noch mal für Carol und für mich! Ich kann mit diesem Unwissen nicht weiterleben«, schreie ich und schlage mir augenblicklich die Hand auf den Mund.

Jetzt mach keinen Stress! Man wird dich noch erwischen, wenn du nicht endlich lernst, deine Gedanken zu kontrollieren.

Ich hole tief Luft und beruhige mich. Was also soll ich tun?

Nimm das Kleid und lass uns abhauen!

Durch das vergitterte Kellerfenster erkenne ich, dass es draußen allmählich hell wird. Es ist höchste Eisenbahn, von hier zu verschwinden! Ich stopfe das Kleid in den Rucksack. Durch die Hektik lasse ich den Deckel scheppernd zukrachen. Zischend ziehe ich die Luft zwischen zusammengepressten Zähnen ein. Ich halte inne und lausche. Weiter oben regt sich etwas. So leise und schnell wie möglich rase ich die Treppe hinauf und mache mir nicht die Mühe, die Türe zu schließen. Als ich nach draußen stürme, geht im oberen Flur das Licht an.

Das Herz schlägt mir bis in die Kehle. Meine Füße tragen mich wie der Wind über den Hof und keuchend erreiche ich die noch vorhandene Düsternis in der Prärie, wo mein treues Pferd auf mich wartet. Mit einem Satz sitze ich auf seinem Rücken. Ich blicke zurück zur Farm. Eine Gestalt steht in der Türschwelle. Von der Größe und der Postur her kann es sich nur um James McAuffrey handeln. Gamby braucht keine Aufforderung, schleunigst von hier zu verschwinden. Das Bild von dem riesenhaften Schatten, der bewegungslos, aber wissend in der Tür verharrt, verfolgt mich bis nach Hause. Diese Silhouette hat all meine Erinnerungen auf einen Schlag zurück gebracht.

Zwölf

Ein permanentes Klopfen holt mich aus dem mühsam erkämpften Schlaf. Eine unsichtbare Hand berührt mich aus dem Nichts und zerrt mich am linken Arm in eine sitzende Haltung. Ich bin zu erschöpft, um darüber zu erschrecken. Sämtliche Glieder sind steif, manche brennen, andere sind kalt und hart. Ich schlurfe zur Tür, aber mein Geist ist im Traum hängen geblieben. Die Erscheinung von Jerry Lee lässt mich in den nächsten Traum purzeln.

Ich schüttle benommen den Kopf. »Was machst du denn hier?«

»Dürfen sich Freunde nicht mehr besuchen?«, lächelt er geheimnisvoll.

Ich streiche mir die verknotete Haarsträhne aus dem Gesicht. »Komm herein!« Ich schwanke zurück zum Bett, lasse mich fallen und vergrabe das Gesicht im Kopfkissen. Ich höre, wie Jerry Lee sich auf dem Sofa niederlässt.

»Ist mit dir alles in Ordnung, Jenny?«

Meine Antwort ist eine Mischung aus einem Grunzen und Stöhnen, für jeden Mensch unverständlich. Ich spüre förmlich, wie er zögert, und dann wagt er sich doch an die Frage heran, derentwegen er hier ist.

»Da wir gerade von Besuchen sprechen.« Er zaudert erneut, lacht leise vor sich hin.

»Es ist mir etwas peinlich.« Ich blicke ihn durch den Busch meines Haars an. Wie kann diesem makellosen Mensch etwas peinlich sein?

»Kann es sein, dass du gestern in unserem Haus gewesen bist?« Ich habe von dieser Frage in dem Moment gewusst, als mein träumendes Unterbewusstsein das erste Klopfen an der Tür wahrgenommen hat. Jetzt bin ich hellwach und greife nach einem Haarband, um das Chaos um meinen Kopf nach hinten zu bändigen. Im Schneidersitz hocke ich auf dem Bett, starr wie ein Ölgötze, und suche nach einer passenden Antwort.

Nichts als die Wahrheit, Schätzchen.

Ich könnte mich ohrfeigen für meine Unfähigkeit, Jerry Lee anzulügen. Also bleibt mir nichts anderes übrig. »Ich habe dir doch von Victoria erzählt?«

Jerry Lees Augen weiten sich und ein für die Außenwelt unsichtbares Lächeln erhellt sein Gesicht. »Ja, deine kleine Freundin.« Seine Freude über diese ungewöhnliche Freundschaft schmerzt mich, weil Victoria Jerry Lee nicht ausstehen kann. Sie kennt ihn nicht einmal!

Jetzt bin ich es, die beim Reden stockt. »Sie hat mir gestern erzählt, dass ich gesehen habe, wie James deine Mutter erschlagen hat.«

Das Lächeln erlischt in seinem Antlitz. Er öffnet

den Mund, aber es kommt kein Ton heraus. Also fahre ich fort, erzähle, was vorgefallen ist und warum ich in sein Haus eingebrochen bin – und dass ich mich wieder erinnert habe. Er blickt mich weiterhin mit ausdruckslosen Augen an. Ich atme innerlich auf, darauf wartend, dass er die Geschichte als verrückt abstempelt. Plötzlich komme ich mir unglaublich lächerlich vor. Ich erzähle ihm gerade, dass ich wegen meines unbrauchbaren Kurzeitgedächtnis in sein Zuhause eingebrochen bin. So also fühlt man sich als Verbrecher: beschämt, dreckig und närrisch.

Jerry Lee schweigt weiterhin, fixiert mich und ich würde mich am liebsten in Luft auflösen. Ich versuche zu verbergen, wie wahnsinnig mich sein Schweigen macht, darauf gefasst, dass er in jedem Moment explodiert.

»Was hast du gestohlen?«, fragt er nach einer Ewigkeit, flüsternd.

Es ist nicht das Wort *gestohlen*, das mich wie der Schlag trifft, sondern die plötzliche Einsicht, dass ich es gewagt habe, die kostbaren Schätze von Carol anzufassen. Der Gedanke daran, dass ich mit meinen Klauen die Truhe durchwühlt habe, scheint ihn krank zu machen.

Ich will eine Entschuldigung stammeln, aber ich begreife, dass es besser ist, ihm zu antworten. »Das Blumenkleid.«

Im selben Moment wird mir bewusst, dass ich

das Kostbarste dieses Schatzes gestohlen habe.

Jerry Lee schlägt die Augen nieder. Hinter seiner Stirn arbeitet es angestrengt und weil er mein Seelenverwandter ist, spüre ich, welchen Konflikt er gerade in sich austrägt. Es kostet ihn all seine Kraft, nicht die Beherrschung zu verlieren. Am liebsten würde er mich am Hals packen, aber da ist dieses Etwas zwischen uns, das ihn zurückhält. Ich fühle mich wie ein Häufchen Elend, stelle mir vor, wie ich als Milbe in der Matratze verschwinde. Noch nie habe ich eine solche Scham empfunden wie in diesem Moment, der einfach nicht vorüber gehen will. Jetzt wäre ich für einen Verlust des Zeitgefühls sehr dankbar. Aber es ist dieser geheimnisvolle Mensch, der immer noch schweigend vor mir sitzt, der die Zeit stehen lässt.

Jerry Lee richtet sich auf. »Ich will dieses Mädchen kennenlernen.«

Seine Reaktion erleichtert mich, aber die Augen strahlen noch immer Kälte und Distanziertheit aus. Victorias Missgunst ihm gegenüber kommt mir wieder in den Sinn.

»Ich fürchte, das geht nicht.«

»Warum nicht?«

»Sie kann dich nicht leiden.«

Er legt die Stirn in Falten und horcht auf. »Was habe ich ihr zuleide getan?«

»Ich fürchte, das weiß sie selbst nicht.«

Ich zucke mit den Schultern.

»Na ja, du weißt schon, wegen dem Gerede im Dorf.«

Er nickt.

Ich stehe auf und gehe neben der Armlehne der Couch in die Knie. Wie ein flehender Hund starre ich zu Jerry Lee empor. »Hör zu, ich gehe heute Nacht mit Victoria in den Wald, um sie zu suchen. Falls wir Carol finden …« Jerry Lees Wimpernschlag beschleunigt sich und ich verstehe, dass er sich nichts mehr als das wünscht, »Falls wir sie finden, bist du der Erste, der es erfährt. Ich werde dich holen kommen.«

»Versprichst du es mir?« Er beugt sich zu mir herab, sein Gesicht näher bei meinem, doch ich weiß, dass es kein Annäherungsversuch ist, sondern eine Geste, die Nachdrücklichkeit übt. Alles in mir erlahmt, auch meine Zunge.

»Dir würde ich alles versprechen«, nuschele ich.

Er richtet sich wieder auf. »Danke, Jenny. Ich weiß es zu schätzen, dass du mir helfen willst.« Er erhebt sich, ich aber bleibe auf dem Fußboden hocken. Mit einem milden Blick schaut er auf mich herab. »Schlaf weiter! Das hast du bitter nötig.«

Alles, was ich brauche, bist du, verdammt noch mal!

So, wie du im Moment aussehen musst.

Ich blicke Jerry Lee nach. Kaum hat er die Haustür hinter sich geschlossen, springe ich auf und laufe zum Spiegel. Ich muss wissen, wie schlimm ich gerade aussehe! Mein Blick fällt in den Spiegel und ich taumle schreiend zurück. Ich wünschte, ich hätte in diesem Moment mein eingefallenes Gesicht erblickt anstatt dieses Mädchen. Eine große Brille in einem Mondgesicht und ödes, braunes Haar, das bis auf die Schultern fällt. Wer zum Teufel war das?

Ich stehe auf und wage einen zweiten Blick in den Spiegel. Alles, was ich jetzt sehe, ist Jenny Hill, die mit Geistern unter einem Dach lebt und vor Angst und Liebeskummer fast umkommt.

Dreizehn

Es ist ein trüber Morgen und der Himmel verbirgt sich hinter einer Mauer aus Wolken. Die Luft hat sich abgekühlt, es riecht nach Regen. Eine nicht zu bändigende Unruhe hat wieder von mir Besitz ergriffen. Ohne Unterbruch gehe ich im Wohnzimmer auf und ab, bis es mich wahnsinnig macht, gehe dann nach draußen und stakse an Gambys Weide entlang. Das Pferd lässt sich von meiner Aufgekratztheit nicht anstecken. Es hat das rechte Hinterbein auf die Hufspitze gestellt und döst mit halb geschlossenen Augen vor sich hin. Ich versuche erst gar nicht, mich mit dem Schreiben abzulenken. Es würde in meiner jetzigen Verfassung ohnehin in einem Desaster enden. Auch auf ein Buch konnte ich mich nicht konzentrieren und das Haus glänzt wie frisch poliertes Silberbesteck. Die ganze Nacht habe ich wie der Teufel geputzt und bin im Gemüsegarten herumgestolpert, weil ich kein Auge schließen konnte. Das Warten auf Victoria dehnt sich in eine erbarmungslose Unendlichkeit.

Knackendes Unterholz erregt meine Aufmerksamkeit. Da kommt Victoria aus dem Gebüsch gesprungen. Endlich! Ich schnüre den Rucksack, in den ich Proviant gestopft und eine Schaufel drauf gebunden habe, enger um meine Taille und marschiere ihr entgegen, das Blumenkleid in der Linken. Wir treffen uns in der Mitte des Zauns, wo wir stehen bleiben und uns ansehen, als wüssten wir einfach alles voneinander. Dann fällt ihr Blick auf den dünnen Fetzen Stoff in meiner Hand.

»Ist das Kleid von Carol?«

Ich nicke und reiche es ihr. »Sei bloß vorsichtig damit! Ein Fleck oder eine zerrissene Masche könnte mein Tod bedeuten.«

Du solltest mit einem Kind nicht so reden!

Wie ich ihr so zusehe, wie sie die Augen schließt, die Nase im hauchdünnen Stoff vergräbt und daran riecht, kommt sie mir nicht wie ein Kind vor. Zärtlich streichelt Victoria das Kleid, reibt ihr Gesicht daran, hebt es hoch, um es in seiner Ganzheit zu betrachten.

»Es war ihr Lieblingskleid.« Sie riecht noch einmal daran. »Ihr Duft hängt immer noch darin fest, als wollte sie nicht akzeptieren, dass sie sterben musste.« Sie reicht mir das Kleid und ich mache ihr die Prozedur nach. »Du hast dich erinnert, nicht wahr?«

Die Augen geschlossen und die Nase noch immer im Stoff vergraben, nicke ich. Das Kleid riecht hauptsächlich nach altem Holz und modriger Luft, aber es hängt noch ein Hauch Rosen drin. Wieder bannen sich die Bilder dieses Abends durch meinen Verstand bis zum inneren Auge. Damals, als ich diese rothaarige Frau auf dem Schimmel gesehen habe und wie sie in Gedanken versunken vor sich hergesungen hat. Mit Gamby bin ich ihr nachgeritten, ohne zu wissen warum. Vielleicht hat es mir Spaß gemacht, sie heimlich zu beobachten, vielleicht habe ich Gesellschaft gesucht. Nicht, dass ich mich jemals getraut hätte, eine fremde Person anzusprechen. Ich erinnere mich, wie diese Schönheit mich magisch angezogen hat, oder war es Schicksal gewesen? Hat irgendeine höhere Macht mich dazu verleitet, Carol zu folgen, damit ich Zeugin des Mordes werde? Wie gesagt, viele Teile meiner Vergangenheit sind mir entglitten. Aber die Szene, wie McAuffrey mit einem Knüppel auf seine Frau einschlägt, immer und immer wieder, bis ihm das Blut ins Gesicht spritzt, spielt sich jetzt deutlich in meiner Erinnerung ab. Ich war so erstarrt gewesen, dass ich ihm sogar dabei zugesehen habe, wie er die Leiche vergrub, während ich mich hinter einem Erdhügel versteckt habe. Erst, als er längst fortgeritten war und die Nacht die Herrschaft an sich gerissen hatte, konnte ich mich wieder rühren.

Ich frage mich, wann und warum ich all das verdrängt habe. Vielleicht über Nacht, während ich geschlafen habe? Oder auf dem Nachhauseweg? Ich weiß es nicht mehr und es spielt keine Rolle, denn ich erinnere mich genau, wo die Leiche begraben liegt.

»Er ist ein Scheusal, genau wie sein Sohn«, reißt

Victoria mich aus meinen düsteren Grübeleien.

Ich ignoriere die Bemerkung. »Wollen wir mein Pferd nehmen?«

»Du weißt doch, dass ich Angst vor ihm habe!«

Ich stöhne resignierend auf. »Na gut, dann los!«

Sie trottet neben mir her. »Wo geht es lang?«

Ich zeige Richtung Süden, wo am Horizont eine bewaldete Hügelkette das Tal einrahmt.

Es ist ein weiter Marsch durch die Prärie. Seit Stunden sind wir unterwegs und mir scheint, als wären wir dem Wald noch keinen Schritt näher gekommen. Der Regen setzt ein und unser Ziel verschwindet hinter einem Vorhang aus Bindfäden. Mir kommt es vor, als würden wir durch eine leere Welt wandeln, in der es nur Regen und kniehohes Gras gibt. Meine Füße schwimmen in den Schuhen und fühlen sich wie Brei an. Die Wiesen haben sich in einen glitschigen Morast verwandelt, aber Victoria schreitet unbeirrt weiter. Ich bewundere sie. Welches Mädchen in ihrem Alter würde freiwillig stundenlang durch Matsch und Regen laufen? Nicht ein einziges Mal bleibt sie stehen, um eine Pause zu machen, nicht ein einziges Mal beklagt sie sich. Ich dagegen wünsche mir innig, sie möge den Vorschlag machen umzukehren und es wieder versuchen, wenn das Wetter gnädiger ist. Doch so lange sie vorangeht, folge ich ihr. Schließlich tue ich es für mein Herz. Für Jerry Lee würde ich durch viel mehr als Matsch und Regen gehen. Aber für wen tut es Victoria, wenn sie doch Jerry Lee so hasst?

Sie tut es für dich, weil du ihre Freundin bist.

Warum hast du mich das alles vergessen lassen, Stimme?, klage ich meine unsichtbare Freundin an. Warum hast du mir die Erinnerungen nicht früher zurückgebracht?

Weil ich dich beschützen wollte, Jenny. Weil es dich einfach zu sehr mitgenommen hat. Du erträgst es nicht, Menschen sterben zu sehen.

Was soll das heißen? Wie viele Menschen habe ich denn noch sterben sehen? Und wen?

Sie antwortet nicht.

Jede Bewegung ekelt mich, so klitschnass bin ich, als wir den Wald endlich erreichen. Auch hier finden wir keinen Schutz vor den himmlischen Wasserfällen. Die schweren Regentropfen haben das Blätterdach längst durchdrungen und der Rucksack ist so schwer geworden, als würde ich Steine mit mir herumschleppen. Wenigstens ist es ein warmer Sommerregen.

Dieser Wald scheint einem Märchen entsprungen zu sein. Uralte Eichen, hochragende Buchen, buschige Linden und kraftstrotzende Edeltannen stehen dicht gedrängt. Manche Bäume tragen ein flauschiges Kleid aus Moos, andere einen Schleier aus Efeu. Von Flechten überwachsene Steine buckeln sich aus dem dichten Teppich aus gefallenem

Laub. Es riecht herrlich nach Regen, der sich mit Mutter Natur vereint. Die Überdachung aus Blättern lässt den über dem Erdboden schwebenden Dunst grünlich schimmern. Es ist ein mystischer Wald, von Geheimnissen genährt.

Jetzt bin ich es, die vorangehen muss. Ich erinnere mich nicht, nach diesem Abend jemals wieder mit Gamby hier gewesen zu sein. Es ist wunderschön und wie in Trance erkämpfe ich einen Weg durch das Buschgewirr.

Es bleiben keine Augenblicke für die Schönheit dieses Waldes. Gerne hätte ich nach Zwergen, die sich im Unterholz verstecken, Ausschau gehalten, und nach weißen Einhörnern und singenden Elfen. Aber ich konzentriere mich auf den Weg, auf dem ich Carol damals gefolgt bin und bete, dass ihre Seele das Jenseits in diesem Wald gefunden hat.

»Hier muss es irgendwo einen Weg geben«, unterbreche ich irgendwann die Stille. Mit geschärften Augen halte ich nach einem Anhaltspunkt Ausschau, doch ich sehe den Wald vor lauter Bäume nicht mehr. Wir sind von blutigen Striemen gezeichnet, aber weder Dornen noch der Regen können uns aufhalten! Da ist dieser Felsen, der mich schon vor elf Monaten an eine kauernde Frau mit einem Kind im Arm erinnert hat. Dahinter fällt der Boden steil ab.

»Da runter!«

Wir stolpern und rutschen den Hang hinunter.

Unten angekommen sind unsere Hinterteile schwarz und nass von der Erde, aber dafür werden wir mit dem Weg belohnt, den ich gesucht habe. Es ist ein verwachsener Pfad, der seit langem nicht mehr benutzt wird, so dass hier das Grünzeug unaufhaltsam die Herrschaft zurückfordert. Wir folgen dem Weg, der mancherorts gänzlich von Laub zugedeckt ist. Aber ich mache mir keine Sorgen, denn meine allwissende Stimme leitet mich.

Ich bleibe stehen, um ein paar Äpfel aus dem Rucksack zu holen. Der saure Saft verzieht mir das Gesicht und ich spüre wieder die Energie in mir fließen.

Victoria isst nicht und starrt nur auf die Frucht in ihrer Hand. »Du wirst nicht etwa zur Polizei gehen?« Furcht begleitet ihre Stimme.

»Natürlich werde ich das.«

»Der Mann ist verrückt, Jenny. Er wird dich umbringen. Ich will nicht, dass dir etwas passiert.«

Nur mit Gewalt kann ich das Apfelmus schlucken, das mir plötzlich hart wie Zement vorkommt. Victoria steckt den Apfel in ihre Jackentasche und folgt mir.

Ein paar Minuten später mahnt meine Stimme, stehen zu bleiben. Ich breite die Arme aus und drehe mich, zu Boden starrend, mehrmals im Kreis.

»Hier ist es passiert«, flüstere ich. »Hier hat er sie begraben.« Weder ein Stein oder ein Baumstrunk, noch eine Markierung, dienen als Anhaltspunkt für einen Mord oder für ein Grab. Dennoch bin ich mir ganz sicher.

Ich blicke die Böschung hinauf. »Und dort oben habe ich mich versteckt.« Ein unbeschreibliches Grauen packt mich. Hier also, ein paar Meter unter unseren Füssen, verwest Jerry Lees Mutter. Hastig streife ich den Rucksack ab und packe die Schaufel. Dank des Regens ist die Erde weich und ich komme gut voran. Ich schaufle ohne innezuhalten und mit der Zeit verfalle ich in eine Art Trance. Wie automatisiert hebe ich die schwere Erde aus der Grube, immer und immer schneller. Victoria schaut mir stumm dabei zu. McAuffrey hat tief gegraben, sehr tief. Bald steht mein ganzer Körper im Untergrund des Waldes. Ich hechle wie ein Hund und allmählich hege ich das Gefühl, an der falschen Stelle zu graben.

»Bist du dir sicher, dass ...«, sagt Victoria, aber mein Kreischen unterbricht sie. Eine Hand liegt auf der Schaufel. Als könnte die Leiche sich jeden Moment erheben und mich verfolgen, krabble ich aus der Grube. Auf dem Bauch liegend luge ich über den Rand der Grube, in deren Tiefe ein farbloser Arm schlaff in der Erde liegt.

Victoria kniet sich neben mich und legt eine Hand auf meine Schulter. Mein hyperventilierender Atem beruhigt sich allmählich. »Ich ... ich glaube ... es ... nicht«, stammle ich, unfähig, den Blick von dem Stück Leiche zu nehmen. »Victoria, wir haben sie … er hat sie tatsächlich …«

Das ist zu viel für meine Nerven. Ich drehe mich auf den Rücken, schließe die Augen und versuche, mich auf die Regentropfen zu konzentrieren, die auf mein Gesicht platschen. *Du musst die Leiche jetzt ausgraben!* Mein Verstand schlägt Purzelbäume, es fällt mir schwer, die Beherrschung zu wahren. Mein Geist droht, in den Bildern unterzugehen, die durch meinen Kopf rasen. Jerry Lees Gesicht, Victorias Zeichnungen, McAuffreys Gestalt in der Tür, ein knallrotes Auto, das fremde Mädchen als mein Spiegelbild … Halt! Warum schwirrt ein Bild von einem roten Auto in meinen Kopf herum?

Ich weiß es nicht und ich will nicht länger darüber nachdenken. Deshalb erhebe ich mich und bringe meine Arbeit zu Ende.

Vierzehn

Verdreckt wie ich bin, setze ich mich auf Gambys nackten Rücken. Erbarmungslos jage ich ihn durch die Prärie Richtung Nordosten.

Der Ritt zur McAuffrey Farm kommt mir nur wie ein paar Minuten vor. Wieder einmal habe ich das Gefühl von Zeit verloren.

Es ist dunkel geworden, als ich die Farm erreiche. Der Regen macht endlich eine Verschnaufpause. Ich werfe Steinchen an Jerry Lees Fenster, wie wir es gestern abgemacht haben.

Die Angst, dass sein strenger Vater mich hier erwischt, wühlt wie ein wildgewordener Bandwurm in meinem Magen. Aber Jerry Lee hat auf mich gewartet und das Licht in seinem Zimmer geht aus, sobald das zweite Steinchen leise ans Fenster klirrt.

Aus Furcht, McAuffrey könnte mich hören, tipple ich auf leisen Sohlen in die Prärie hinaus, wo Gamby in der sicheren Dunkelheit wartet. Nur ein paar Minuten später trabt uns Jerry Lee mit Jack entgegen.

»Ihr habt sie tatsächlich gefunden?«

Ich bejahe.

»Wie … wie sieht sie aus?«

»Die Leiche deiner Mutter liegt seit fast einem Jahr unter der Erde. Sie sieht nicht hübsch aus.«

»Ich meine die Verletzungen.«

Ich zögere. »Du solltest sie dir selbst ansehen.«

Fünfzehn

Erst am nächsten Morgen machen wir uns auf den Weg. Ich bin frisch gewaschen und aus-geschlafen, Jerry Lee aber wirkt ausgezerrt und ist sehr schweigsam. Er hat eine weitere Nacht auf meiner Couch verbracht und es scheint, als hätte er meine Müdigkeit auf sich genommen, da-mit ich bei klarem Verstand bin.

Bist du das wirklich?

Der Himmel hat für heute seine Schleusen ge-schlossen, aber die konturlosen Wolken hängen noch immer wie ein Ölbild am Firnament, ein graues Tuch, das jeden Sonnenstrahl verschluckt. Carols Leiche habe ich gestern in ein Lacken gewi-ckelt. Dieses Mal dauert der Weg dorthin nicht so lange. Als spürten Gamby und Jack unsere Unruhe, preschen sie durch die weite Prärie. Am Waldrand angekommen, binden wir die Pferde an einen Baum und schlagen uns zu Fuß durchs Gebüsch.

Minutenlang starrt Jerry Lee auf das längliche, weiße Bündel, das am Boden liegt. Die Grube habe ich wieder zugeschaufelt und unsichtbar gemacht. Der Verwesungsgestank ist kaum zu ertragen, so wie Jerry Lees trauernde und zugleich entsetzte Stille.

»Was hast du jetzt vor?« Ich schaue ihn von der

Seite an, meine Stimme ist kaum ein Flüstern.

»Ich werde sie bestatten.«

»Aber du wirst doch zur Polizei gehen?«

Entgeistert starrt er mich an, dann auf die Leiche und wieder zu mir. Hin und her, dass es mich fast wahnsinnig macht, denn diese Geste spricht die Antwort. Jerry Lees Blick bleibt auf Carol haften, als er seine Sprache endlich wiederfindet.

»Er würde mich ebenfalls töten!«

»Dann wirst du gar nichts tun? Der Mörder deiner Mutter kommt ungestraft davon? Und du lebst weiterhin mit ihm unter einem Dach, als wäre nichts gewesen? Das ist abartig.«

»Er wird zu gegebener Zeit seine gerechte Strafe erhalten«, sagt er in düsterem Ton und ich frage mich, ob er jene des Jüngsten Gerichts meint oder die Vergeltung, die er selbst eines Tages von seinem Vater fordern wird.

»Dann werde *ich* zur Polizei gehen«, sage ich brüsk. Er dreht sich zu mir um und packt mich bei den Schultern. In seinen Augen liegt ein Schrecken, wie ich ihn so noch nie gesehen habe.

»Er würde auch dich töten!«

»Nicht, wenn er rechtzeitig überführt und eingelocht wird.«

Sein Griff verstärkt sich. »Mach keine Dummheit, Jenny!«

»Den Mörder der eigenen Mutter frei herumstreunen zu lassen, das ist eine Dummheit.« Jetzt schüttelt er mich. »Bitte, versprich mir, dass du das nicht tust.«

Ich nicke stumm und nur widerwillig lässt er mich los.

Es überrascht mich nicht, dass Jerry Lee diesen besonderen, unverwechselbaren Ort gewählt hat, um seine Mutter beizusetzen. Hier oben auf dem alle anderen Hügeln überragenden Felsspitz, von wo man das riesige Tal überblickt. Hinter uns der See, durch dessen Oberfläche eine Briese feine Wellenmuster treibt.

Wir sind schmutzig und erschöpft. Ein bescheidenes Kreuz, mit feinen Lederbänden zusammengeschnürt, kennzeichnet die Stelle, wo Carol jetzt begraben liegt. Krumm steckt es in der Erde und dennoch demonstriert es eine gewisse Würde. Wir haben uns auf die Knie niedergelassen und schweigen. Als wäre es die Himmelspforte, die sich endlich für Carols Seele öffnet, scheint ein breiter Sonnenstrahl durch eine Lücke der düsteren, grauen Wolken. Die Welt könnte gegensätzlicher nicht sein.

Ich knie neben Jerry Lee und fühle nichts als seine Nähe, aber diese ist kalt. Langsam hebe ich die Hand und wage es, sie auf seine Schulter zu legen. Plötzlich fängt Jerry Lee an zu schluchzen, hemmungslos wie ein kleines Kind. Sein Körper bebt, das Gesicht in einer Grimasse aus Wut und Trauer erstarrt. Wie gern ich ihn in die Arm schließen würde! Doch da ist dieses verklemmte Gefühl, das ich nicht begreife. Die Wolken schließen sich, das Licht des Himmelstors verblasst – und ein Wunder geschieht! Jerry Lee fällt mir um den Hals. Er kommt mir zerblich wie Glas vor und ich wage es kaum, ihn zu umschlingen wie ein Freund.

Was du da tust, ist gefährlich!

Warum?

Jerry Lee löst sich von mir. »Was, warum?«

Ich versuche, mir nichts anmerken zu lassen, aber es misslingt mir.

Warum liebst du mich nicht?

»Warum gehst du nicht zur Polizei?« Am liebsten würde ich mir eigenhändig den Hals umdrehen. Diese Frage stelle ich jetzt zum zweiten Mal und sie ist höchst unpassend. Aber etwas Besseres ist mir nicht in den Sinn gekommen, um meine Unfähigkeit, Gedanken und Gesprochenes auseinander zu halten, zu verbergen. Was soll ich ihm sagen? Dass ich zu blöd bin, Denken und Sprechen zu unterscheiden? Dass ich mit einer inneren Stimme Zwiegespräche führe?

Jeder Mensch tut das.

»Du hast meinen Vater noch nie ihn Rage erlebt.« Jerry Lee wischt sich die Tränen ab, er scheint sich ihrer zu schämen. Aber warum sollte er? Jerry Lee erfüllt jede Geste, jede Tat und jedes Wort mit Anmut.

Wir sitzen eine Weile da, dann erhebe ich mich.

Bestimmt möchte Jerry Lee jetzt allein mit seiner Mutter sein. Sein Anstand gemahnt ihn, ebenfalls aufzustehen, als ich mich ohne jede Anmut hoch stemme.

»Wann werde ich das Mädchen kennenlernen?«, fragt er.

»Bald, Jerry Lee. Das verspreche ich dir.«

»Danke Jenny, für alles.«

Ich hoffe innig, dass er mich noch einmal umarmt, aber er hat seine Fassung wiedergefunden und wahrt den Abstand zwischen uns.

Zuhause angekommen, stürze ich mich auf die Schreibmaschiene, um Ablenkung zu finden, aber es geht gar nichts mehr. Wie ein Tiger im Käfig gehe ich im Wohnzimmer auf und ab. Mein Verstand schreit mich an, schleunigst zur Polizei zu gehen, mein Herz aber mahnt mich, mein Versprechen zu halten. Was soll ich bloß tun? Sag es mir, Stimme!

Geh zur Polizei! Das schlechte Gewissen bringt dich sonst um!

Das lasse ich mir nicht zwei Mal sagen. Ohne über die Konsequenzen nachzudenken, stürme ich aus dem Haus.

Das Büro von John Thompson ist muffig und von Zigarrenrauch durchzogen. Mir ist speiübel, aber das kümmert den Sheriff nicht, der ungeniert seinen Wanst präsentiert. Als wäre er Gott, sitzt er in seinem vergilbten Ledersessel und blickt mich misstrauisch an. Ich habe ihm die ganze Geschichte erzählt. Dass ich den Mord gesehen, es verdrängt und mich wieder erinnert habe. Ich schilderte ausführlich, wie ich die Leiche fand, wobei ich nichts von Victoria erzählte, um sie aus dem Ärger rauszuhalten.

»So, so, Sie haben also die Leiche wieder begraben«, knurrt Thompson und kaut auf seiner Zigarre herum. Er kommt sich unglaublich wichtig vor.

»Ja, ich habe Ihnen gesagt, warum. McAuffreys Sohn fürchtet sich davor, zu Ihnen zu kommen, aus Angst vor seinem Vater.«

»Aber Sie, Miss Hill, sind natürlich tough genug, um es mit James aufzunehmen.« Ein dreckiges Lächeln verzieht sein Gesicht, er lehnt sich nach vorne. »Oder vielleicht hat das schlechte Gewissen Sie endlich zur Vernunft getrieben.«

»Was meinen Sie damit?«

Er lehnt sich wieder zurück und inhaliert das Gift so tief er kann. Während er spricht, dampft der Rauch aus seinem Mund. Dieser Typ widert mich an. »Ich meine damit, dass genau so gut Sie die Mörderin sein könnten, Miss … Lauper. Das ist doch Ihr richtiger Name?«

Mir ist, als würde mich ein vom Himmel fallendes Klavier erschlagen. Kein Wort bin ich mehr fähig zu sprechen. Also übernimmt er diese Rolle.

»Es braucht viel Mut, James McAuffrey, der hier

aufgewachsen ist und die größte Farm besitzt, den alle hier in Little Silence kennen und der hoch geachtet wird, des Mordes zu beschuldigen. Soll ich wirklich einer jungen Frau glauben, die erst seit ein paar Monaten hier lebt und zudem irgendwelche verrückten Geschichten über Marsmenschen schreibt?«

Ich bin noch immer sprachlos. Was habe ich bloß getan? Warum habe ich das gegebene Versprechen gebrochen? Das habe ich nun davon.

»Sie leben ganz alleine da draußen«, fährt der Sheriff fort. »Niemand weiß, was Sie in Ihrer Freizeit dort treiben, niemand kennt Sie und könnte sagen, was Ihnen durch den Kopf geht.«

»Sie haben keine Beweise, dass ich es gewesen bin«, sage ich leise.

»So, wie Sie keine Beweise haben, dass James es gewesen ist. Und ich bitte Sie, Miss Lauper! Denken Sie wirklich, dass ich Ihnen abkaufe, dass er seine eigene Ehefrau umgebracht hat? Und die lächerliche Geschichte, dass Sie alles verdrängt haben? Das ist ein anständiges Dorf und wenn Sie diesen Frieden stören, ekle ich Sie von hier fort. Sollte sich herausstellen, dass Sie die Mörderin von Carol sind, dann sorge ich dafür, dass Ihr Leben die Hölle wird.«

»Sie können mir keine Angst einjagen«, zische ich. »Sie haben keinerlei Beweise.«

Er schmunzelt. »Haben Sie denn ein Alibi, wo

Sie an diesem 12. Juni waren?« Krampfhaft unterdrücke ich die aufsteigenden Tränen, jetzt zu weinen würde meiner Glaubwürdigkeit noch mehr schaden.

Ich richte mich stolz im Stuhl auf und blicke den Fettkloß ebenso arrogant an wie er mich. »Aus welchem Grund sollte ich Carol umgebracht haben?« Es kostet mich mein letztes Stückchen Beherrschung, nicht zu schreien.

Thompson zuckt mir der Achsel. »Jeden Tag passieren unzählige Morde auf dieser Welt, für die es scheinbar keine Gründe gibt.«

»Und was haben Sie jetzt vor?«

»Sie werden mir die Leiche zeigen müssen.«

Mein Magen krampft sich zusammen. Das wird Jerry Lee mir niemals verzeihen. Als wäre seine Mutter nicht schon oft genug entwürdigt worden. Ich fürchte mich mehr vor seiner Reaktion als davor, mein restliches Leben in einer nach Fäkalien stinkenden Zelle verbringen zu müssen.

»Morgen werden Sie mir die Stelle zeigen.«

Ich nicke nur und verlasse schleunigst diese düstere Raucherhöhle. Wie in Trance reite ich nach Hause. Ich kann gar nicht begreifen, was mir gerade widerfahren ist. Am liebsten würde ich jetzt gleich zu Jerry Lee nach Hause preschen und ihm alles beichten, mir sämtliche Sorgen von der Seele reden, aber die panische Angst vor seinem Vater lässt es nicht zu. Kaum bin ich von meinem Pferd gestiegen, erbreche ich mich würgend. Die Last erdrückt mich, noch nie war ich so verzweifelt. Alle anderen Sorgen, die mich bis jetzt plagten, erscheinen mir plötzlich lächerlich und nebensächlich. Ich bin keine Mörderin! Oder doch? Ist das vielleicht auch etwas, das mein Unterbewusstsein verdrängt hat? Lüge ich mich selbst an? Bilde ich mir nur ein, dass ich damals James gesehen habe?

Ich brauche dringend Ablenkung, sonst drehe ich durch! Den nächsten Ärger finde ich in dem Chaos aus Blättern – obwohl es nichts im Vergleich zu dem Desaster in meinen Kopf ist. Es wird Zeit, neue Methoden anzuwenden. Mitten im Wohnzimmer stehe ich, grübelnd und um mich schauend. Auch mein Häuschen könnte eine Veränderung vertragen. Kein einziges Bild schmückt die Wände, alles erscheint mir plötzlich erschreckend leer und fad.

Du bist doch eine Künstlerin, Jenny.

Natürlich! Danke liebe Stimme, du hast mich gerade auf eine Idee gebracht. Bei Gelegenheit sollte ich dir einen Namen geben, denn auch du bist mir eine gute Freundin. Ich klebe die Blätter wieder an die Wände, diesmal nach Kapiteln sortiert.

Kapitel 1 in die Ecke, wo der Spiegel hängt, Kapitel 8 an die Küchenwand, Kapitel 4 an die Haustüre und drum herum. Dabei achte ich darauf, dass zwischen jedem Kapitel eine Lücke bleibt. Aus der Blechschachtel meiner Schreibutensilien nehme ich eine unbenutzte Kreide. Meine Arbeit soll die tristen Holzwände verschönern.

Um warm zu werden, lese ich noch einmal die letzte Seite des letzten Kapitels, mit Gewalt den Gedanken an Mord verscheuchend.

Ein Tippeln auf dem Dach. Ich blicke nach oben, lausche und atme beruhigt aus. Es ist nur der Regen. Ich wende mich wieder der Wand zu und beginne, sie mit Abenteuern vollzukritzeln, doch nach ein paar Minuten – oder vielleicht auch Sekunden oder Stunden – werde ich erneut unterbrochen. Da ist wieder dieses Knarren und Schaben und Knacken, das sich mit dem Tippeln der Regentropfen zu einem betörenden Konzert vereint. Doch ich fürchte mich nicht länger vor den unheimlichen Geräuschen, die mein Haus von sich gibt. Im Gegenteil: Jetzt lasse ich mich davon inspirieren. Meine Hand schmerzt vom Schreiben, aber ich kann nicht damit aufhören. Ich fühle eine großartige Genugtuung, es hat mich wieder gepackt. Mit der Zeit kommt es mir vor, als wären die Geräusche der Geister, oder was auch immer es ist, Worte. Sie flüstern mir zu, was ich schreiben soll, und ich fühle mich seit langem wieder unbeschwert. Vielleicht werden die Geister auch meine Freunde. Außer, dass sie mir hin und wieder einen Schrecken einjagen, haben sie mir nichts getan.

Noch nicht!

Ich ignoriere dich, Schatz, und fülle die Lücken

zwischen den Blättern. Nichts kann mich jetzt noch aufhalten! Das Tippeln des Regens schwillt zu einem Trommeln an. Auch diesen Klang verbinde ich mit meiner Geschichte. Wie wär's mit Regen im Weltall? Heute kann nichts und niemand meiner Fantasie eine Grenze setzen. Ich fühle mich wohl, geliebt und behütet von meinen Freunden, die ich zwar nicht sehe, aber deutlich spüre. Mein Liebeskummer ist für eine Weile vergessen, morgen kommt Victoria zu Besuch, die Worte sprudeln aus mir heraus – das Leben könnte nicht schöner sein.

Unter die vielen Geräusche meines Hauses mischt sich ein weiteres. Ein Klopfen. Ich nehme es nur am Rande wahr, bis es zu einem unkontrollierten Poltern anschwillt.

Da ist jemand an der Tür, mitten in der Nacht! Ich stampfe zur Tür, genervt, dass es jemand wagt, meine künstlerischen Tätigkeiten zu stören. Während ich den Knauf umfasse, lächle ich über die Einsicht, dass ich jetzt nicht nur eine Schriftstellerin und Einbrecherin, sondern auch eine Malerin bin.

Das sind keine Bilder, dass sind Graffitis!, veräppelt mich die Stimme.

Ich öffne ruckartig die Tür und das Lachen vergeht mir mit einem Schlag.

Vor mir steht die monsterhafte Gestalt, die seit Tagen in meinem Kopf geistert. James McAuffrey hat sich vor mir aufgebaut und fixiert mich mit flammenden Augen von oben herab. Wie eine kümmerliche Schabe fühle ich mich unter diesem Blick. Ohne ein Wort zu sagen, packt er meinen Hals und stößt mich vor sich her. Er läuft so eilig durchs Wohnzimmer, dass ich nur noch rückwärts straucheln kann. Mein Kopf schlägt gegen das Fenster. Das teufelhafte Gesicht verschwimmt vor meinen Augen, die Wände verzerren sich. Ich spüre warmes Blut am Hinterkopf hinabrinnen. Die grobschlächtige Hand an meinem Hals raubt mir die Luft zum Atmen.

»Was haben Sie gestern Nacht in meinem Haus gesucht?« Seine leise Stimme ist eine Warnung, dass ich mir jetzt keinen Fehler erlauben darf.

Ich weiß keine vernünftige Antwort und so schlägt er meinen Kopf ein zweites Mal in die Scheibe. Vor Schmerzen stöhne ich auf, wie Stromschläge zucken sie in meinem Schädel auf.

»Ich habe es gesehen und ich habe es dem Sheriff erzählt«, ächze ich und mache mich auf einen weiteren Schlag gefasst, aber es kommt keiner. Stattdessen quetscht er mir den Hals noch enger zusammen. Ich versuche auszuholen, um ihm zwischen die Beine zu treten, aber der Mangel an Sauerstoff macht meinen Körper funktionsunfähig. Jetzt hebt McAuffrey mich hoch, meine Füße baumeln im Leeren und ich rutsche immer tiefer in die Benommenheit.

»Was habe ich getan?«

Sein Gesicht ist ganz nah bei meinem, sein

Atem, der sauer und bitter zugleich riecht, bewahrt mich davor, nicht das Bewusstsein zu verlieren.

»Du Sau hast deine Frau kaltblütig ermordet!« Ich bin erstaunt, dass ich fähig bin, so zu schreien.

»Kannst du es beweisen?« Seine Stimme wird lauter, aber McAuffrey lässt sich nicht aus der Fassung bringen.

»Ich habe ... es gesehen ... und ich weiß, wo du ... die Leiche vergraben hast«, keuche ich.

»Ah! Du weißt, wo die Leiche ist. Aber so viel ich weiß, ist sie nicht mehr dort, wo ich sie angeblich vergraben habe.« Thompson und McAuffrey hatten also bereits ein ausführliches Gespräch und erst jetzt wird mir bewusst, was für eine Dummheit Jerry Lee und ich begangen haben. Wir hätten die Leiche einfach in ihrem ursprünglichen Grab lassen sollen.

»Nein, ich kann es nicht beweisen«, antworte ich kleinlaut.

»Hören Sie mir jetzt ganz genau zu, Miss Hill!« Er hätte mir meinen Namen ebenso gut auf die Füße spucken können, so verachtend klingt es. »Sollten Sie noch einmal in die Nähe meines Sohnes oder auch nur meines Grundstücks kommen, werde ich Sie erschießen. Und wenn ans Licht kommt, dass Sie Carol getötet haben, dann reiße ich Ihnen sämtliche Eingeweide mit bloßen Händen heraus.« Er hebt mich weiter hoch und presst mich ans Fenster, als wollte er mich hindurch drücken. Die Hand schließt sich noch ein Stück fester, um seinen Groll mir gegenüber Ernsthaftigkeit zu verleihen. Jetzt ist meine Luftröhre so eng, dass keine Luft mehr hindurch passt. Ich schließe die Augen und gebe mich dem Schwindelgefühl hin.

»Glauben Sie nicht, Miss Hill, dass Sie in unser friedliches Dorf kommen und Unruhe stiften können, nur weil Sie vielleicht berühmt sind. Wir mögen Sie nicht, die Leute lachen und lästern über Sie. Niemand wird Ihnen glauben.« Abrupt öffnet er die Hand und lässt mich fallen. Ich versuche, den stechenden Schmerz aus dem Hals zu husten, aber das macht alles nur noch schlimmer. Verachtend blickt er auf mich herab.

»Sie sind eine lausige Schriftstellerin. Eine Schande, dass mein Sohn seine Zeit mit Ihrem Schund verschwendet. Ich sollte seine Bücher verbrennen.«

Ich spucke ihm auf die Füße. »Verschwinde aus meinem Haus!«

Er lächelt mich kurz an und rammt mir den Fuß in den Bauch. Seine polternden Schritte nehme ich nur noch aus der Ferne wahr, aber das Donnern, als er die Tür ins Schloss schlägt, hallt in meinem Kopf laut wie Kirchenglocken. Jetzt kann ich mir vorstellen, wie sich Asthmatiker fühlen. Man saugt wie von Sinnen Luft ein, aber die Lunge weigert sich, den Sauerstoff zu verwerten. Würgend krieche ich aufs Bett und starre die Decke an. Ist es meine Benommenheit, die den Eindruck erweckt, dass die Decke auf mich zukommt oder bewegen die Geister sie? Ich drehe mein Gesicht der Wand zu und blicke direkt in die erstarrte Fratze einer Leiche. Plötzlich funktioniert mein Körper wieder und ich springe mit einem Satz rückwärts vom Bett. Ein drittes Mal muss mein Schädel einen Schlag einstecken, aber der Todesschreck betäubt den Schmerz.

Da war keine Leiche!

»Ich weiß doch, was ich gesehen habe.« Meine Stimme ist ein hysterisches Keuchen. Ein Greis mit schlohweißem Haar, das wie Spinnweben von seinem mit Altersflecken übersäten Schädel hing. Die Augen blau und kalt, wie seine tote Nähe. Aber jetzt ist er verschwunden. Wieder krieche ich wie ein hilfloses Kind über den Fußboden nach draußen.

Ohne Decke flüchte ich auf Gambys Weide, denn sie ekelt mich an. Zusammengekrümmt lege ich mich ins feuchte Gras. Gamby steht mit herabhängendem Kopf am anderen Ende der Weide in einer Ecke. Er kommt nicht zu mir und ich fühle mich so einsam wie noch nie in meinem Leben.

Sechzehn

Jenny, was machst du hier draußen?«
Ich blinzle. Sonnenlicht blendet meine Augen,
und dann erscheint Victorias Gesicht. Ich
rapple mich hoch, der Schädel protestiert mit wildem Hämmern dagegen. »Schlafen, siehst du
doch«, brumme ich.

»Aber du bist ganz nass!«

Erst jetzt wird mir bewusst, dass ich friere. Und
tatsächlich! Ich bin klitschnass und vom Scheitel bis
zur Sohle voller Schlamm. Habe ich im Totenreich
geschlafen, dass ich nicht bemerkt habe, wie es in
Strömen auf mich herabregnete? Tote! Leiche! Gestern! McAuffrey! Die Erinnerungen schießen wie
Kanonenkugeln durch meinen Kopf.

»Was ist los?«, fragt Victoria. Das Mädchen
klingt höchst beunruhigt. Sie hat auch allen Grund
dazu.

»Ich hatte gestern Nacht Besuch«, antworte ich
und rapple mich hoch.

»James McAuffrey.«

Ich nicke und fasse an meinen Hinterkopf. Sofort ziehe ich meine Hand zurück, so heftig ist der
Schmerz.

»Was hat er gesagt?«

Wie betäubt schwanke ich zum Haus zurück.

»Er hat Morddrohungen gemacht. Ist wohl sein Hobby. Und ich bin beim Sheriff gewesen.«

Victoria bleibt wie vom Blitz getroffen stehen. »Was?«, kreischt sie. »Warum hast du das getan?«

»Das ist eine gute Frage, Vic«, stöhne ich, den Tränen nah. »Mit McAuffreys Morddrohungen kann ich leben, aber das Schlimme an der Sache ist, dass ich jetzt verdächtigt werde.« Ich gehe vor ihr in die Knie und blicke sie durchdringend an, flehend, als wäre sie diejenige, die die Wahrheit kennt. »Victoria, ich befürchte, dass ich es wirklich gewesen bin, mich aber nicht daran erinnere. Was habe ich denn für Dinge gesagt im Schlaf?«

Sie schüttelt energisch den Kopf. »Nein, du bist es ganz sicher nicht gewesen. Du könntest so etwas niemals tun.«

»Aber vielleicht war ich an diesem Abend nicht ich selbst.«

»Auf jeden Fall hast du im Schlaf niemals gesagt, dass du sie getötet hast.«

Ich lasse von ihr ab. Ihre Worte beruhigen mich vorerst. Aber in zwei Stunden muss ich in Little Silence sein und dem Sheriff das Grab zeigen. Bestimmt weiß Jerry Lee bereits alles und ich wage nicht, mir vorzustellen, was sein Vater mit ihm gemacht hat.

»Es ist noch etwas anderes Schreckliches passiert«, lenke ich vom Thema ab.

Das Mädchen horcht auf. »Was denn?«

Ich bleibe vor der Verandatreppe stehen. »Ich habe einen toten Mann auf meinem Bett gesehen.«

Sie verzieht angewidert das Gesicht. »Wie ist ein toter Mann auf dein Bett gekommen?« Ihre Augen werden groß und erhellen sich. »Oh, vielleicht hast du Charlies Geist gesehen!« Aufgeregt hüpft sie auf und ab und klatscht in die Hände. Ich fasse es kaum. Während diese Erscheinung mir eine Heidenangst eingejagt hat, freut sich Victoria darüber. »Siehst du ihn oft?«

»Nein, es war das erste Mal.«

»Ist ja richtig gruselig. Ich könnte in diesem Haus nicht mehr schlafen.«

»Was glaubst du, warum ich letzte Nacht im Dreck gepennt habe?«

»Mit wem sprichst du?«

Ich drehe mich so blitzartig um, dass ich diese Bewegung kaum wahrnehme. Vor mir steht Jerry Lee. Er mustert mich von Kopf bis Fuß, der Blick überzieht mich mit Scham. Ich muss furchtbar aussehen. Verlegen lächle ich und zeige auf das Mädchen.

»Das ist Victoria.« Sie fixiert ihn kalt, Jerry Lee dagegen beachtet das Mädchen nicht einmal.

»Wo hat sie sich versteckt?«

Ich lache auf. »Machst du Witze?«

»Nein, du scheinst Witze zu machen. Ich sehe kein Mädchen.« Jerry Lees Gesicht flimmert, und ich schaue wieder in das Gesicht des Toten.

Das ist Charlie!

Und dann ist er so plötzlich wieder verschwunden wie nach seinem ersten Erscheinen. Ich schließe die Augen und schwanke. Jerry Lee fängt mich auf, ich schlage wie wild um mich.

Er ist Charlie!

Hände, die viel kräftiger sind als ich, halten meine Arme fest. Nur weil ich körperlich und geistig so erschöpft bin, lasse ich mich von Jerry Lee tragen, der sich von einer Traumgestalt in einen lebendigen Toten verwandelt hat. Wie er mich durchs Wohnzimmer trägt, kommt es mir vor, als würde ich frei durch den Raum schweben.

Behutsam legt Jerry Lee mich aufs Bett. Die Furcht gibt mir wieder Energie. Ich stürze aus dem Bett und flüchte in eine Ecke, in der ich mich nicht sicher fühle. Aber wo kann ich hier schon hin? Dort drüben ist der Spiegel, da das Leichenbett, und das Fenster, an dem immer noch mein Blut klebt. Und mitten im Wohnzimmer befindet sich die größte Bedrohung von allen: Jerry Lee.

»Was ist los mit dir?« Er schaut nicht mich an, sondern die Wände. Sie sind übervoll beschrieben mit Kreide, wo nicht die Papierfetzen hängen.

Ich blinzle und betrachte mein Werk nun auch genauer. Mir kommt es vor, als würde ich mit den Augen einer anderen Person sehen. Meine Schrift! Ich erkenne sie nicht wieder. Welche ist meine? Ich stehe auf und betrachte die Buchstaben aus der

Nähe. Sieben verschiedene Schriftarten zähle ich. War ich während dem Schreiben von Geistern besessen? Wollen sie mir auf diese Weise eine Botschaft übermitteln? Also richte ich meine Aufmerksamkeit auf die Texte selbst. Doch auch da erkenne ich mich nicht wieder. Manche Texte schreien von abstrakter Ironie, andere sind in einer Hochsprache verfasst, verschiedene Blätter sind mit einer Komödie vollgespickt und vieles ergibt gar keinen Sinn. Völlig zusammenhanglose Sätze, die ich gewaltsam aneinander gereiht habe.

Der launische Salbei symbolisierte eine Laterne.

Oder: *Ein Künstler arbeitet noch im hohen Alter ohne Rast und Ruh.*

Und: *Willkommen in der täuschenden Realität einer künstlerischen Darstellung.*

Was zum Henker hat dieses Zeug mit meinem Sience Fiction Roman zu tun? Wo sind die Zeugnisse, dass meine Helden existieren? Und warum behauptet Jerry Lee, Victoria nicht zu sehen? Hassen sich die beiden so abgrundtief? Ist zwischen ihnen irgendetwas Schlimmes geschehen, von dem ich nichts weiß? Oder ist es die Rache, weil ich beim Sheriff geplaudert habe?

Ich drehe mich im Zeitlupentempo um. Victoria steht nicht mehr vor der Verandatreppe, aber ich sehe, wie sie an der Weide entlang davonrennt.

»Na toll, das hast du hervorragend gemacht!« schnauze ich Jerry Lee an.

»Was meinst du?«

»Ach, vergiss es!« Ich beachte ihn nicht mehr und wende mich wieder den Blättern zu.

»Arbeitest du immer so?«

»Nein«, antworte ich, ohne ihn anzusehen. »Ich hatte eine Schreibblockade. Mit dieser Methode habe ich sie überwunden.«

»Bist du dir da sicher?«

Ich blicke zu ihm auf. Er kommt langsam auf mich zu, fixiert mich mit seinen Röntgenaugen. »Was genau schreibst du denn?«

»Das geht dich nichts an!«, fauche ich. Dass es ihn erschreckt, verleiht mir Genugtuung.

»Aber nichts erscheint einen Sinn zu geben.«

»Das meinst du nur, weil alles durcheinander geschrieben ist. Keine Sorge, ich habe den Überblick.«

»Ist sonst alles in Ordnung mit dir?« Er senkt den Kopf und sieht mich mit heraufblickenden Augen an.

»Nein, gar nichts ist in Ordnung! Dein Vater war gestern Nacht hier und hat mich bedroht.«

»Das kann nicht sein. Vater ist gestern die ganze Nacht beim Sheriff gewesen.«

Ich glaube es einfach nicht! »Warum nimmst du ihn dauernd in Schutz?«, schreie ich ihn an. Tränen der Wut füllen meine Augen.

»Ich nehme ihn nicht in Schutz, es ist die Wahrheit!«

»Glaubst du etwa, ich bilde mir die Wunde am Kopf ein? Oder die Halsschmerzen? Siehst du denn nicht das Blut an der Scheibe?«

Jerry Lee blickt über die Schulter zum Fenster. Kopfschüttelnd und zu Boden starrend dreht er sich wieder um. Als er den Kopf hebt, verliere ich die Kontrolle über meine Hand. Sie versetzt ihm einen harten Schlag ins Gesicht. »Was für ein beschissener Freund bist du?«

Jerry Lee tut nichts, als hätte er keine Gefühle. »Jenny, du bist verwirrt.«

»Ich ertrage dich nicht mehr.« Die Tränen ersticken meine Sprache. »Geh und komm nicht wieder!«

»Warum tust du das?«

»Bist du taub?«, brülle ich. »Verschwinde aus meinem Haus!« Dieser Satz versetzt mich zurück in die letzte Nacht. Zu seinem Vater habe ich dasselbe gesagt. Gestern haben Wut und Angst in diesen Worten gesteckt, jetzt klingen sie verzweifelt und verletzt. Mein Verstand will nicht wahrhaben, dass mein bester Freund, den ich so innig liebe, mich verraten hat und dass ich es übers Herz gebracht habe, ihn zu verraten.

»Ich werde den Sheriff zu Carols Leiche führen«, sagt er noch und geht.

Endlich bin ich allein! Ich möchte mich hinlegen, aber meine Unruhe lässt mich nicht. Was bin ich froh, dass Jerry Lee diese grässliche Aufgabe mit der Leiche übernimmt. Und so schäbig es klingen mag, ich bin dankbar dafür, dass wir uns gestritten haben. So hatte Jerry Lee keine Chance, mir Vorwürfe zu machen. Dass ich jetzt selbst verdächtigt werde, ist Strafe genug für mein Vergehen. Ich hoffe nur, dass Jerry Lee nicht auch in Schwierigkeiten gerät.

Das Gekritzel an den Wänden stimmt meine Laune noch schlechter. Verzweifelt lese ich die Texte durch. Ich habe Jerry Lee angelogen, ich habe keinen Überblick in meiner Geschichte. Aber ich hätte das niemals zugeben können. Bis vor kurzem war ich nicht fähig gewesen, ihn zu belügen, alles habe ich ihm gesagt – nur nicht, dass ich ihn liebe. Jetzt sieht alles ganz anders aus. Ich habe Versprechen gebrochen, habe ihn belogen, angeschrien und sogar geschlagen. Kann ich noch tiefer sinken? Das ist nicht die Art, die Zuneigung eines Menschen zu gewinnen. Andererseits hat die innere Stimme Recht gehabt. Jerry Lee ist nicht wirklich mein Freund. Egal, was für eine Beziehung wir zueinander hätten, es kann nicht funktionieren.

Ohne es zu merken, komme ich auf meinem Spaziergang durchs Haus an dem Spiegel vorbei und blicke ungewollt hinein.Was ich sehe, übertrifft alles Paranormale, das ich je erlebt habe, denn ich sehe gar nichts. Ich sehe den Raum hinter mir, die Couch mit dem Tisch, aber von mir selbst keine Spur.

Du bist tot! Genau wie Charlie!

»Nein, ich bin ein Vampir!« Mein Lachen klingt nicht vergnügt, sondern hysterisch und verzweifelt. Was geschieht in meinem Haus?

»Charlie, wo bist du?«, frage ich in die Stille hinein. Ein gedämpftes Klatschen kommt von irgendwoher als Antwort. Ich weiß, dass ich dieses Geräusch schon einmal gehört habe, auch wenn es mir fremd vorkommt. Doch mein Unterbewusstsein weigert sich beharrlich, sich zu erinnern. Ich schlage die Hände auf meine Ohren, aber das Haus versucht nun, meinen Geruchssinn zu verwirren. Da ist wieder dieser Gestank nach verbranntem Gummi.

»Lasst mich in Frieden!«, rufe ich und renne nach draußen.

Siebzehn

Nach fünf Tagen kann ich es nicht mehr länger hinausschieben. Ich muss einfach nach Little Silence. Lexton ist niemals bei mir aufgetaucht, um mich an den Haaren zurück in seinen Laden zu zerren. Es ist an der Zeit, herauszufinden, ob er mich noch will, denn mir geht bald das ersparte Geld aus. Ich muss wieder arbeiten gehen und ich brauche Futter für Gamby und mich. Mein Garten habe ich verkümmern lassen, weil ich jeden Tag von früh bis spät ausgeritten bin, um meiner Pflicht zu schreiben und all den verrückten Dingen, die in meinen Haus geschehen, zu entfliehen. Es waren die schönsten Tage meines Lebens gewesen. Über etliche Hügelketten sind wir geritten, durch alte vergessene Wälder, wir haben Orte gefunden, von denen viele Leute nicht einmal träumen.

Doch ein Unbehagen, so schwer wie ein Gebirge, lastet auf mir. Was Carol betrifft, habe ich nichts gehört. Die Untersuchungen laufen anscheinend noch. Es graust mich, unter Menschen zu gehen und wieder diese eintönige Arbeit verrichten zu müssen. Für Lexton muss ich mir noch eine glaubwürdige Ausrede ausdenken. Und ganz bestimmt weiß das ganze Dorf längst, dass ich des

Mordes verdächtigt werde. Der einzige Mensch, den ich in diesen fünf herrlichen Tagen zu Gesicht bekommen habe, war Victoria. Mein Herz wird warm, wenn ich an das Gefühl denke, das mir dieses Mädchen gibt. Sie ist die beste Freundin, die ich je hatte.

Nicht, dass du jemals viele Freunde gehabt hast!

Hatte ich das nicht? Ich denke zurück an meine Kindheit, aber da ist nicht viel.

Du erinnerst dich nicht an alles, weil nur sehr wenig erfreulich war.

Die Silhouetten der Häuser am Horizont beschwören ein übelkeitserregendes Grauen in mir auf. Irgendwie hege ich eine dunkle Vorahnung.

Geh da nicht hin!

»Soll ich Gamby und mich selbst verhungern lassen?« Es tut gut, zu sprechen. Seit einiger Zeit habe ich kaum noch Zuhörer in meinem Umfeld, meine Zunge ist eingerostet.

Laut hallt das Klicklack von Gambys Hufen auf dem Asphalt. Ich bin dort draußen in der Einsamkeit empfindlich für Geräusche geworden. Gambys Weide hinter Lexton's Lebensmittelgeschäft existiert noch, so wie alles andere auch. Ich betrete den Laden mit einem mulmigen Gefühl und hoffe, dass es immer noch Lexton führt, dass er nicht rasant gealtert ist, während ich fern geblieben bin. Wer weiß, vielleicht meine ich nur, es wären fünf Tage vergangen, tatsächlich sind Jahre verstrichen, ohne dass ich es bemerkt habe, weil mir das Zeitgefühl immer öfter entgleitet.

Wozu brauchst du Zeit? Sie existiert dort, wo du lebst, nicht.

Ich atme erleichtert auf, denn dieser Gedanke vermittelt mir das Gefühl von unbegrenzter Freiheit. Ich kann tun und lassen, was ich will. Nur, wenn ich mich in meinem Haus aufhalte, fühle ich mich eingesperrt. Ich weiß, dass ich mir das einbilde, aber es erscheint mir, als wären die Räume kleiner geworden. Doch das ist nichts Ungewöhnliches, viele Menschen leiden unter Klaustrophobie.

Die Glocke an der Tür bimmelt, als ich sie öffne, und dieses Geräusch verleiht mir die Courage, es mit den Geistern aufzunehmen, wenn ich nach Hause komme. Irgendwie muss ich mit ihnen klar kommen, wenn ich mich nicht vertreiben lassen will. Es ist schließlich das Haus meiner Träume.

Lexton hält sich nicht im Laden auf, raucht wohl seine Krebsstangen im Hinterhof. Macht nichts. Ich nutze die Gelegenheit, einzukaufen, vielleicht wird es den Boss besänftigen, wenn ich ihm ein paar Scheine in die Hand drücke. Ohne mich darauf zu konzentrieren, was ich in den Warenkorb lege, wandle ich zwischen den Regalen hindurch. Es fällt mir schwer, die Welt um mich herum, die hier im Laden schrecklich eng erscheint, wahrzunehmen, so tief bin ich in Gedanken versunken. Eine unerträgliche Besorgnis verfolgt mich immerzu, weil ich seit langem nicht mehr geschrieben habe und die Sache mit Carol meine Nerven bis aufs äußerste strapaziert. Die Blätter hängen noch immer an den Wänden, aber wegen dem Spiegel und der Beklommenheit gegenüber Räumen, bin ich nicht mehr imstande, klar zu denken.

Nein, das ist es nicht. McAuffrey hat dir deine Fantasie aus dem Kopf geschlagen und sein Sohn hat deine Selbstdisziplin zerstört.

Noch vier Wochen, bis ich das Manuskript bei der Poststelle von Little Silence aufgeben muss. Höchste Zeit, etwas zu unternehmen!

Geflüster erregt meine Aufmerksamkeit. Instinktiv blicke ich an die Decke, doch dann merke ich, dass ich nicht in meinem Haus bin, sondern in Lextons Lebensmittelgeschäft. Weiter vor mir stehen zwei ältere Frauen, die so tun, als würden sie sich über die Konfitüre unterhalten, welche die Kleinere von beiden in den Händen hält. Doch die verstohlenen Blicke zu mir hinüber verraten die Lästerweiber. Die Augen der Blonden gleiten in aller Eile von meiner Scheitel bis zur Sohle, dann schüttelt sie kaum merklich den Kopf. Ich höre ihre Worte nicht, aber ich erkenne sie in ihren Gesten. Sie ärgern sich über meine Kleider, mein Auftreten, mein ganzes Erscheinen. Ja, zugegeben, meine Jeans haben zwei, drei Löcher, das Hemd wirkt etwas schmuddelig und die Haare winden sich in willkürlichen Wirbeln um meinen Kopf. Aber wem tue ich damit etwas zuleide? Schnurstracks laufe ich an den beiden vorbei und achte darauf, dass mein Warenkorb fest an jenen der Kleinen schlägt. Ich spüre ihre zornigen Blicke in meinem Rücken.

Wir mögen Sie nicht, Miss Hill, höre ich immer wieder das Echo von McAuffreys Stimme in meinem Kopf. Was ist bloß los mit diesen Leuten? Was haben die für ein Problem mit mir? Was habe ich getan, dass ich diese Verachtung verdiene?

Mord, flüstert die Stimme. *Und bestimmt hat McAuffrey Lügengeschichten über dich herumerzählt.*

Ja, das muss es sein und es ist mir egal. Schließlich bin ich nicht hierher gekommen, um Freunde zu finden, sondern um Romane zu schreiben. Ich darf mich nicht von belanglosen Umständen ablenken lassen, denn ich habe einen Vertrag einzuhalten. Sollen die Leute glauben was sie wollen, meine Schuld ist noch längst nicht bewiesen.

Unsanft stelle ich den Warenkorb auf die Theke, wo Lexton seinen Arbeitsplatz wieder eingenommen hat. Er wirkt fast so wütend wie McAuffrey, als er mir den Besuch abgestattet hat. Ich möchte nicht wissen, was er über mich denkt. Solche Sachen machen mich krank.

»Ich kann mich nicht daran erinnern, von dir eine Kündigung erhalten zu haben«, knurrt Lexton.

»Es tut mir leid, aber ich war krank, konnte kaum mehr auf den Beinen stehen.« Ich hasse es, zu lügen, aber was soll ich machen?

»Du hättest mir eine Nachricht überbringen sollen.«

»Ich weiß, dass ich Mist gebaut habe, Boss, es kommt nicht wieder vor.«

»Nein, wird es nicht. Deine Dienste werden hier nicht mehr benötigt.«

»Bitte, ich brauche den Job!«

»Und ich brauche zuverlässige Mitarbeiter, Jenny. Bereits morgen fängt die neue Hilfskraft an.«

Wortlos bezahle ich die Ware, trete wie betäubt ins Freie und atme tief durch, als hätte ich da drinnen keine Luft gekriegt. Tatsächlich ist es die Präsenz jener ungehobelten Person, die mir die Atemluft raubt. Sandra steht mit ihren Freunden nicht weit von mir. Jerry Lee hat einmal ihre Namen genannt, doch ich kann und will mich nicht an sie erinnern. Sie wagen es, nicht laut zu sprechen, aber ich weiß, dass sie sich über mich lustig machen. Nette Bezeichnungen wie *Bauerntrampel, der durchgeknallte Schreiberling* und *eingebildete, dumme Kuh* dringen an meine Ohren und sogar das Wort Mörderin fällt. Leise beschimpfen sie mich, kichern und werfen mir Blicke zu, die deutlich zu erkennen geben, dass sie mich verachten. Als ich höre wie Sandra sagt, Jerry Lee sei dumm genug, mein Freund zu sein, brennen bei mir die Sicherungen durch. Es ist die Wut darüber, dass Sandra es wagt, seinen Namen in ihren Schandmaul zu nehmen, die mich auf sie zujagt. Fünf große Schritte und ich stehe vor ihr, mehr als einen Kopf kleiner als diese Bohnenstange, aber meine Faust erreicht dennoch ihre Visage. Sandra hält sich die blutende Nase und schreit so klirrend, dass es in den Ohren schmerzt. Mit fuchtelnden Armen versucht sie mich an den Haaren zu packen, aber die Betäubung meines Schlages machen ihre Bewegungen lahm und sie gibt mir die Gelegenheit, ein zweites Mal dreinzuschlagen. Das wird ein schönes, farbiges Auge geben!

»Was hast du für ein Problem, du Psycho?« Sie wirft mir noch viele solcher Bezeichnungen an den Kopf, während zwei ihrer Freunde sie festhalten. Ich zucke gleichgültig mit der Achsel und wende mich ab. Sandra kreischt mir immer noch hinterher, als ich aus dem Dorf reite. Die Leute, durch den Pöbel neugierig geworden, strömen wie Schaben aus ihren Häusern, jene im Garten oder auf der Straße halten inne. Eine Schlägerei hat man in Little Silence wohl noch nie gesehen. Die Gedanken dieser Menschen scheinen plötzlich meine zu sein. Ich höre förmlich, was sie denken. McAuffrey hat Recht. Den Leuten wäre es lieber, ich würde mich verziehen und nie mehr wiederkommen. Sie verschmähen meine Bücher, sie hassen mein Pferd, weil es hin und wieder sein Geschäft auf der Eternity Road verrichtet. Sie fürchten sich vor mir, weil ich aus der Stadt komme, von ganz weit her, aus einem Ort, den sie höchstens mal auf einem Atlas gesehen haben. Sie sind überzeugt, dass ich Carol erschlagen habe. Sie lachen über mein Aussehen und kritisieren meinen Reitstil als Tierquälerei. Sie sind eifersüchtig auf mein Häuschen und als ich höre, wie ein Mann auf dem Bürgersteig zu seiner Frau sagt, man müsse es verbrennen, treibe ich die Fersen in Gambys Bauch.

Im Galopp preschen wir über den Asphalt und nach wenigen Metern sind wir endlich aus diesem Hexenkessel verschwunden.

Achtzehn

Ich habe mich in mein Haus gewagt. Der erste Schritt ist getan. Der zweite besteht darin, Kreide und Stift zur Hand zu nehmen. Auch gut. Und jetzt? Wo bin ich stecken geblieben? Das letzte Mal, das ich geschrieben habe, war in jener Nacht, als McAuffrey mir seinen Besuch erstattet hat.

»Hallo Jenny Hill.« Victoria steht hinter mir, zuckersüß lächelnd wie immer und ich fasse Mut. »Findest du deine Worte wieder nicht?«

»Ja. Zurzeit schwirrt mir so viel durch den Kopf, dass ich mich nicht konzentrieren kann.«

»Du musst loslassen«, erwidert das Mädchen und setzt sich mit einem Hüpfer aufs Bett.

»Fang jetzt an, ich helfe dir.«

Einen Moment schaue ich sie verständnislos an, aber dann erinnere ich mich daran, wie mich ihr Trick mit den Blättern weitergebracht hat. Ich wende mich der Küchenwand zu.

Ja, jetzt ergibt alles wieder einen Sinn! Der Höhepunkt der Geschichte ist nicht mehr fern. Jetzt wird es spannend, so spannend, dass ich mich wieder in dem Ozean aus Buchstaben verliere. Victoria sehe und höre ich nicht mehr, aber ich spüre ihre Gegenwart. Sie ist ganz still und mit ihr das

Haus. Eine prickelnde Energie schwebt im Raum, eine gelassene Ruhe senkt sich auf mich nieder und ich schreibe und schreibe und schreibe. Allmählich geht mir das Papier aus und die Lücken an den Wänden werden spärlicher. Immer kleiner und enger muss ich schreiben. Ich erlaube mir nicht mehr, die Wörter auseinander zuhalten. Alles verbinde ich miteinander und noch nie ist mir die Welt so klar erschienen. Ein unbeschreibliches Gefühl der Glückseligkeit übermannt mich.

Doch so plötzlich, wie die Inspiration gekommen ist, verpufft sie wieder. Die Buchstaben zerfließen ineinander, Wörter verschwinden, Sätze verformen sich, das Geschriebene bekommt einen anderen Sinn oder verliert ihn ganz. Frustriert werfe ich die Kreide durchs Wohnzimmer, wo sie Jerry Lee vor die Füße fällt. Als ich sein Gesicht erblicke, verstehe ich, warum die Fantasie mich so plötzlich im Stich gelassen hat. Die McAuffreys blockieren meinen Verstand. Victoria fixiert ihn mit ebenso mordlüsternen Blicken wie ich.

»Was hast du hier zu suchen?«

»Ich wollte mich nach dir erkundigen.«

»Bis vor wenigen Sekunden ging es mir wunderbar.«

»Ich stehe aber seit einer halben Stunde hinter dir.«

»Dann wäre ich dir sehr dankbar, wenn du mich nicht weiterhin stören würdest. Ich habe einen

Termin einzuhalten.« Er kommt auf mich zu. Es kostet mich die größte Überwindung, ihm nicht erneut zu erliegen. »Ich habe gehofft, wir könnten wieder Freunde sein.«

Ich lache verbittert, mein Sarkasmus verletzt mich selbst.

»Tut mir leid, Jerry Lee, aber ich bin nicht lebensmüde. Außerdem habe ich mittlerweile andere Freunde gefunden.«

»Und wer sind deine neuen Freunde?« Seine Augen bergen etwas Gequältes. Kann es sein, dass er eifersüchtig ist?

Ich zeige Richtung Bett. »Victoria, Sam und Gamby.«

Jerry Lee blickt von Victoria zu mir. »Wird Victoria mir zeigen, wo sie wohnt?«

Ich atme erleichtert auf. Endlich ist er bereit, meine kleine beste Freundin zu akzeptieren.

Aber Victoria schüttelt heftig den Kopf, so dass ihre Haare wild herum wirbeln.

»Nein, das werde ich nicht«, ruft sie empört.

»Ach, komm schon, Vic! Stell dich nicht so an. Das ist der Dank dafür, dass du geholfen hast, seine Mutter zu finden.«

Ich schaue wieder zu Jerry Lee und stelle fest, dass er den Blick keine Sekunde von mir gewendet hat. Irgendetwas beunruhigt mich daran. Victoria hüpft vom Bett und läuft mit einem Schmollmund nach draußen. Ich zwinkere Jerry Lee zu und wir folgen ihr. Victoria sprintet voraus. Anfangs, weil sie die Beleidigte spielte und nicht in Jerry Lees Nähe sein wollte und jetzt, weil sie es kaum erwarten kann, ihm ihr Haus zu zeigen. Lange gehen wir schweigend nebeneinander her, doch irgendwann kann ich mir die Frage nicht verkneifen.

»Und? Wann holt mich der Sheriff in Handschellen ab?«

Er schaut liebevoll auf mich herab. »Darüber brauchst du dir keine Sorgen zu machen, Jenny. Ich werde gegen Vater aussagen. All die Dinge, die er unserer Familie jahrelang angetan hat, und dass ich gesehen habe, wie er an dem Abend, als Mutter verschwand, ausgeritten ist und schmutzverdreckt zurückgekehrt ist, wird seine Glaubhaftigkeit erschüttern.«

Die Last, die in den letzten Tagen mit jeder verstreichenden Minute schwerer geworden ist, fällt endlich von mir ab.

»Auch du musst deine Aussage machen.«

Die Erleichterung hat gerade wieder ein Ende genommen. Mir ist klar, dass ich da nicht drum herum komme. Aber was, wenn mir niemand glaubt? Was, wenn die mich plötzlich in die Mangel nehmen? Und ich bin mir bis heute nicht sicher, ob vielleicht doch ich Carol getötet habe. Es kostet mich die größte Überwindung, das zu sagen, aber es ist Zeit. »Es tut mir leid, dass ich mein Versprechen gebrochen habe.«

Er schüttelt kaum merklich den Kopf. »Du hast das Richtige getan. Es wäre Mutter gegenüber nicht fair gewesen, alles totzuschweigen. Ich bin froh, dass du den Mut dazu hattest, denn ich wäre zu feige gewesen.«

Meine Welt wurde gerade wieder gerettet! Er verzeiht mir, ist mir niemals böse deswegen gewesen. Was also kann noch schlimm sein in meinem Leben? Vielleicht, dass ich meinen dämlichen Job verloren habe, aber davon erzähle ich Jerry Lee nichts, weil es mir peinlich ist.

Wir erreichen die Lichtung. Das Mädchen läuft den Hügel hinauf, bleibt kurz stehen, um uns zuzuwinken und verschwindet durch die Haustür. Ich aber bleibe einen Moment stehen, neben mir mein Freund und Feind, und lasse die Wirkung dieses vergessenen Lebkuchenhauses auf mich wirken.

»Ist es nicht hübsch?«, flüstere ich.

»Du bist sehr bescheiden«, lächelt mich Jerry Lee von der Seite an. »Ich sehe darin nicht mehr als eine Ruine.«

»Und ich verstehe deinen Sinn für Humor nicht. Komm, wir gehen rein! Vielleicht lerne ich heute endlich ihre Mutter kennen. Am Geruch nach bäckt sie gerade einen Kuchen.« Ich setze mich in Bewegung, aber Jerry Lee folgt mir nicht.

»Kommst du?«, wende ich mich um.

»Hör jetzt auf mit dem Blödsinn, Jenny! Dort

drinnen gibt es nichts. Glaub mir. Ich war schon einmal in diesem Haus.«

Jetzt verstehe ich die Welt! Er kennt Victoria und er ist auch schon bei ihr Zuhause gewesen. Also muss irgendetwas Merkwürdiges zwischen den beiden vorgefallen sein.

»Ich finde es wird Zeit, dass du mit Victoria redest und mir erzählst, was zwischen euch nicht stimmt.«

Jerry Lee kommt auf mich zu und packt mich an den Schultern. »Gar nichts ist zwischen uns, weil es keine Victoria gibt. Und das Haus auf dieser Lichtung steht seit fünfzig Jahren leer.«

Die Welt, von der ich bis vor wenigen Sekunden geglaubt habe, sie zu kennen, zerfällt vor mir. Aber ich weiß nicht, zu was. Zu Scherben? Zu Sand? Zu Staub? Was spielt es denn für eine Rolle?

»Was erzählst du da?« Auf einmal bin ich todmüde. Nur, weil Jerry Lee mich fest hält, kann ich noch auf den Beinen stehen.

»Mir scheint, du leidest an Halluzinationen.«

»Kommt ihr endlich?« Ich wende den Kopf und sehe, wie Victoria aus der Türe lugt und uns zuwinkt.

»Was ist dort oben?« Jerry Lee folgt meinem Blick. Ich starre ihn nur entgeistert an. Das Gesicht von Alexis zerschmilzt mit dem von Charlie. Mit geballter Kraft stoße ich ihn von mir weg.

»Du bist die Halluzination!« Mein Energieschub

ist so plötzlich gekommen, dass ich rückwärts taumle, und hinfalle.

»Komm, wir gehen nach Hause!« Jerry Lee versucht mich aufzuheben, aber ich schlage mit Armen und Füssen um mich.

»Fass mich nicht an! Du bist nicht real, du bist ein Toter. Ein verfluchter Geist, aus meiner Fantasie entsprungen.«

»Was redest du denn da?« Er verliert allmählich die Fassung, noch nie habe ich solche Bestürztheit gesehen. Aber das ist nichts im Vergleich zu der Panikattacke, die über mich herfällt. Noch einmal versucht Jerry Lee oder Charlie oder Alexis, seine Arme um mich zu schlingen. Auf dem Rücken liegend kraule ich von ihm weg.

Jerry Lee geht vor mir in die Knie und verschränkt die Hände. Ganz plötzlich scheint er wieder jene Person zu sein, die ich kenne - ruhig und gelassen. »Wie lange seid ihr denn schon befreundet?«

Warum tut er jetzt wieder so, als würde sie existieren?

Er will dich austricksen, damit er über dich herfallen kann!

Tränen der Verzweiflung brennen auf meinen Wangen. Ich blicke über die Schulter zurück zum Häuschen, aber Victoria kommt nicht, um mir beizustehen.

»Seit dem Abend, als wir uns kennen gelernt

haben.« Ich zögere. Soll ich ihm das wirklich sagen? Ja, denn dies ist der Moment der Wahrheit. Ich zwinge mich, ihm in die Augen zu sehen. »Bereits vom ersten Augenblick an, als ich dich gesehen habe, wusste ich, dass du nur eine Einbildung bist, aber ich wollte es für eine lange Zeit nicht wahr haben.«

»Warum glaubst du, dass ich eine Einbildung bin?«

»Weil du genauso aussiehst wie Alexis. Meine Gedanken haben dich erschaffen.«

Er denkt eine Weile nach. »Du hast dir Alexis genauso vorgestellt, wie ich aussehe? Das ist merkwürdig.« Er runzelt die Stirn. »Als ich ,Sonnenwinde' gelesen habe, ist mir das nicht aufgefallen.«

»Du findest das wohl witzig, was?«, fauche ich.

»Nein, Jenny, natürlich nicht. Ich …« Und in diesem Moment wird mir klar, dass es Zeit wird, die Freundschaft mit Jerry Lee endlich und endgültig zu beenden. Zeit, wieder auf meine Stimme zu hören.

»Verschwinde aus meinem Kopf!«, unterbreche ich sein Gestammel.

»Jenny, ich will dir nur helfen.«

Die Albtraumgestalt erhebt sich und kommt wieder näher.

»Du hast mir nichts als Kummer und Leid bereitet.«

Er bleibt stehen.

»Ich will nicht mehr deine Freundin sein.«

Bittere Enttäuschung spiegelt sich in seinem Gesicht wider. Wir sind seelenverwandt, sein Gefühl ist mein Gefühl und mir wird schlecht. Ich bereue meine Entscheidung bereits. Doch dieses Mal gibt es kein Zurück. Dieses Mal muss ich standhaft bleiben.

»Darf ich dich wenigstens nach Hause bringen?«, fragt mich mein imaginärer Freund. Hoffnungslose Liebe, unkontrollierbare Angst und erstickende Verzweiflung rauben mir die Fähigkeit, klar zu denken. All das kommt mir wie ein schrecklicher Albtraum vor. Bitte, Jenny, wach auf! Weck mich, innere Stimme!

Jerry Lees Hände, die sich unter meine Arme schieben, um mich hochzuheben, fühlen sich so real an wie der Wind, der über mein Gesicht streicht. Ich lasse es mit mir geschehen. Soll meine Illusion mich sicher nach Hause bringen. Bevor meine Augen zufallen, sehe ich noch, wie Victoria den Kopf aus der Türe streckt und mir enttäuscht hinterher blickt.

Jerry Lee trägt mich auf Armen durchs Haus und legt mich behutsam aufs Bett. Doch jetzt, wo ich wieder hier bin, kann ich nicht mehr an Schlaf denken.

Ich springe auf und eile zum Spiegel. »Komm her und sieh dir das an«, winke ich Jerry Lee zu mir. Der Spiegel zeigt mich diesmal kopfüber, als würde ich an der Decke hängen.

»Was siehst du?«, frage ich Jerry Lee, als er mir über die Schultern in den Spiegel blickt.

»Ich sehe Jenny Hill, die dringend Schlaf und Ruhe braucht.«

»Warum weigerst du dich ständig zu sehen, was ich sehe?«

»Was glaubst du denn zu sehen, Jenny?« Er spricht mit mir, als wäre ich ein zurückgebliebenes Kind, das nur sehr schwer begreift und das macht mich rasend.

»Mein Spiegelbild hängt über mir, du Idiot! Jedes Mal, wenn ich in diesen verfluchten Spiegel schaue, zeigt er mir etwas anderes, aber nie, wer ich wirklich bin.«

»Vielleicht liegt es daran, dass du nicht weißt, wer du wirklich bist. Das Gesicht ist der Spiegel der Seele.« Er schmunzelt. »Oder vielleicht ist das ein Zauberspiegel.«

Meine Wut kocht über. Ich drehe mich um und schlage Jerry Lee eine Faust ins Gesicht. »Du machst dich wohl über mich lustig?«, schreie ich ihn an, als er rückwärts taumelt.

Deine Faust hat echt was drauf!

Ja, und ich habe immer öfter das Bedürfnis, jene Leute zu schlagen, die mir das Leben schwer machen.

»Ich mache dir das Leben doch nicht schwer!«

Hoppla, schon wieder laut gedacht, aber das ist mir jetzt egal. Ich will nur noch, dass diese Fantasievorstellung von Alexis verschwindet. Doch Jerry Lee krallt sich beharrlich in meinem Geist fest und kommt erneut auf mich zu. Ich hole wieder mit der Faust aus. Er ist schneller und hält mich an beiden Handgelenken fest. Ich tobe und schreie und schlage wie verrückt um mich, aber die Einbildung ist viel kräftiger als ich.

»Jenny, beruhig dich!«

Anstatt mich zu beruhigen, lasse ich meinen Tränen freien Lauf. Es ist sehr hart, dass der Mensch, den man über alles liebt, gar nicht existiert. Warum werde ich mit diesem Leid bestraft? Die Gewissheit, dass ich ihn niemals küssen und berühren werde, ist nun ganz klar. Doch andererseits jagt mir dieser Mensch unerträgliche Angst ein.

Seine Berührung ist gleichzeitig heiß und kalt, schön und schrecklich, beschützend und bedrohend. Mit aller Kraft versucht er mich ruhig zu halten, aber ich liefere mich nicht meiner Illusion aus.

Endlich kann ich mich losreißen. Noch einmal jage ich ihm die Faust ins Gesicht. So fest, dass er rückwärts fällt, mit dem Kopf hart auf dem Fußboden aufschlägt und nicht wieder aufsteht. Endlich habe ich ihn niedergestreckt! Der Drang, nur noch von hier zu verschwinden, treibt mich hinaus. Hinaus ins Freie, wo keine Wände mich umgeben, rein in die Wälder, wo es keine Spiegel gibt, nur flüchten, damit Jerry Lee mich nicht findet.

Neunzehn

Ich habe gehofft, dem Geflüster, den Schreien und den unerklärlichen Geräuschen meines Hauses zu entkommen, aber auch der Wald hat eine Sprache. Die Bäume summen wehklagende Lieder, der Wind seufzt und stöhnt vor Trübsinnigkeit, die Worte des raschelnden Laubes unter meinen Füssen versuche ich noch zu identifizieren. Ich wate durch einen Bach auf die andere Seite des Ufers. Das Wasser gurgelt und kichert, es stimmt mich frohsinnig. Glückseligkeit und Elend wechseln sich ab, je nachdem, was für Klänge ich wahrnehme. Meine Gefühlswelt wird vom Chaos der Widersprüchlichkeit überschwemmt. Ohne ein Ziel irre ich durch die Wälder. Äste peitschen mein Gesicht, Dornen kratzen mir die Beine wund, Büsche zerren an den Haaren, aber ich nehme die körperlichen Schmerzen nicht wahr, so tiefreichend sind jene der Seele. Was ist los mit meinem Verstand?

Du machst zurzeit eine schwere Phase durch.

Aber was muss ich tun, um diese Phase zu beenden? Was zum Teufel soll ich machen, wenn Jerry Lee mir wieder erscheint? Hinter jedem Baum, fürchte ich, könnte er hervortreten. Ich erinnere mich daran, wie oft er hinter mir gestanden hat, ohne, dass ich ihn bemerkt habe, wie oft ich über seine plötzliche Erscheinung erschrocken bin. Warum ist mir nie aufgefallen, dass er so oft überraschend aufgetaucht ist? Ich stolpere über meinen eigenen Fuß und lande mit dem Gesicht im Dreck.

Während ich auf einen vor mir liegenden Tannzapfen starre, führt mir die innere Stimme etwas Grundlegendes und Unbestreitbares vor Augen: *Und vergleiche einmal eure Namen! Beide beginnen mit J und enden mit einem Y. Ist das nicht seltsam?*

»Nein, das ist es nicht.« Ich stehe auf und wische den Dreck von den Jeans. »Mein Verstand hat nur die Traumgestalt von Alexis mit meinem Selbst in Verbindung gebracht.« Aber was ist mit Sam und McAuffrey und Christine? Sind sie echt oder auch meiner ungezügelten Fantasie entsprungen?

Zugegeben, ich weiß es nicht.

Ich lache laut auf und der Klang meiner Stimme erzeugt ein langanhaltendes Echo in den Wipfeln der Bäume. Als wären meine Worte der Wind, neigen sich die Baumkronen stärker hin und her. Furcht ergreift mich, aber ich weiß nicht, ob es daher kommt, dass mir der Wald lebendiger erscheint oder weil es das erste Mal ist, dass meine Stimme etwas nicht weiß. Was also gibt es da zu lachen? Ich bin so ratlos wie die Stimme.

Ich zucke zusammen. Da kamen gerade Geräusche von irgendwoher, die mir nur allzu vertraut sind, von denen ich aber dennoch nicht weiß, was sie bedeuten.

Ein Klatschen.

Ein Körper, der auf etwas aufprallt!

Ein dumpfer Schlag.

Etwas, das mit voller Wucht Blech verbiegt.

Ein seltsames Kreischen.

Nein, das ist ein Quietschen!

Der Gestank von Verbranntem.

Jemand verbrennt Kunststoff in der Nähe!

Ich halte mir die Ohren zu, aber die Geräusche werden nur noch lauter. Wie Schwerter dringen sie in meinen Kopf, der heftig zu pochen beginnt. Ein Bild flackert vor meinen Augen auf, obwohl ich sie nicht geschlossen habe. Es ist unscharf. Etwas fliegt durch die Luft, beschreibt dabei einen hohen Bogen. Die Erscheinung verschwindet wieder. Verdammt, spukt es in diesem Wald auch? Oder haben mich die Geister meines Hauses bis hierher verfolgt? Wie weit muss ich denn laufen, um ihnen zu entkommen? Werde ich sie nie mehr los? Bin ich verflucht, bis an mein Lebensende von Geistern heimgesucht zu werden?

Ich blicke um mich. Plötzlich ist es dunkel geworden. Wo zum Henker bin ich eigentlich? Mir ist kalt, ich will nach Hause! Der aufgehende Mond schenkt mir Licht, aber nicht die Einsicht, wo ich bin. Der Wald ist in ein silbernes Schimmern gehüllt, Sterne funkeln auf und ab.

Ich stehe da, den Kopf weit in den Nacken gelegt, und schaue durch die Spinnweben aus Ästen zu, wie der Mond aufgeht. Mein Hals ist steif, aber es ist, als wäre ich in den Bann des Vollmondes geraten. Er spendet mir Wärme, die Sterne dagegen machen mich nervös mit ihrem Gefunkel. Ihre Lichter werden jedes Mal greller, wenn sie aufblitzen. Ein wilder Tanz aus Lichtern fegt durch den Nachthimmel, der Mond wird immer größer und voller, als würden sich die Himmelskörper ein Duell liefern.

Es wird Zeit, nach Hause zu gehen, Jenny!

Ich wandle weiter wie eine geisterhafte Gestalt durch den Wald, der vom Duell des Nachthimmels in ein Wechselspiel aus Licht und Schatten getaucht wird. Die verschiedenen Flecken, die von Ästen, Blättern, Bäumen und Strünken geworfen werden, erscheinen mir als ein falsch zusammengesetztes Puzzle oder wie ein durcheinander geratenes Raster. Der Wald ist keine Einheit, sondern ein Desaster, als hätte Gott bei seiner Schöpfung gepfuscht und das alles verwirrt meinen Orientierungssinn noch mehr. Keine Ahnung, von wo ich gekommen bin und in welcher Richtung mein Haus liegt. Ich habe mich hoffnungslos verirrt. Erneut in den Himmel starrend, hoffe ich, einen Wegweiser in den Sternzeichen zu finden.

Hey, wo ist der Mond? Er ist weg! Haben die Sterne gesiegt und ihn vernichtet? Hat ihn jemand entführt?

Hör endlich auf mit dem Blödsinn!

Da vorn! Da sind Lichter! Nicht am Himmels-feld, sondern auf der Erde. Ich blicke von einer Kuppe herab und durch die Äste hindurch sehe ich ein paar schwache Lichter von Fenstern. Da unten ist ein Dorf. Es ist Little Silence. Ich bin gerettet! Zum ersten Mal seit langem freut mich dieser An-blick. Und als ich aus dem Wald trete, hinein in eine Wiese aus hohem Gras, verstehe ich, wohin der Mond verschwunden ist. Er ist einfach unter-gegangen! Die Sonne färbt den westlichen Horizont purpurrot. Wenigsten weiß ich jetzt, wie die Him-melsrichtungen liegen.

Ich komme dem Dorf näher und mit jedem Schritt wächst mein Unbehagen. Nicht, weil ich diesen engstirnigen Menschen begegnen muss, sondern weil mir die Häuser nicht bekannt vor-kommen. Oh Gott! So, wie ich nicht gemerkt habe, dass Nacht und wieder Tag geworden ist, habe ich auch mein Zeitgefühl verloren. Little Silence ist größer geworden, viele neue Häuser, die ich noch nie gesehen habe. Es gibt auch mehr als nur eine Straße. Und das Kaff ist keine Sackgasse mehr, sondern durch eine Hauptstraße, die schnurgerade aus dem Osten durch das Dorf hindurch nach Wes-ten führt, zwei geteilt. Wie viele Jahre habe ich in diesem Wald verloren? Herrscht dort oben ein Fluch, der die Menschen nicht mehr aus dem Wald entlässt?

Wie bist du entkommen?

Das weiß ich nicht. Ich kann mich kaum mehr an den Marsch durch den Wald erinnern. Der Fluch hat mir meine Erinnerung geraubt.

Immer schneller stakse ich durch die Wiese, bis ich renne, als wäre der Teufel hinter mir her. Das Dorf zieht mich an, der Wald hinter mir treibt mich von sich weg, der Fluch aber hängt an mir fest. Ich spüre ihn! Wie eine Spinne an meinem Hals, die sich nicht abwimmeln lässt.

Keine Panik, jemand im Dorf wird dir helfen!

Wen soll ich fragen? Es ist wahrscheinlich etwa fünf Uhr morgens. Ich kann doch nicht einfach an einer Tür klingeln und erzählen, ich hätte mich verirrt, obwohl ich seit Monaten in dieser Gegend wohne. Die Leute denken schon so schlecht von mir, aber wenn ich jemandem meine Geschichte erzähle, wird er mich mit Sicherheit für verrückt erklären.

Ich wandle durch die Straßen von Little Silence, das mir so verändert erscheint. Vielleicht ist es nur diese unerträgliche Müdigkeit, die mich täuscht. Ich setze mich auf den Bürgersteig, rutschte zu Boden und entgleite dieser fremden Welt.

Zwanzig

Eine Stimme dringt aus weiter Ferne in meinen Verstand, jemand schüttelt meine Schulter. Nur widerwillig verlasse ich das Reich des Schlafes, das zum ersten Mal seit langem keine Albträume für mich parat gehabt hatte. Langsam öffne ich die Augen, blinzle, und schaue direkt in das leblose Gesicht von Charlie. Mit einem hysterischen Schrei fahre ich hoch und stoße die Leichengestalt von mir weg.

Ich blicke um mich. Leute umzingeln mich und begaffen mich misstrauisch. Der Kreis, den sie bilden, wird enger, die Klaustrophobie schnürt meinen Brustkorb zusammen. Ich krieg keine Luft!

Charlie liegt am Boden, eine Frau hilft ihm aufstehen. Der Alte mit Lederjacke und Hut dreht sich zu mir um. Es ist gar nicht Charlie! Vielleicht war mein Schlaf doch nicht traumlos gewesen und das Bild von Charlie hat mich bis in die wache Welt verfolgt.

Der Mann schaut mich besorgt an. »Ist mit Ihnen alles in Ordnung?«

Nein, verdammt, gar nichts ist in Ordnung! Ich bin verflucht und werde von Geistern verfolgt.

»Eine Fremde. Ich mag keine Fremden in unserem Dorf«, höre ich jemand sagen. Hastig fahre ich herum. Eine ältere Frau mit Pferdeschwanz und Brille fixiert mich. Ich weiß, dass diese Worte von ihr gekommen sind, aber jetzt blickt sie mich so an, als wäre sie ein unschuldiges Lamm.

»Was hat sie hier zu suchen?«, fragt ein Mann die Frau neben sich und diese antwortet ihm: »Los, wir greifen sie uns!«

»Nein!«, schreie ich die Frau an und schupse sie weg. »Fasst mich nicht an! Lasst mich in Frieden!« Ich versuche, dem sich schließenden Kreis zu entkommen, aber Hände greifen nach mir. Hände, die sich eisigkalt und schleimig anfühlen. Mein Gott, jetzt werde ich noch von Zombies angegriffen! Bleibt mir den gar nichts erspart? Diesmal nützt wildes um sich schlagen nicht, denn ich bin den unzähligen, nach mir grapschenden Händen ausgeliefert. Sie umschlingen mich von hinten, von vorne und von allen Seiten mit ihren übernatürlich langen Armen. Das sind Tentakeln! Goliathhände packen meinen Hals, gewetzte Klauen grapschen nach meinen Schultern, monsterhafte Zähne beißen in meine Beine. Noch nie habe ich solche Furcht empfunden. Ich kann nur noch schreien, schreien und wieder aus dieser unrealen Welt fliehen.

Einundzwanzig

Helles Licht blendet meine Augen.
Die innere Stimme hat mir versichert, dass
die Zombies weg sind und dass ich fürs
erste in Sicherheit bin. Es sind makellos weiße
Wände, deren Widerschein meine Augen blendet.
Ich finde mich mit Bändern und Schnallen an ein
Bett gefesselt wieder, kaum einen Zentimeter kann
ich Beine und Arme bewegen. Ein vergittertes
Fenster und eine Stahltür unterbrechen als einziges
die Eintönigkeit des Raumes. Man hat mich entführt und eingesperrt! Ich will um Hilfe schreien,
aber meine Zunge ist wie betäubt, der Mund trocken wie eine Wüste. Mein Körper fühlt sich an, als
hätte man ihm alles Blut abgezapft. Schlaff, kraftlos
und ohne jegliches Gefühl. Vielleicht haben mich
die Zombies so weit misshandelt, dass ich gelähmt
bin und unfähig zu fühlen. Oder sie haben mir das
Leben regelrecht ausgesaugt. Erneut versuche ich
zu schreien, aber mehr als ein heiseres Krächzen
kommt nicht aus meinen trockenen Mund. Wer
will denn was von mir? Irgendjemand soll mir ge-
fälligst sagen, was hier los ist!

Ein Geräusch lässt mich mit den sinnlosen
Wehrversuchen innehalten. Sind mir die Geister
auch in diesen Raum gefolgt? Nein! Das ist ein

Schlüssel, der ins Schloss geschoben wird. Die Türe öffnet sich. Ich atme beruhigt auf - kein Zombie, kein Charlie und kein Jerry Lee. Es ist ein großer Mann von schlaksiger Gestalt im mittleren Alter. Vereinzelte graue Strähnen ziehen sich durch das braune Haar, ein dünner Schnurrbart ziert sein langgezogenes Gesicht und eine klobige Brille thront auf der Hakennase. Eigentlich ist mir dieser Typ im weißen Hemd sympathisch, aber ich mahne mich zur Vorsicht. Wer weiß, was mich noch alles erwartet!

Der Typ zieht den Stuhl, der an der Wand steht, ans Bett heran und setzt sich. Für eine kurze Weile blicken wir uns schweigend an. In dem Moment, als ich ihn anschreien will, warum er mich so dumm anglotzt, fragt er mich: »Wie fühlen Sie sich?« Seine Stimme klingt warm und einschläfernd.

Lass dich nicht von ihm rumkriegen! Er ist ein Verbrecher.

Also gebe ich ihm keine Antwort.

»Haben Sie Kopfschmerzen?«

Seit wann interessiert sich ein Entführer für seine Opfer?

Ich nicke schwach.

»Keine Sorge, das vergeht bald. Das ist eine Nebenwirkung der Medikamente.«

Ich fasse es nicht. Die Scheißkerle pumpen mich mit Drogen voll.

»Was wollen Sie von mir?«, ächze ich.

»Ich will, dass Sie mir sagen, wer Sie sind, woher Sie kommen und warum Sie auf dem Bürgersteig geschlafen haben.«

»Ihnen werde ich gar nichts sagen.« Das Gesicht meines Peinigers zeigt keine Regung und das treibt mich zur Weißglut. »Binden Sie mich endlich los!«

»Nicht, bevor Sie sich beruhigt haben. Sie haben immerhin zwei Menschen angegriffen.« »Es war Notwehr. Die Zombies haben mich bedroht.«

Jetzt zeigt das faltige Gesicht endlich etwas anderes als Gleichgültigkeit. Die Augenbrauen ziehen sich nach oben und glätten die Stirn. Ich interpretiere es als Überraschung.

»Zombies?«

»Ja, Scheißzombies hausen in Little Silence.«

»Man hat Sie nicht in Little Silence aufgegabelt, Miss. Sie waren in Caribooville.«

Ich schlucke Spucke hinunter, die in meinem Wüstenmund kaum vorhanden ist. »Sie lügen«, flüstere ich.

»Wohnen Sie in Little Silence?«, fragt er, ohne sich von meinem tödlichen Blick aus der Ruhe bringen zu lassen. Als er kapiert, dass ich nicht im Sinn habe, ihm zu antworten, sagt er: »Ich nehme an, Sie tun das. Caribooville liegt etwa zwölf Meilen von Little Silence entfernt.«

Ich zerre an den Fesseln, versuche, ihrem Griff zu entkommen.

»Was wollen Sie von mir? Lösegeld? Mich vergewaltigen, oder irgendwelche Experimente an mir durchführen?«

»Nichts von all dem, Miss.« Sein amüsiertes Gesicht macht mich stinksauer! Er beugt sich weiter zu mir vor, die Augen hinter den dicken Brillengläsern sind nicht größer als Nadelköpfe. »Glauben Sie, dass ich ein Entführer bin?«

»Ja, das glaube ich, und ein Bastard dazu!«

Er lehnt sich in den Stuhl zurück, nur, um drei Sekunden später aufzustehen. Jemand öffnet ihm von außen die Tür. Er dreht sich noch einmal zu mir um. »Ruhen Sie sich aus, Miss. Morgen werden wir reden.«

»Ich pfeife auf ein Gespräch mit Ihnen.«

Dass ich auf das Palaver pfeife, interessiert dieses Terroristenpack nicht. Am nächsten Morgen kommt ein kleiner dicker Kerl mit einem Schlagstock im Gürtel in den Kerker und bindet mich los. Kaum spüre ich ihren Zwang nicht mehr, haue ich dem Fettsack eine runter. Ich versuche zu fliehen, aber die Wirkung der Droge ist nicht abgeklungen. Meine Glieder sind schwer wie Eisenklötze, die Füße kleben wie Kaugummi am Boden und so weich fühlen sie sich auch an. Nach drei wankenden Schritten packt der Fette meine Haare und reißt mich grob zurück. Zwei weitere Kerle stürmen mir entgegen. Sechs Arme halten mich fest, binden mir Hände und Füße zusammen und zum Schluss verpasst mir noch jemand eine Spritze.

»Ihr verfluchten Schweinehunde, das werde ich euch heimzahlen!«

Sie stellen mich auf die schlotternden Beine. »Los jetzt!«, befiehlt einer der drei und zeigt auf die offene Tür. Ich setze mich mit der Hoffnung in Bewegung, dass sich draußen vielleicht eine Gelegenheit zur Flucht bietet. Aber je länger ich durch den Wirrwarr aus den breiten Gängen mit dem glänzenden Fußboden geschleppt und getrieben werde, desto mehr schrumpft meine Zuversicht. Links von mir reiht sich ein vergittertes Fenster ans andere, rechts etliche verschlossene Türen, Treppen hinauf und hinab stoßen sie mich. Es ist ein riesiges Gebäude und so gut abgesichert wie ein Gefängnis. Hin und wieder hallt ein Schrei durch die Gänge, manche kommen von hinter den Türen, andere klingen von weiter entfernt. Viele Menschen werden hier festgehalten, das muss eine moderne Folterkammer sein.

Ich werde in einen Raum dirigiert, der mit technischen Geräten überquillt. Hier wird mir Blut abgezapft, meine Größe vermessen und das Gewicht bestimmt. Man leuchtet mir mit einer kleinen Taschenlampe in die Ohren und in den Mund und ich fühle mich wie ein Versuchskaninchen. Sämtliche Daten werden aufgezeichnet und in eine Akte gelegt.

Ich muss zugeben, diese Terroristen arbeiten sehr vorbildlich.

Nachdem man mich in einen weißen Pyjama gesteckt hat, geht's weiter durch die Gänge mit den zahllosen Türen, bis die drei Kerle vor einer hölzernen Tür mit Milchscheibe stehen bleiben. Man drückt mir die Akte in die Hände und schickt mich alleine hindurch. Der schlaksige Typ von gestern, der hier ganz klar der Boss ist, kommt mir mit ausgestreckter Hand entgegen. Ich ignoriere sie. Er sieht die Fesseln und senkt seine Hand wieder.

»Bitte entschuldigen Sie diese Unannehmlichkeiten, Miss, aber ich nehme an, dass die Pfleger Grund dazu hatten. Haben Sie versucht zu fliehen?«

»Hätten Sie an meiner Stelle nicht das Gleiche getan?«, zische ich.

»Darauf kann ich keine Antwort geben, weil ich nicht weiß, was in Ihrem Kopf vorgeht.«

»Was interessiert euch Terroristen, was in meinem Kopf vorgeht? Eure Absichten werden die Gleichen bleiben.«

»Bitte setzen Sie sich.« Er weist auf den Stuhl vor seinem massigen Schreibtisch aus Eiche, der fast gänzlich unter Papierstapeln und Aktentürmen verschwunden ist. Widerwillig gehorche ich ihm und er setzt sich mir gegenüber.

»Das können Sie mir geben.« Er zeigt auf die Akte in meiner Hand und ich werfe sie auf den

Tisch. Doch er interessiert sich nicht dafür, was da drin steht und schaut mich nur an, als würde er in meinem Kopf herumschnüffeln.

»Hören Sie auf damit.«

»Womit?«

»In meinen Gedanken zu lesen. Ich möchte nicht wissen, zu was ihr mit euren technischen Ausrüstungen fähig seit.«

»Miss, ich bin kein Terrorist, ich bin Arzt.«

Ich lache laut auf, obwohl ich das alles überhaupt nicht lustig finde. »Natürlich! Und ich bin Mutter Theresa.«

»Sie befinden sich in einer psychiatrischen Klinik.«

Das Lachen vergeht mir abrupt. Ich kriege meinen Mund kaum noch auf, so trocken und verklebt ist er.

Er lügt! Er will dich nur verunsichern!

Nein, ich habe doch all diese Türen und vergitterten Fenstern gesehen und diese irrsinnigen Schreie gehört! Entweder ist dieses monströse Gebäude ein Gefängnis oder ein Irrenhaus. Geliebte Stimme, ich kann mich nicht daran erinnern, ein Verbrechen begangen zu haben! Oder bin ich vielleicht wegen Carol hier? Habe ich etwas verpasst?

Und vergiss nicht: Du hast in Caribooville zwei Leute angegriffen!

Ja, Leute, die ich für Zombies gehalten habe und obwohl mir die Umgebung fremd vorgekommen ist, bin ich davon überzeugt gewesen, in Little Silence zu sein. Ich glaube, liebe Stimme, wir sitzen tatsächlich in einer Klapsmühle fest.

»Was denken Sie gerade?«, reißt mich der Arzt aus meinem chaotischen Denken.

»Ich berate mich im Moment darüber, ob ich mich in einem Gefängnis oder in einem Irrenhaus befinde.«

»Mit wem beraten Sie?«

»Das geht Sie nichts an!«, fauche ich, aber wie immer bleibt der Kerl gelassen.

»Hören Sie Stimmen in Ihrem Kopf?«

»Tut das nicht jeder? Werde ich gleich als bekloppt bezeichnet, nur weil ich manchmal Selbstgespräche führe?«

»Niemand behauptet, Sie wären bekloppt.« Er verschränkt die Hände hinter dem Kopf.

»Wir hatten einen schlechten Start, Miss. Wir sollten noch einmal von vorn beginnen, indem wir unsere Namen nennen.«

»Jenny Hill.«

»Doktor Parker.« Diesmal ergreife ich seine Hand. Seine Finger sehen aus wie die von einem Hollywood-Alien: lang, dünn, blass und irgendwie schleimig. Die Berührung widert mich an, sie ist kalt und erinnert mich an Charlie.

Doktor Parker notiert meinen Namen auf einem Blatt Papier. »Jenny Hill, die Schriftstellerin?« Er hebt den Kopf.

Ich nicke schwach. Wenn an die Öffentlichkeit kommt, dass ich hier festsitze, dann ist meine Karriere zu Ende, noch bevor sie richtig begonnen hat.

Doktor Parker hat meine Unruhe bemerkt. »Keine Angst, davon wird niemand etwas erfahren.«

Ich lehne mich nach vorn, um meinem Anliegen Nachdruck zu verleihen. »Hören Sie, Doktor Parker, ich habe keine Ahnung, welches Datum wir heute haben, ich weiß nur, dass ich meinem Verlag schon sehr bald ein Manuskript einschicken muss. Aber dummerweise ist es zu Hause und ich werde hier festgehalten.« Ich komme wieder in Fahrt, nur Dank meiner vernünftigen inneren Stimme kann ich mich beherrschen.

»Sie werden hier nur solange festgehalten, bis es Ihnen besser geht. Im Moment sind Sie eine Gefahr für sich selbst.«

»Woran leide ich denn?« Ich richte mich steif im Stuhl auf. Lange schweigt er, zu eindringlich schaut er mich an. »Nun reden Sie schon, Doktor!«

»Ich ziehe nicht gerne voreilige Schlüsse über eine Krankheit, weil es die Therapie negativ beeinflusst, wenn ich falsch liege.«

»Sagen Sie es mir!« Am liebsten würde ich ihm die Antwort aus dem Hals würgen.

Doch er zückt einen Notizblock und schüttelt den Kugelschreiber. »Leiden Sie an Schlafstörungen?«

Genervt puste ich den Atem aus und lasse mich zurück in den Stuhl sinken.

»Folgen jetzt endlose Fragen?«

»Damit ich Ihre Frage beantworten kann, müssen Sie mir zuerst ein paar Antworten geben.«

Ich gebe mich geschlagen.

»Ja, ich schlafe schlecht. Na und?«

»Wie steht es mit Ihrem Appetit?«

Ich denke angestrengt nach. Essen? Nur eine nervende Nebensächlichkeit. »Müesli und Früchte zum Frühstück und irgendwelches Grünzeug zum Abendessen.«

»Ist nicht gerade viel.« Er nimmt die Akte zur Hand und wirft einen Blick hinein. »Hier steht, dass Sie 46 Kilo wiegen.«

»Dicke Menschen werden verachtet.«

Du bist dürr wie ein Zahnstocher und dennoch wirst du verachtet.

»Erzählen Sie mir von Ihrer Familie, von Ihrer schulischen und beruflichen Ausbildung!« Der Klang meines frustrierten Lachens hegt in mir den Verdacht, dass mein Verstand tatsächlich nicht ganz bei Trost ist.

»Außer meinen drei Büchern habe ich in meinem Leben gar nichts auf die Reihe gekriegt. Meine Mutter hat sich umgebracht, Gott weiß warum, und meine Kindheit ist kaum mehr als eine nebelhafte Erinnerung.«

Der Stift kritzelt, so scheint es mir, viel mehr auf

das Papier, als ich zur Antwort gegeben habe. Dann hebt der Doktor den Kopf.

»Leiden Sie oft an Angstzuständen, Miss Hill? Sorgen Sie sich über scheinbar belanglose Dinge?«

Ich nicke.

»Angst ist mein ständiger Begleiter, Doktor, aber die Ursache ist alles andere als belanglos.«

Kritzel-Kritzel. Ist das ein Test? Worauf will er hinaus? Wozu all die lästigen Fragen?

Jenny! Verschwinden wir von hier!

Die Pfleger stehen vor der Türe, ich sehe ihre Schatten im Milchglas. Wir sind hier eingesperrt, fürchte ich, liebe Stimme.

»Was ist die Ursache Ihrer Angst?«

Ich erzähle ihm von den Geistern in meinem Haus, von Jerry Lee und seinem Vater, und was dieser getan hat. Es graust mich, wenn ich daran denke, wie ich im Regen durch einen Wald gestolpert bin und mich im Dreck gewälzt habe, um eine Leiche auszugraben, die ebenfalls nicht existiert. Ich erzähle, dass ich von den Menschen verachtet und verspottet werde. Wieder notiert er sich meine Antwort ohne Kommentar.

»Haben Sie Konzentrationsschwierigkeiten? Im Beruf zum Beispiel?«

»Ich leide seit längerer Zeit an einer Schreibblockade.«

Dass du dich nicht schämst, das zu sagen!

Halt die Klappe!

»Wie bitte?«

Nervös fummle ich an dem Pyjama herum. »Verzeihung … ich meinte … nicht Sie, ich meinte … die Stimme.«

»Was hat die Stimme gerade gesagt?«

»Sie will, dass ich mich für die Schreibblockade schäme.« Alles was ich sage, wird notiert. Ich komme mir vor wie in einem Verhör.

»Treffen Sie sich oft mit Ihren Freunden?«, fährt der Doktor mit seinen lästigen Fragen fort.

»Mit den wenigen, die ich habe, ja.«

»Wie viele Freunde haben Sie?«

»Einst waren es zwei. Jetzt ist es nur noch einer. Ein Mädchen.«

»Kommt Ihnen die Welt manchmal fremd vor? Bizarr? Unheimlich? Geheimnisvoll? Bedrohend?«

Lange denke ich über diese Frage nach. Wie kommt es, dass mir seine Fragen das Gefühl geben, dass er alles von mir weiß? Dass er alles sieht?

Er liest deine Gedanken, ganz klar, und es gibt nichts, was du dagegen tun kannst, weil dir die Ärzte unter Vollnarkose einen Chip in deinem Gehirn implantiert haben.

»Ja«, antworte ich mit ferner Stimme. »Manchmal verstehe ich die Welt nicht, oder sie versteht mich nicht.«

»Sind sie oft traurig und niedergeschlagen?«

»Ja, verdammt«, schreie ich ihn an. »Das bin ich. Sie können jetzt aufhören mit Ihren dämlichen Fragen. Sagen Sie mir endlich, was für ein Problem ich habe!«

Nach einer weiteren qualvollen Pause spricht er endlich. »Ich glaube, Sie leiden an paranoider Schizophrenie, Miss Hill.«

»Warum glauben Sie das?«

»Sie meinten, von Terroristen und Aliens verschleppt worden zu sein und Sie hatten letzte Nacht erhebliche Orientierungsschwierigkeiten. Sozialer Rückzug, Verfolgungswahn, Halluzinationen und Angstzustände begleiten Sie, und Sie unterhalten sich in Gedanken mit jemandem.«

Meine Welt gerät aus den Fugen. In einem Moment ist mir alles ganz klar – ja, ich bin tatsächlich ein Schizo –, aber im nächsten zerfällt alles wieder und ich höre nur Lügen aus Doktor Parkers Mund.

Dass Jerry Lee nicht echt ist, habe ich dir immer wieder versucht klarzumachen. Warum bist du jetzt überrascht?

»Aber wie kann ich wissen, was Halluzination ist und was die Realität?«, frage ich verzweifelt.

»Das werden wir im Verlauf der Therapie herausfinden.«

»Ich brauche keine Therapie. Ich brauche Stift und Papier, um meine Arbeit zu Ende zu bringen.«

»Dazu werden Sie in der Ergotherapie Gelegenheit haben, Miss Hill.«

»Ich hatte einst eine Wahnvorstellung, aber die habe ich nun verbannt«, murmle ich.

Jetzt verschränkt Doktor Parker seine Hände auf dem Schreibtisch. »Erzählen Sie mir davon.«

Ich starre auf den Boden und das Engelsgesicht kommt mir wieder in den Sinn. Mir scheint, als hätte ich es seit einer Ewigkeit nicht mehr gesehen.

»Ich habe meiner Wahnvorstellung den merkwürdigen Namen Jerry Lee gegeben.«

Doktor Parker beginnt zu kritzeln und ich erzähle weiter. »Schon, als ich ihn das erste Mal gesehen habe, hatte ich Zweifel, ob er real ist.«

»Warum?«

»Weil er genauso aussieht wie Alexis, der Held aus meinem Roman *Sonnenwinde*. Dummerweise habe ich mich Hals über Kopf in diese Illusion verliebt. Können Sie sich vorstellen, welch schreckliches Dilemma das war?«

»Es ist erstaunlich, dass Sie die Illusion ohne Medikamente und ohne Therapie als solche erkannt haben.«

Verbittert lache ich auf. »Ich fürchte mich in jeder Sekunde davor, dass er plötzlich wieder auftaucht.«

»Wie haben Sie gemerkt, dass er nicht der Realität entspricht?«

»Sein Gesicht war nicht immer dasselbe. Manchmal erschien er mir wie Alexis, dann wie Jerry Lee und ein anderes Mal war er ein alter Mann. Eine toter alter Mann, um genau zu sein.«

»Sie brauchen keine Angst mehr zu haben. Mit

Hilfe von Antipsychotika werden Jerry Lee und alle anderen Halluzinationen verschwinden.«

»Was genau ist das für Zeug?«

»Um Ihrer akuten Psychose entgegenzuwirken, haben wir Ihnen Zuclopenthixol und Risperdal verabreicht.«

»Könnten Sie das bitte in einer verständlichen Sprache ausdrücken?«

»Der Überschuss an Dopamin im Gehirn ist die Hauptursache von psychotischen Wahrnehmungen. Das Antipsychotika dämpft die Dopamin-Rezeptoren. Zu Beginn erhalten Sie 2 Milligramm in zwei Dosen pro Tag.«

»Und warum höre ich noch immer die Stimme?«

»Die vollständige Wirkung setzt erst nach ein paar Tagen ein.«

»Dann waren also die Geräusche und Erscheinungen in meinem Haus keine Geister, sondern Wahnvorstellungen?«, frage ich mich selbst. Ein stacheliger Klotz schmerzt im Hals, Tränen lassen den Arzt vor meinen Augen verschwimmen. Man erfährt nicht jeden Tag, dass die Welt, in der man lebt, nur eine Illusion ist.

Liebe Stimme, die du mir immer geholfen hast, sag mir, was ist wahr und was ist falsch!

Sie antwortet nicht.

Zweiundzwanzig

Doktor Parker ist so freundlich gewesen, mich von der Einzelzelle in ein Gemeinschaftszimmer zu verlegen. Er sagt, Kontakt zu anderen Menschen sei jetzt besonders wichtig. Aber was soll ich mit diesen emotionslosen Gestalten? Eine Frau Namens Claire schlägt sich ununterbrochen mit der flachen Hand an die Stirn. Sie erklärt mir, sie vertreibe so die Stimmen in ihrem Kopf, die sie zwingen, böse Sachen zu sagen und zu tun. Eine junge Frau, dem Teenageralter kaum entsprungen, starrt von Früh bis Spät den Fußboden an. Sie regt sich nicht, spricht kein Wort. Ihren Namen habe ich nicht herausfinden können. Nur ein gelegentliches Augenzwinkern zeugt davon, dass sie noch lebt. Eva geht stundenlang im Zimmer auf und ab, redet mit sich selbst und schreit zwischendurch ohne Grund herum.

Und ich? Tja, ich sitze ebenfalls nur da und starre Löcher in die Wände, wenn ich nicht gerade wie Eve wie ein aufgescheuchtes Huhn herumlaufe. Es gibt Stunden, in denen ich so müde und verwirrt bin, dass ich stupere werde - wie es Dr. Parker nennt – und dann, ganz plötzlich, wird mein Körper von Energie bombardiert. Das wiederum nennt der Doktor Frühdyskinesie. Dann kann ich nicht stillsitzen, kann mich weder auf ein Buch noch auf meine eigenen Gedanken konzentrieren. Die Hände zittern, die Beine tragen mich hin und her, Evas endlosem Pfad folgend. Fünfzehn Schritte in der Länge und zehn Schritte in der Breite misst unser Zimmer. Nicht einmal mein Gesicht hält sich still, die Augenlider zucken heftig, die Mundwinkel ziehen sich arhythmisch nach hinten. Die Bauchmuskeln vibrieren und manchmal verkrampfen sie sich so heftig, dass ich mich zusammengekrümmt auf dem Boden winde. Dann schreit Eva wie verrückt, Pfleger kommen ins Zimmer gestürmt und jagen Spritzen in meine Venen. Die Muskeln lösen sich zwar, aber danach bin ich nicht einmal mehr fähig, den Schweiß von der Stirn zu wischen. Die Pfleger hieven meinen schlaffen Körper, der nicht mehr zu mir gehört, aufs Bett. Mein Geist und meine Seele sind Zuhause in dem schnuckeligen Häuschen. Ich vermisse meine Freunde so sehr! Gamby, Victoria, Sam, Jerry Lee und am meisten vermisse ich die Stimme. Seit ich diese Medikamente bekomme, kann ich sie nicht mehr hören. Ich habe geglaubt, die Einsamkeit zu kennen und zu lieben, aber erst jetzt und hier unter diesen Verrückten ohne meine Beschützerin, weiß ich, was es bedeutet, allein zu sein, und ich hasse es mit meiner ganzen Seele.

Ich hoffe, Gamby geht es gut. Doktor Parker hat veranlasst, dass jemand zur Charity Hütte hinaus fährt, um ihn abzuholen und bei einem Farmer unterzubringen, bis ich wieder gesund bin. Aber werde ich jemals geheilt werden? Wann ist man geistig gesund? Warum stempelt die Gesellschaft Schizophrenie als Krankheit ab? Vielleicht ist es etwas ganz Normales? Vielleicht sind diejenigen, die sich für gesund halten, in Wirklichkeit die Kranken. Vielleicht haben Schizophrenkranke eine übersinnliche Fähigkeit, Dinge zu hören und zu sehen, welche der Allgemeinheit verborgen bleibt. Vielleicht existieren die Dinge, die Ärzte als Halluzinationen und Wahnvorstellungen bezeichnen, wirklich, nur die Sinne der meisten Menschen sind so abgestumpft, dass sie es nicht wahrnehmen. Vielleicht, vielleicht, vielleicht … verdammt! Das bringt mich nicht weiter. Ich will Klarheit, ich will wieder ein normales Leben führen. Aber habe ich denn jemals ein normales Leben geführt?

Obwohl ich endlich eingesehen habe, dass Jerry Lee das verkörperte Produkt meiner Fantasie war, liebe ich ihn immer noch. Kann Liebe einen töten? Ist es wirklich Liebe, wenn er doch gar nicht existiert? Ich würde alles geben für Antworten auf meine unzähligen Fragen, die mich Tag und Nacht quälen. Geliebte Stimme, warum stehst du mir nicht mehr bei?

Und wie sehr ich das Schreiben vermisse! Doktor Parker hat mir versichert, dass ich in der Ergotherapie damit weitermachen kann, doch es war eine Lüge. Gar nichts geht. Eine Stunde lang starre ich auf leeres Papier, tausend Gedanken im Kopf, von denen einer den anderen jagt, aber ich bin nicht fähig sie zu ordnen und niederzuschreiben. Selbst die Liebesbriefe an Jerry Lee fließen nicht mehr aus meiner Hand, weil alles sinnlos erscheint. Ich habe auch versucht, in meiner Muttersprache zu schreiben, aber das hat den Knoten in meinem Verstand nur noch enger gezogen. Alles, was mit meinem vergangenen Leben zu tun hat, blockt Geist und Hirn ab. Jetzt weiß ich, was eine Schreibblockade wirklich ist. Oft fällt es mir sogar schwer, meinen eigenen Namen zu buchstabieren.

»Warum kommt Victoria mich nicht besuchen«, jammere ich laut vor mich hin und in diesem Moment geht die Metalltür mit einem nervtötenden Quietschen auf. Ein Pfleger stellt sich breitbeinig in den Türrahmen.

»Du hast Besuch.«

»Ich will keinen Besuch.«

»Der Doktor meint, du wirst dich darüber freuen. Also hab dich nicht so.«

Ich kenne den Namen dieses aufgeblasenen Kerls nicht, aber ich weiß, dass er sich immerzu wichtig machen muss. Es fällt mir schwer, mich zu erheben. Meine Beine mögen mein schweres Gemüt kaum tragen. Während ich dem Pfleger einen Korridor hinab hinterherwandle, geht mir kein Gedanke durch den Kopf – nur der, dass ich nichts denken kann. Gibt es denn irgendetwas, wozu ich noch fähig bin?

Sich öffnende und schließende Türen nehme ich nur am Rande wahr. Ich werde in einen Raum geführt – weiß, ein Tisch, zwei Stühle, sonst nichts. Diese Langeweile macht mich wahnsinniger als ich es ohnehin schon bin.

»Setz dich!«, wird mir befohlen und ich gehorche.

Er verlässt das Zimmer, ich warte und konzentriere mich darauf, mit der Stille fertig zu werden. So vieles in meinem Leben, so viele scheinbar unbedeutende Dinge bereiten mir Schwierigkeiten.

Zusammengesunken sitze ich da, starre auf meine Oberschenkel, das Gesicht hinter dem fetzigen Vorhang aus Haar versteckt. Wieder eine Tür, die sich öffnet. Kraftlos hebe ich den Kopf und erst jetzt merke ich, dass ein Speichelfaden aus meinem Mundwinkel hängt. In dem Moment, in dem ich mich selbst wie ein Zombie fühle, erscheint Jerry Lee in meinem von Haaren beschränkten Blickwinkel. Haben die Medikamente gerade ihre Wirkung verloren? Suchen mich die Halluzinationen wieder heim? Bin ich denn nicht einmal hier drinnen sicher vor ihnen? Nein, es kann nicht sein, dass die Medikamente nicht mehr wirken, denn ich fühle mich so uneins, als würde ich neben mir stehen.

Ich horche in mich, aber ich finde keine Emotion. Kein Erstaunen, keine Freude, keine Angst, keine Wut, keine Liebe. Nicht einmal Schock, dass ich nichts verspüre.

Nur anstarren kann ich ihn.

Jerry Lee schließt die Türe hinter sich und kommt mit kaum hörbaren Schritten auf mich zu. »Hallo Jenny.« Seine Stimme ist nur ein Flüstern.

»Hallo.« Meine taube Zunge verzerrt das Wort zu einem solch abartigen Klang, dass ich mich ernsthaft frage, ob ich zu irgendetwas Außerirdischem mutiert bin.

»Wie geht es dir?«

»Ging mir nie besser.« So, wie ich beim Sprechen klinge, wie ich dasitze, ein von Ärzten verpfuschtes Geschöpf, sollte ich mich in Grund und Boden schämen. Aber auch diese Emotion haben die Medikamente abgetötet. Ich versuche ernsthaft, mich zusammenzureißen, indem ich mich halbwegs gerade aufrichte, mir den Sabber vom Mund wische und das Haar aus dem Gesicht fuchtle.

Jerry Lee setzt sich hin, schaut mich eine Weile an und gerade, als er etwas sagen will, falle ich ihm ins unausgesprochene Wort. »Dann habe ich mich also die ganze Zeit getäuscht.«

Er nickt nur und hört nicht auf, mich anzusehen. Ich versuche eine Entschuldigung für mein lächerliches Benehmen zu stammeln, aber dieses Mal unterbricht er mich.

»Hör zu, Jenny. Ich habe mit Doktor Parker geredet, ich weiß Bescheid. Und ich komme heute aus einem wichtigen Grund zu dir.«

»Es gibt nichts mehr in meinem Leben, das wichtig ist.«

»Der erste Schritt zu deiner Genesung ist der, dass du aufhörst, dich selbst zu bemitleiden.«

Mir ist, als würde ein Sturm durch meinen Verstand fegen und alles negative Denken hinfort blasen. Jerry Lee hat Recht. Selbstmitleid macht alles nur noch schlimmer. Ich versuche mich zu erinnern, wie es ist, Mut und Hoffnung zu hegen. Und es gelingt mir tatsächlich dank meines Freundes, der von weit her gekommen ist, um mich zu sehen, um mir zu helfen. Jetzt wird alles gut werden!

»Worum geht es?«

»Ich weiß, dass du immer noch einen laufenden Vertrag mit dem Verlag hast.«

Meine Güte! Das habe ich in meinem Dilemma völlig vergessen! »Ja«, stöhne ich auf. »Das Manuskript ist ein Desaster und es ist nicht einmal mein Eigentum. Wer soll da jemals Ordnung hineinbringen können, wenn nicht einmal ich es schaffe?« Die Zuversicht fällt so plötzlich von mir ab, wie sie über mich gekommen ist. »Was ist, wenn gar keine Geschichte existiert? Was, wenn ich mir nur eingebildet habe, eine Geschichte zu schreiben?«

»Ich mache dir den Vorschlag, dass ich zu dir nach Hause gehe und das überprüfe. Falls ich auch nur den Ansatz eines Roten Fadens finde, setze ich mich mit deinem Lektor in Verbindung. Ich werde ihm von deiner Krankheit erzählen müssen, vielleicht ist er dann nachsichtig, was den Termin betrifft und vielleicht sogar bereit, das Desaster auszuarbeiten.«

Mir fällt ein Steinbruch vom Herz. Ich denke an Phil Valentine, mein langjähriger Lektor, der immer zu predigen pflegt:

Schreiben ist menschlich, lektorieren ist göttlich. Wie Recht er doch hat. Er ist ein guter Mensch und ich sollte ihn auf meine Liste der Freunde setzen.

»Du findest seine Anschrift in der Küchenschublade.«

Jerry Lee nickt. Dann schlägt er ganz plötzlich die Augen auf, als wäre er gerade aus einem Traum erwacht. »Hat die Geschichte ein Ende, Jenny?« Seine schüchterne Stimme verrät mir, dass ihm die Antwort auf diese Frage Angst macht. Vielleicht fast so viel wie mir selbst. Ich schließe die Augen und versuche mich zu konzentrieren. Nur vage erinnere ich mich an eine Idee, die ich einst für das Ende hatte. Die Idee war brillant, das wusste ich, denn es blieb offen, ob es ein Happy End war oder nicht.

»Die Geschichte hat ein Ende«, murmle ich, »aber ich weiß nicht, ob ich es bereits niedergeschrieben habe.«

Jerry Lee erhebt sich und sagt: »Mach dir keine Sorgen, Jenny. Es wird alles gut werden.«

»Wie geht es Gamby?«

»Dem geht es prächtig«, strahlt er und ich glaube ihm, dass sich alles zum Guten wenden wird. »Er hat sich sehr einsam gefühlt dort draußen. Aber jetzt befindet er sich in bester Gesellschaft.«

Mein Herz erinnert sich vage daran, wie sich Erleichterung anfühlt. Es gibt kaum etwas, das ich mir mehr wünsche, als Gamby wiederzusehen. »Danke für alles.«

Er blickt mit einem warmherzigen Lachen auf mich herab. »Das bin ich dir schuldig. Machs gut, Jenny! Ich komme bald wieder.« Jerry Lee durchquert den Raum und verschwindet aus meinem Alltag.

Wieder umhüllt mich die Stille, aber dieses Mal empfinde ich sie als angenehm. Ich wünschte nur, das Risperdal würde die Freude zulassen, die ich fühlen will, jetzt, da ich weiß, dass Jerry Lee nicht ein Produkt meiner kranken Fantasie ist.

»Ich will Ihre Teufelsmedizin nicht mehr«, fauche ich Doktor Parker in der Sitzung an. Ich habe mich erst gar nicht gesetzt. Stühle geben mir das Gefühl, angekettet zu sein. Stattdessen stampfe ich wie eine Furie im Zimmer hin und her.

»Warum nicht?«

»Weil sie alles zerstört. Meine Fantasie ist flöten gegangen, meinen Wortschatz hat sie mir gestohlen und ich fühle mich so schrecklich einsam, seit ich die Stimme nicht mehr höre.«

»Sie müssen durchhalten, Miss Hill. Schizophrenie braucht sehr viel Zeit und Geduld.«

»Ist mir egal. Ich habe keine Zeit, und Geduld erst recht nicht. Sie haben mich belogen. Sie sagten, ich werde wieder schreiben können, aber ich bringe weniger zustande als ein Kindergartenkind, nämlich gar nichts. Ein Kind in diesem Alter kann bereits seinen Namen schreiben. Und ich habe Sie niemals darum gebeten, mir meine Stimme zu nehmen.« Ich fahre mit einer Hand über mein Gesicht, mit der anderen kratzte ich mich am Hintern. Verflucht, warum juckt es mich die ganze Zeit überall? »Können Sie sich vorstellen, wie das ist? Ich höre diese Stimme, seit ich ein Kind bin. Immerzu hat sie mich begleitet. Sie war meine Freundin und stets da, wenn ich sie brauchte. Aber Sie haben sie mit Ihren Pillen verjagt!«

»Wenn wir schon dabei sind, erzählen Sie mir von ihrer Kindheit.« Doktor Parkers Ablenkung vom Thema und das Sigmund Freud-Getue ärgern mich. Wütend trete ich gegen den Stuhl und er kracht laut scheppernd zu Boden. Das schwarze Loch in meinem Kopf vergrößert sich. Ich will mich hinunterstürzen, um dort die Erinnerungen zu finden, aber etwas hält mich davon ab.

»Da gibt es nichts zu erzählen. Ich erinnere mich kaum daran, das habe ich Ihnen schon einmal gesagt.«

»Das werden Sie aber irgendwann müssen, Miss

Hill. Etwas ist geschehen, ein Trauma, das die Krankheit ausgelöst hat. Warum hat sich Ihre Mutter umgebracht?«

»Ich weiß es nicht«, rufe ich zur Decke. »Wahrscheinlich war meine Mutter genauso verrückt wie ich. Vielleicht ende ich auch an einem Galgen.«

»Genetische Veranlagungen und frühkindliche Entwicklungsstörungen können die Ursache von Schizophrenie sein. Waren Sie schon als Kind überempfindlich auf die Einflüsse Ihrer Umwelt?«

»Es sind Ihre Fragen, die mich krank machen. Warum verstehen Sie nicht, dass ich mich nicht erinnern will? Meine früheste Erinnerung ist, wie ich meine Mutter auf dem Dachboden gefunden habe. Sie hat sich an meinem achtzehnten Geburtstag erhängt. An diesem Tag hat mein früheres Leben ein Ende genommen und ein neues hat begonnen. Alles, was vorher war, existiert nicht.«

»Doch, es existiert irgendwo in den Tiefen Ihres Unterbewusstseins. Schreiben Sie Tagebuch. Wenn Sie sich ernsthaft damit auseinandersetzen, werden die Erinnerungen eines Tages zurückkommen.«

Meine Nervosität kann ich nicht länger kontrollieren. Wie wild fuchtle ich mit den Händen, wobei mir bewusst ist, wie dämlich das aussieht. Das Antipsychotika beherrscht jetzt meine heilige Dreifaltigkeit und es beschert mir Schlaflosigkeit, Kopfschmerzen und Schwindelgefühle.

»Ich habe Ihnen doch gesagt, dass ich nicht

mehr schreiben kann! Diese Gabe ist verpfuscht. Der Stift klebt auf dem Papier fest und die Hand weigert sich, die Bewegungen auszuführen. Wo meine Gedanken während der Zeit herumschwirren, in der ich wie ein Junkie im Drogenrausch aufs Papier starre, kann ich nicht erklären.«

»Wir können die Dosierung der Medikamente herabsetzen.«

»Warum kann ich nicht gleich damit aufhören?«

»Es ist noch zu früh. Ich befürchte einen Rückfall.«

»Es ging mir wesentlich besser, als ich krank war. Lassen Sie mich gehen!«

»Sie sollten nicht in diese Einsamkeit dort draußen zurückkehren! Menschen, die an Schizophrenie erkrankt sind, sind suizidgefährdet. Es ist wichtig, dass jemand auf Sie Acht gibt, zum Beispiel Jerry Lee, der ja, wie sich nun herausgestellt hat, keine Illusion ist.«

Ich möchte mit dem Auf und Ab innehalten, aber meine übermüdeten Beine weigern sich, mir zu gehorchen. Den Gedanken, dass Jerry Lee mich hüten und pflegen muss wie eine hundert Jahre alte Frau, mag ich überhaupt nicht. Aufgeregt fahre ich mir durch die Haare. »Werde ich denn wieder gesund?«

»Ich will ehrlich zu Ihnen sein. Schizophrenie ist schwierig zu heilen. Die Betroffenen erleiden viele Rückfälle, manche Symptome verschwinden nie.«

»Aber wenn ich mich wohl damit fühle, warum kann ich nicht bleiben wie ich bin?« Doch kaum habe ich das gesagt, verfalle ich in Zweifel. Will ich wirklich ein Leben lang von Geistern verfolgt werden? Soll ich mich nie mehr in einem Spiegel betrachten können? Fühle ich mich wohl, wenn ich glaube, die Gedanken anderer Menschen zu hören? Soll ich ewig von meinen Wahnvorstellungen verfolgt werden, immerzu in Angst und Selbstzweifel? Ich will nicht mehr das Gefühl von Zeit verlieren und ich wünsche mir, wieder unterscheiden zu können, wann ich etwas sage und wann ich etwas denke.

Ich versuche mir auszureden, dass Doktor Parker in diesen Sekunden des Schweigens, in denen ich immer noch wie ein Tiger im Käfig hin und her laufe, meine Gedanken liest.

»Sie fühlen sich wohl?«, fragt er in einem Ton, der weder ungläubig noch überzeugt klingt.

Endlich schaffe ich es, stillzustehen. »Nein. Weder mit der Krankheit noch mit Ihrer Medizin«, sage ich und verlasse das Zimmer.

Dreiundzwanzig

Was das Gefühl der Zeit betrifft, so brauche ich das hier sowieso nicht. Die Tage schleppen sich dahin, ich langweile mich zu Tode. Den ganzen Tag über bin ich hundemüde, aber ich kann einfach nicht schlafen, auch in der Nacht nicht. Es ist nicht nur diese Unruhe, die mich daran hindert, sondern auch die Albträume, die mich plagen, sobald die Augenlider die Welt verdunkeln. In meinen Träumen sind die Geister und ihre Geräusche immer noch präsent und sie sind keine Illusion. Ständig werde ich von irgendwas verfolgt. Was es ist, habe ich noch nicht herausgefunden.

Ich sitze auf dem Bett in der Ecke und starre auf die weißen Laken. Die Eintönigkeit in dieser Klinik macht mich fertig. Alles ist weiß. Weiße Laken, weißer Fußboden, weiße Wände, weiße Kittel, weißes Plastikgeschirr, weiße Handschuhe, weiße Tabletten. Die Inhaltslosigkeit von Weiß repräsentiert den Zustand in meinem Kopf, wenn es um das Schreiben geht. Aber alle anderen Gedanken – Gedanken, die ich schon zigtausend Mal gedacht habe - rasen wie ein wild gewordener Bienenschwarm in meinem Hirn herum. Alles, was ich will, ist, wieder Farben sehen! Ist denn das zu viel verlangt? Grüne

Wälder und graue Berge, blaue Seen und Flüsse, blühende Wiesen und endlose Prärien, den flammenden Himmel bei Sonnenaufgang und die funkelnden Sterne in der Nacht.

»Victoria, ich vermisse dich!«, rufe ich in die Leere des Zimmers. »Warum bist du nicht bei mir?«

Ich beschließe, das Risperdal heimlich abzusetzen.

Vierundzwanzig

Na, wie findest du die Kurzgeschichte? *Sie ist eine der Besten, die du je geschrieben hast!*

Es freut mich, dass sie dir gefällt. Ich habe sie nämlich für dich geschrieben. Sozusagen als Dankeschön, weil du meine Freundin bist und dafür, dass du mir Worte und Sätze zurückgebracht hast .

Ich würde alles für dich tun, Jenny. Tust du auch etwas für mich?

Alles, was du willst!

Dann bring uns raus hier. Lass uns gleich jetzt verschwinden!

So einfach ist das nicht, geliebte Stimme. Wir befinden uns hinter Schloss und Riegel, falls du das noch nicht bemerkt hast. Hier werden die schlimmsten Psychopaten festgehalten.

Aber wir sind doch keine Gefahr für die Gesellschaft.

Nein, natürlich nicht. Aber Doktor Parker meint, ich bin eine Gefahr für mich selbst und er befürchtet, dass ich Selbstmord begehe, wenn ich zurückkehre in die Einsamkeit unseres Zuhauses.

Warum solltest du dich umbringen? Und alleine bist du sowieso nicht. Victoria, Gamby und ich sind doch bei dir.

Du solltest jetzt besser still sein. Ich bin auf dem

Weg zum Doktor. Er darf nicht merken, dass du wieder da bist.

Du musst ihn überzeugen, dass wir gesund sind!

Bis vor einer Woche habe ich das Zimmer von Doktor Parker nur zaghaft betreten, habe die Türe nur so weit geöffnet, dass ich wie eine Katze durch den schmalen Spalt schlüpfen musste. Aber das ist jetzt vorbei. Mein Selbstbewusstsein ist halbwegs repariert und so stürme ich beinahe durch die Tür, durchquere das Zimmer mit wallendem Haar und lasse mich auf den Stuhl plumpsen.

»Wie es scheint, geht es Ihnen heute gut«, bemerkt Doktor Parker mit einem ehrlichen Lächeln.

»Es geht mir sogar ausgezeichnet.«

Aufmerksam hebt er die Augenbrauen. »Darf ich den Grund dafür erfahren?«

»Ich kann wieder schreiben«, verkünde ich stolz. »Und sehen Sie mich an! Ich sitze ganz ruhig auf diesem Stuhl.«

»Warum dieser plötzliche Wandel?« Ich registriere das Misstrauen in seinen Augen. Auf keinen Fall darf er merken, dass ich das Risperdal nicht mehr schlucke. Ich lehne mich zurück und nehme eine lässig zusammengesunkene Haltung ein.

»Ach, wissen Sie, Mrs. Brown von der Ergotherapie ist einfach wunderbar. Sie hat wirklich ein paar gute Tricks auf Lager, um die Inspiration anzuregen. Ich werde ihre Ideen mit auf den Weg nehmen. Es gibt noch viele Bücher zu schreiben.«

»Und Sie leiden auch nicht mehr an Dyskinesie, Stupor und Amimie?« Er steht immer noch unter wachsamer Anspannung.

»Es ist besser geworden. Wahrscheinlich hat sich mein Körper mittlerweile an die Medikamente gewöhnt. Außerdem meditiere ich jeden Tag. Das hilft sehr.«

Endlich atmet er aus und lehnt sich ebenfalls zurück.

Gut gemacht, Jenny! Er hat's geschluckt.

Okay, zugegeben. Dass ich das Antipsychotika die Toilette herunterspüle, zieht ein paar Nachteile mit sich. Ich höre wieder die lästernden Gedanken der anderen Menschen und sie hören meine. Ich vernehme hin und wieder jene seltsamen Geräusche, die ich in meinem Haus gehört habe. Oft sitze ich stundenlang auf dem Bett, versuche zu meditieren, aber manchmal werden meine Gedanken so laut und wirr, dass ich Angst kriege. Dann rasen Bilder durch meinen Kopf. Dieses rote Auto taucht vermehrt auf und etwas, das durch die Luft fliegt und manchmal höre mich selbst schreien, obwohl mein Mund geschlossen ist. Die Stimme hat gesagt, dass die Kinder, die ich lachen höre, sich über mich lustig machen. Das Zimmer erscheint mir immer enger, die Decke wird tiefer. Weil ich spüre, wie die Schizophrenie mit jedem Tag schneller und heftiger zurückkommt, vermeide ich es, in einen Spiegel zu schauen. Angst begleitet mich ständig, ohne dass ich begreife, warum. Nächtelang liege ich wach, bombardiert von den Bildern meines Unterbewusstseins, das mir irgendetwas sagen will, doch es bringt die Gedanken so durcheinander, dass ich überhaupt nichts begreife. Ich gehe den Menschen hier drin aus dem Weg und spreche möglichst mit niemandem, um die Krankheit zu verbergen, die unaufhaltsam wieder Besitz von mir ergreift. Es fällt mir zunehmend schwerer, die Geräusche, Gerüche und Bilder zu ignorieren, wenn ich in Doktor Parkers Zimmer hocke oder in den Gruppentherapien. Ich versuche stets, einen zufriedenen und ausgeglichenen Eindruck zu machen, denn ich muss endlich raus hier!

Wie lange bin ich schon in dieser Klapsmühle? Verflucht, ich weiß es nicht. Das Zeitgefühl ist mir endgültig abhanden gekommen. Es kommt mir vor, als wären es Jahre.

»Was geht Ihnen gerade durch den Kopf?«

Ich schrecke hoch und stelle fest, dass ich immer noch auf dem unbequemen Stuhl vor dem überlasteten Schreibtisch sitze. Doktor Parker schaut mich prüfend an, ich weiche seinem Blick aus. Schweiß perlt auf meiner Stirn, Hitzewellen kommen und gehen. Panik, dass er bemerken könnte, dass ich wieder wahnsinnig geworden bin.

»Ich frage mich, wie lange ich schon hier bin«, weiche ich ihm geschickt aus.

Er blättert in meiner Akte, die zusehends dicker

geworden ist. »Seit drei Monaten, einer Woche und zwei Tagen.«

»Wie lange muss ich noch bleiben?«

»Wenn Sie weiterhin solche Fortschritte machen wie in den letzten drei Wochen, werden Sie wahrscheinlich in frühestens zwei Wochen entlassen.«

Am liebsten möchte ich vor Freude an die Decke springen, aber ich muss auf jeden Fall den Eindruck wahren, dass ich noch alle Tassen im Schrank habe. Also lächle ich zufrieden und verlasse das Zimmer.

Hüpfend wie ein kleines Mädchen gehe ich zurück. Ich öffne die Türe und finde Eva, Claire und Laura vor. Eva zieht wie immer ihre Runden im Zimmer und Claire sitzt auf dem Bett und schlägt sich rhythmisch an die Stirn, die schon gerötet ist. Laura, das Mädchen, das sich mit dem Fußboden angefreundet hat, schläft. Genervt stöhne ich auf, doch der Atem bleibt mir plötzlich im Hals stecken. Es ist noch eine vierte Person in diesem Raum. Nur ganz langsam drehe ich mich um, weil ich fürchte, tatsächlich zu erblicken, was ich gerade zu sehen geglaubt habe. Neben Claire sitzt Victoria, die dem Mädchen den Rücken streichelt. Sie lächelt bis zu den Ohren und die Angst, die mir jetzt widersinnig erscheint, fällt von mir ab.

»Victoria, was machst du hier?«

Eva bleibt stehen und blickt Victoria an. In ihrem gedankenverlorenem Auf und Ab hat sie nicht bemerkt, dass ein kleines Mädchen hier ist.

Victoria hüpft vom Bett. »Dich besuchen natürlich.«

»Die Besucher dürfen nicht in die Zimmer der Patienten«, flüstere ich. »Dafür gibt es Besucherräume.«

»Wo du bist, bin ich auch.« Mit funkelnden Augen blickt Victoria zu mir empor.

»Mit wem sprichst du?«, fragt Eva und es fällt mir wie Schuppen von den Augen. Jerry Lee hat mich einst dasselbe gefragt, und es ist die Art, wie Claire vor sich hin starrt. Sie merkt nicht, dass jemand sie am Rücken berührt. Meine fragile Welt zerfällt aufs Neue.

»Verschwinde!«, zische ich.

Eva schreckt vor mir zurück und drückt sich in eine Ecke, ihre Augen weit aufgerissen. »Ich meine nicht dich, Eva.« Aber der scharfe Ton, der in meiner Stimme liegt, bringt sie noch mehr aus der Fassung. Sie beginnt zu heulen und zu kreischen.

»Warum?«, ruft Victoria laut, um Evas Geschrei zu übertönen. »Willst du nicht mehr meine Freundin sein?« Ihre milden Augen erweichen mein Herz und so gehe ich vor ihr in die Knie.

»Es gibt nichts, das ich mir mehr wünsche, als deine Freundin zu sein, Victoria, aber du bist nicht die Wirklichkeit.«

»Was spielt denn das für eine Rolle?« Tränen füllen ihre Augen.

»Halt endlich die Schnauze!«, fauche ich Eva an und sie gehorcht. Nur noch ein ängstliches Wimmern gibt sie von sich.

Ich ergreife Victorias Hand. »Die Gesellschaft nennt mich krank, wenn ich mit Menschen rede, die nicht existieren. Ich habe bereits einen Job verloren und meinen zweiten darf ich nicht riskieren.«

»Niemand braucht von uns zu wissen.«

Ich kann meine Tränen nicht länger zurückhalten. Auch Eva beginnt zu weinen. »Du bist nicht das Problem, Victoria. Es sind die Halluzinationen … der Verfolgungswahn und die Wahnvorstellungen, die ich nicht mehr aushalte. Ständig lebe ich in Angst und Zweifel. Ich kann so nicht weiter leben.«

»Ich helfe dir, dass du keine Angst mehr haben musst.«

Ich erhebe mich. »Geh jetzt, Victoria, und komm nie mehr wieder.«

»Jenny, bitte!«

»Jenny, hör auf damit«, schreit Eva hysterisch. »Da ist niemand.«

»Bitte lass mich in Ruhe, Victoria.«

»Wer zur Hölle ist Victoria?«

Das Mädchen klammert sich an mein Bein und weint hemmungslos. »Ich will dich nicht verlassen, ich will für immer bei dir sein.«

»Victoria, wenn du mich liebst, dann verschwinde jetzt.«

Eva kreischt wieder, als würde der Teufel sie

bedrohen. Ich verliere meine Geduld und gehe auf sie los. Eine glühende Wut übermannt mich. Victoria, meine beste Freundin, ist eine Illusion. Wie kann das Leben so unfair sein? Wieder einmal bricht meine Welt in sich zusammen. Der Frustration mache ich mit meinen Fäusten Luft, die immer wieder auf Eva einschlagen und ihr Schreien macht mich noch wütender. Pfleger kommen ins Zimmer gestürmt und zerren mich von Eva weg, deren Gesicht eine blutige Maske ist. Auch auf die Pfleger dresche ich mit Händen und Füßen ein, sie sind auch nur eine Illusion. Alles ist Illusion. Nichts mehr ist von Bedeutung, soll diese falsche Welt zur Hölle fahren!

Man pumpt Beruhigungsmittel in mich hinein, es ist mir egal. Ich werde in eine Zwangsjacke gesteckt, es ist mir egal. Eva liegt regungslos am Boden, es ist mir egal. Ich werde aus dem Zimmer getragen wie ein zusammengerollter Teppich, es ist mir egal.

Ich blicke zurück, dorthin, wo Victoria gestanden hat. Sie ist verschwunden, und es ist das Einzige, das mir nicht egal ist.

Und in diesem Moment wird mir alles klar und die Schreie meiner seelischen Schmerzen und meiner Trauer hallen durch die Gänge.

Fünfundzwanzig

Tage und Nächte verstreichen, während ich mit dicken Bändern an ein Bett gefesselt bin. Ich weiß nicht, ob es dasselbe Zimmer ist wie damals, als ich eingeliefert wurde. Es spielt keine Rolle, denn die Wände sind weiß. Mehrmals pro Tag gibt man mir eine Spritze. Ich bin so betäubt, dass ich nicht mehr denken kann. So leer wie dieses Zimmer ist, so leer fühle ich mich. Da sind keine Geräusche mehr, keine Bilder, keine Gerüche, keine Berührungen, keine imaginären Freunde, keine Stimmen. Einfach nichts. Die Drogen haben alles in meinem Kopf zerstört, bis auf die verfluchten Nebenwirkungen der Medikamente und die Erinnerungen meiner Kindheit. Die sind jetzt so klar, dass es mir ein Rätsel ist, wie ich all das vergessen konnte. Aber ich bin nicht froh darüber. Ich wünschte, ich könnte diese grässlichen Erinnerungen einfach wieder aus meinem Kopf verbannen.

Doktor Parker betritt das Zimmer. Es ist das erste Mal, dass er mich in der Einzelzelle besucht und erst jetzt merke ich, wie schrecklich einsam ich mich gefühlt habe. Er zieht den Stuhl ans Bett heran, wie er das bei unserer ersten Begegnung getan hat. Plötzlich fühle ich mich zu diesem merkwürdig aussehend Mann hingezogen. Ich habe ihn belogen und für dumm verkauft, obwohl er nur mein Bestes will. Er hat mir immer zugehört und niemals behauptet, ich sei verrückt. Er pflegt immer zu sagen, dass Menschen mit Arthritis kranke Hände haben, Menschen mit Osteoporose kranke Knochen und Menschen mit Schizophrenie einen kranken Geist. So betrachtet erscheint einem diese Krankheit nur noch halb so schlimm. Ich beschließe, ihm endlich zu vertrauen.

»Wie fühlen Sie sich, Miss Hill?«

»Wie geht es Eva?«

»Sie haben ihr die Nase gebrochen, aber das wird schon wieder.«

»Ich habe ihr die Nase gebrochen?« Ich empfinde nichts, doch wundere ich mich, wie groß Wut, Frust und Enttäuschung darüber, dass Victoria nicht real ist, gewesen waren. Ich hätte es viel früher merken sollen.

»Sie haben das Risperdal heimlich abgesetzt, nicht wahr?«

Ich nicke schwach. »Bekomme ich das Zeug jetzt wieder?«, frage ich nach einer kurzen Pause.

»Ja, aber wir haben die Dosis bereits verringert. Sie haben also eine imaginäre Freundin?«

»Ihr Name ist Victoria und ihr plötzliches Erscheinen hat all meine Erinnerungen zurückgebracht.«

Doktor Parker zückt seinen Notizblock und hält den durchgekauten Bleistift bereit.

»Sie haben mir nie von ihr erzählt.«

Ja, ich fühle mich schuldig, und weil ich keine Erklärung dafür habe, beginne ich, ihm von dem Trauma meiner Kindheit, das mein ganzes Leben geprägt hat, zu erzählen. »Es war ein sonniger Tag«, fange ich an in meinen Erinnerungen zu graben, die jahrelang eingerostet waren, jetzt aber so frisch sind, als wäre es gestern passiert. »Ich habe mit meiner Freundin Sarah im Garten gespielt. Sarah und ich waren alles andere als beliebt. Außer uns selbst hatten wir keine Freunde. Wir waren das Gespött der Schule. Deshalb verachte ich Menschen. Sarah war die personifizierte Angst und ich war die Dicke mit Geschwüren im Gesicht. An diesem schicksalhaften Tag ist Sarah mit einem verschlagenen Gesicht zu mir gekommen, wie so oft. Ihr Vater hatte sie schwer misshandelt. Um sie aufzuheitern, spielten wir Ball, doch weil ich Sarahs schwache Würfe satt hatte, wollte ich sie herausfordern und ihr dadurch Courage verleihen. Also habe ich den Ball so weit geworfen, wie ich konnte. Es war zu weit. Im hohen Bogen flog er Richtung Straße. Sarah lief ihm hinterher, den Blick nach oben gerichtet. Sie hat das rote Auto nicht gesehen, ich schon, aber es war zu spät. Mein warnender Schrei kam erst, als Sarahs Körper, wie der Ball zuvor, durch die Luft geschleudert wurde.«

Ich schüttle den Kopf, aber ich werde die Bilder, die Geräusche und die Gerüche nicht los. »Jetzt verstehe ich auch meine Halluzinationen, die ich für Geister gehalten habe. Ich hörte diesen dumpfen Schlag – Sarahs zarter Körper, der auf die Haube prallte, das Klatschen, wie er auf der Straße aufschlägt. Ich hörte das Quietschen der bremsenden Reifen und roch den Gestank von verbranntem Gummi. Das Mädchen, das ich im Spiegel gesehen habe, ist Sarah gewesen. Und endlich kapiere ich auch, dass Victorias Horrorzeichnungen diesen Unfall und meine Zeit danach dargestellt haben, aber ich war zu kurzsichtig, um sie zu verstehen.«

Endlich regen sich die Emotionen wieder in mir, aber ich würde mich lieber leer fühlen. Tränen rinnen über mein Gesicht. »Ich bin schuld am Tod meiner besten Freundin und deshalb bin ich dazu verdammt, niemals wieder eine echte Freundschaft zu haben. Diese Krankheit ist die gerechte Strafe.«

»Sie sind nicht Schuld an Sarahs Tod«, erwidert Doktor Parker mit sanfter Stimme.

»Sie haben das nicht mit Absicht gemacht.«

»Die Kinder in der Schule sagten aber, dass es meine Schuld ist. Sie haben Sarah immer gehänselt und ausgelacht, aber als sie tot war, waren alle traurig und entrüstet über meine Tat. Jetzt hatten sie nur noch ein Kind, das sie verspotten konnten und ich bekam die doppelte Ladung ab. Vor Sarahs Tod war ich die Zielscheibe von Spott gewesen, danach war ich die Zielscheibe von Hass. Ich hasste mich ja selbst, tue es noch heute. Ich bin mit achtzehn von Zuhause geflohen, weil ich weder Menschen noch Autos und Straßen ertrage. Ihre Nähe versetzt mich in Panik, selbst die meiner Mutter. Wir haben uns nur noch gestritten, und als sie sich erhängte, habe ich mir die Schuld gegeben, weil ich sogar als Tochter eine Versagerin bin. Sie können sich nicht vorstellen, wie schäbig ich mich fühle. Mein ganzes Leben habe ich verbockt. Alles ist Scheiße.«

Der Doktor reicht mir ein Taschentuch. Hemmungslos schnäuze ich hinein. »Ist diese Krankheit ansteckend, Doktor?«, schniefe ich.

»Natürlich nicht, auch wenn viele Menschen Sie wahrscheinlich so behandeln werden.«

Stumm nickend finde ich mich damit ab.

Nach einer Schweigeminute spricht Doktor Parker weiter. »Wie mir scheint, litt Ihre Mutter auch an Schizophrenie. Weil ihre Krankheit unbemerkt blieb, hat sie im Selbstmord geendet. Das ist nicht Ihre Schuld. Sie haben in Little Silence Ruhe und Einsamkeit gesucht, aber das hat Sie nicht lange glücklich gemacht. Deshalb haben Sie sich Freunde ausgedacht. Die Schizophrenie ist eigentlich keine Krankheit, sie ist nur eine Methode des Unterbewusstseins, um dem Verstand über die Trauer hinwegzuhelfen. Es gibt Arten der Schizophrenie, die ihre Opfer von der Außenwelt schützen. Ihre Schizophrenie ist eine gutartige Krankheit und hat Ihnen eine wunderbare Freundschaft erschaffen.«

»Ich will diese Krankheit nicht mehr!« Ich muss mich zusammen reißen, um nicht wieder in Rage zu geraten. »Es ist der Horror, wenn man eines Tages feststellen muss, dass die Welt, in der man lebt, nicht der Wirklichkeit entspricht. Warum habe ich mir nicht richtige Freunde gesucht? Und es gibt Momente, in denen in daran zweifle, dass mein Gamby existiert.«

»Wissen Sie, Miss Hill, Sie haben vielleicht nicht viele Freunde, aber das Einzige, das wirklich zählt, ist, dass man sich auf jene, die man hat, verlassen kann.« Ohne ein weiteres Wort steht er auf und verlässt das Zimmer. Und gleich darauf kommt dieser besondere Freund herein, von dem der Doktor gesprochen hat.

Zaghaft, schüchtern, fast ängstlich, aber wie immer die Haltung wahrend, betritt er das Zimmer. Ein helles Licht umgibt ihn, welches den tristen Raum flutet. Er kommt nicht zu mir ans Bett, sondern bleibt in der Mitte des Raumes stehen. Wahrscheinlich hat Parker ihm erzählt, wie ich Eva zugerichtet habe. Außerdem hat er meine Fäuste auch schon zu spüren bekommen.

Wie ich ihn so ansehe, so rein, so schön, so unschuldig und echt, verspüre ich Scham. Ich möchte ihn ansehen, aber ich wage es nicht. Ich habe es nicht verdient, dass er mich besucht. Alles ist falsch zwischen uns und läuft schief.

»Wie geht es dir?«, fragt er leise und ich weiß

nicht, ob er Angst vor mir hat oder Mitleid. Ich bin eine Geistesgestörte, eine Wahnsinnige, eine Psychopatin! Ich habe in Gummizellen gehaust, war tagelang an ein Bett gefesselt, habe meine Mitmenschen Grün und Blau geschlagen und bin stundenlang am Boden gesessen, während Sabber aus meinem Mund tropfte. Wie geht man mit solch einer Person um?

»Jetzt, wo du da bist, geht es mir gut«, krächze ich. Von den Medikamenten habe ich einen ausgetrockneten Mund. Der Anblick meiner Traumgestalt verstärkt die Wirkung der Medikamente in meinem Körper. Wird ist heiss, ein Schleier aus Tränen bedeckt meine Augen und lässt die anmutige Gestalt im Zimmer verschwimmen.

»Ich habe dir etwas mitgebracht.« Nur zögernd wagt sich Jerry Lee in meine Nähe.

»Mein fertiges Buch?«, frage ich in einem ironischen Ton.

»Nein, das nicht. Aber eine Kopie der letzten drei Seiten.«

»Ich will es nicht lesen.«

Ein Schatten der Enttäuschung verdunkelt sein Gesicht. »Warum nicht?«

»Weißt du, wenn ich das Buch lese, wird es mir vielleicht so vorkommen, als würde ich die Geschichte das erste Mal lesen. Ich will mich überraschen lassen.« Jerry Lee beginnt wieder zu strahlen und setzt sich zu mir.

»Den letzten Absatz darfst du mir vorlesen.« Ganz kann ich meine Neugierde doch nicht besiegen.

Jerry Lee räusperst sich und liest mit lauter, deutlicher Stimme: »Es gab unzählbare Welten in diesem Universum, aber nirgends existierte eine Macht, welche der Kontraktion hätte entgegenwirken können. So kam es, dass die Sterne erkalteten und starben, Zeit und Raum und jegliches Leben aufhörten, zu existieren. Sämtliche Materie presste sich zusammen und wurde auf kleinstem Raum wieder Eins. Aber dies war nicht das Ende. Es würde einen weiteren Urknall geben - denn es hat schon so viele gegeben und neue Welten werden entstehen.«

Ich lasse die Sätze eine Weile auf mich wirken. Ich lag also nicht falsch mit der Annahme, dass es weder ein Happy End noch ein Bad End ist. Irgendwie erinnert mich das an mein eigenes Leben. Die Sätze ,Dies war nicht das Ende' und ,Neue Welten werden entstehen' brennen sich in mein Gehirn. Ich sollte meine eigenen Worte zu Herzen nehmen, um mein Leben in den Griff zu kriegen.

»Und? Wird es klappen mit dem Manuskript?«

»Phil und ich haben die Texte sortiert. Das war alles andere als einfach. Deine Aufzeichnungen waren ein einziges Durcheinander, aber nachdem wir sie zusammengefügt haben, sind sie uns brillant erschienen.« Seine Anspannung löst sich und er ist wieder der Jerry Lee, den ich kenne.

»Das verdanke ich nur meiner Krankheit«, sage ich und tippe mit dem Zeigefinger auf meine Stirn.

»Hast du für die Geschichte schon einen Titel?«

Ich schüttle den Kopf und sogleich kommt mir ein wunderbarer Gedanke. »Du sollst dir einen Titel ausdenken!«

»Ich werde dich nicht enttäuschen«, lächelt er.

Doch Bedenken kommt über mich. »Aber wer wird schon ein Buch lesen, das eine Schriftstellerin, die sich in einer psychiatrischen Klinik befindet, geschrieben hat?«

»Vielleicht wird sich das Buch aus genau diesem Grund gut verkaufen. Denk nicht immer so negativ.« Er gestikuliert wild mit den Armen und zappelt auf dem Stuhl. »Diese Geschichte ist der Beweis, dass Schizophrenie wundervoll und inspirierend sein kann.«

Ich lache bitter auf. »Die meiste Zeit habe ich mich nicht sehr inspiriert gefühlt, als ich diese Geschichte geschrieben habe.«

»Aber du hast es geschafft, trotz allem, und du solltest stolz darauf sein.«

»Denkst du wirklich so von meiner Krankheit?«

»Immerhin hast du dank ihr – dank Victoria - die Leiche meiner Mutter gefunden.«

»Ich vermisse sie so sehr«, sage ich verbittert.

Stundenlang reden wir und mir kommt es vor, als wäre ich nie krank gewesen, als wären wir schon immer Freunde gewesen, und er erzählt mir von Gamby. Ich bin mehr als beruhigt, dass mein geliebtes Pferd bei ihm untergebracht ist. Und er versichert mir, dass Sam mich bald besuchen kommt. Als er mich verlässt, nimmt er das Licht, das er mitgebracht hat, wieder mit und hinterlässt nichts als Schatten. Mit ihnen kehrt die Leere zurück, die mich die ganze Nacht nicht schlafen lässt.

Sechsundzwanzig

Ich versuche wieder zu schreiben, trotz der Medizin, die meine Muse und meinen Wortschatz zerstört hat. Wenigstens bin ich wieder imstande, die Zuneigung, die ich für Jerry Lee empfinde, in Worte zu fassen. Aber wenn ich genauer darüber nachdenke, existieren die treffenden Worte für diesen Mensch nicht und ich kriege Kopfschmerzen davon. Ich gehöre ihm, bin ihm erlegen, auch wenn er es nicht weiß. Ich werde es immer sein, ihm zu Füßen liegen und hoffen, dass er mich irgendwann dort unten sieht. Die Schizophrenie ist eher nebensächlich geworden. Eine andere, viel schlimmere Krankheit hat mich befallen. Ich bin krank vor Liebeskummer und Scham. Alles, was ich atmen kann, ist seine Nähe, alles, was ich schmecke, ist sein Fernbleiben. Ich wünschte, ich könnte ihm alles gestehen, es in die Welt hinausschreien. Aber diese Liebe ist eingeschränkt und unerwidert. Was soll ich bloß mit all diesen Gefühlen anfangen? Nicht einmal das Antipsychotika kann sie mir nehmen. Ich bin der Medikamente wegen wieder schrecklich nervös geworden, dennoch kann ich innerhalb eines Augenschlages stupere werden und nur noch das Weiß anstarren, das mich überall umgibt. Das Antipsychotika hat mich fett werden lassen, aber wenigstens habe ich keine Angst mehr, sondern nur noch Liebe für Jerry Lee. Ich versuche mir einzubilden, dass er überall ist, wo ich bin, aber es funktioniert nicht. Ist es wegen dem Risperdal oder wegen der endgültigen Gewissheit, dass er in jene Welt gehört, die von der Gesellschaft als real akzeptiert wird?

Ich habe mir angewöhnt, die Tage zu zählen. Vorher waren sie mir gleichgültig, aber jetzt, da ich ein Ziel habe, ist jeder Tag besonders wichtig. Denn jedes Mal, wenn ich mich am Morgen aufraffe, bin ich Jerry Lee wieder ein Stück näher.

Es ist vier Wochen her, da er mich besucht hat. Ich verzehre mich nach ihm, jede Sekunde ohne ihn ist eine Qual. Dafür ist Sam zwei Mal hier gewesen. Wie sehr ich diesen alten Kauz liebe. Er hat die Gabe, in allen Dingen und Geschehnissen dieser Welt Humor zu sehen.

Und natürlich hat der Ausraster bei Eva Konsequenzen. Fünf Minuten, bevor ich ausgeflippt bin, hat Doktor Parker mir versichert, dass ich in spätestens zwei Wochen entlassen werde. Tja, diese Chance habe ich vertan und jetzt kann es noch Monate dauern, bis ich ein freier Vogel bin.

Man hat mich in ein anderes Zimmer verlegt. Wenn Eva mich nur von weitem sieht, dreht sie komplett durch. Die Patienten meiden mich, die Pfleger verfolgen mich mit ihren aufmerksamen Blicken. Ich bin jetzt nicht nur berühmt, sondern auch berüchtigt. Nicht, dass mein Ausraster der Erste in der Johnson Oxford Klinik ist, es ist vor allem die Kraft, die in mir wütet, weswegen die Menschen den Abstand zu mir wahren. Ich habe keine Kontrolle über mich. Der Drogen wegen herrscht Anarchie über meine Dreifaltigkeit. Was ich denke, sage ich nicht, was ich nicht sagen will, rutscht aus meinem Mund ohne dass ich es merke. Oft studiere ich stundenlang über irgendeine Belanglosigkeit nach und dann vergesse ich von der einen Sekunde auf die andere, was mir gerade durch den Kopf gegangen ist. Ich reagiere auf jedes Geräusch und jeden Geruch überempfindlich. Meine Schrift ist so wüst geworden, dass ich die Texte beim Überarbeiten nicht entziffern kann. Manchmal weiß ich noch, was ich geschrieben habe, manchmal nicht. Es fällt mir schwer, die Gedanken festzuhalten. Mir scheint, als entgleite mir die Welt. Ich weiß, dass der öde Alltag in der Klinik real ist, aber die Wirklichkeit kann mir gestohlen bleiben. Depressionen lasten tonnenschwer auf meinem Gemüt, ich habe es satt, ständig zu heulen. Jeder Tag ist ein Krieg gegen die Versuchung, das Risperdal erneut abzusetzen. Die Therapien ätzen mich an, zu nichts habe ich Lust. Die Freude am Schreiben ist mir längst vergangen, ich empfinde keine Leidenschaft mehr dabei. Ich tue es nur noch, um mich abzulenken. Verschiedene Ergotherapien habe ich besucht. Töpfern, Stricken, Yoga, Musizieren, Schwimmen, Tanzen, Selbstverteidigung, Malen, überall war ich dabei, aber für nichts kann ich Begeisterung aufbringen. Alles ist ein Zwang, sogar Essen und Schlafen. Die Behandlungsrichtlinien der Klinik ziehen es vor, Familie und Freunde in die Therapie mit einzubeziehen. Aber da ist niemand. Keine Mutter, kein Vater, und wo der Rest meiner Familie ist, weiß ich nicht. Freunde? Da sind nur noch Jerry Lee und Sam, aber die haben selbst ein Leben zu führen. Außerdem ist Little Silence Stunden von hier entfernt. Nein, ich muss das ganz alleine schaffen, ohne die Stimme, ohne Victoria.

In der Psychoedukation wird mir das Wissen über die Symptome, Auswirkungen und den Umgang mit den erlebten Phänomenen vermittelt, sowie Strategien zur Rückfallverminderung. Ich kenne die Frühwarnzeichen einer aufschleichenden Schizophrenie. So muss ich meine eigene Person ständig hinterfragen, ich darf mir keine Euphorie erlauben – nicht, dass ich mit den Medikamenten zu so etwas noch fähig wäre. Ich muss mir Denkpausen gönnen, wenn die Gedanken Amok laufen und die Ärzte verordnen mir viel Schlaf. Menschen, die mich irritieren, die ich zu stark interpretiere, meide ich. In den verschiedenen Therapien versucht man, meine Selbst- und Fremdwahrnehmung zu verbessern, mein Selbstvertrauen aufzumotzen, soziale Kompetenzen zu trainieren und einen Alltag zu strukturieren. Oft komme ich mir vor wie ein dummes kleines Kind, aber ich mache mit, zwinge mich dazu. Ich gebe mir wirklich Mühe, denn ich will nichts sehendlicher als raus hier, zurück zu Gamby und Jerry Lee und der Charity Hütte. Meine vermisste Stimme würde mich jetzt fragen, was ich denn am liebsten tun würde. Ich grüble nur noch über die Antwort dieser Frage nach und habe dabei sehr oft an Selbstmord gedacht. Es ist ein verlockender Gedanke. Vielleicht wird das nächste Leben besser sein.

»Scheiße«, fluche ich in das Zimmer, das ich allein bewohne. »Warum ist mein Leben eine solche Schlampe?«

Warum kann ich nicht einfach glücklich sein? Ist glücklich sein so schwierig? Ich habe haufenweise Antidepressiva geschluckt, aber es hat alles nur noch schlimmer gemacht. Was ist bloß aus mir geworden? Habe ich ein schlechtes Karma? Ich will nicht mehr in Selbstmitleid ertrinken, aber was kann man dagegen tun? Was nur?

»Ich will hier raus!« Ja, geliebte Stimme - auch wenn du mich nicht hören kannst - das ist die Antwort auf deine unausgesprochene Frage.

Ich beschließe, zum zweiten Mal eine Besserung meiner Gesundheit vorzutäuschen.

Siebenundzwanzig

Doktor Parker blättert in den Akten. Hier und da kritzelt er etwas hinein. Das Rascheln des Papiers macht mich nervös, aber ich lasse mir nichts anmerken. Mein Gesicht ist eine Attrappe von Mona Lisas Lächeln, meine Hände liegen unbewegt im Schoss, auch wenn die Muskeln verkrampft sind. Ich halte mich ruhig auf dem Stuhl und dafür muss ich eine so hohe Konzentration aufbringen, dass ich Kopfschmerzen davon kriege. Es fühlt sich an, als würde ich auf Nadeln sitzen. Das Stechen in der vorderen Schädeldecke ist alltäglich, aber wenn ich mich konzentrieren muss, wird es zum unerträglichen Hämmern. Jedes Mal, wenn ich nach diesen Höllensitzungen das Zimmer des Doktors verlasse, fühlt sich mein Kopf wie eine Matschbirne an.

Aber ich mache mich dennoch gut, hoffe ich jedenfalls. Von Früh bis Spät täusche ich die Leute in meinem Umfeld. Ich habe mir den Schein, dass ich mich wohl fühle und ausgeglichen bin, so stark angeeignet, dass ich schon fast selbst glaube, dass es so ist. Ich erinnere mich, einen Artikel gelesen zu haben, in dem stand, dass jeder Mensch fähig ist, sich selbst zu heilen. Mit dem mächtigsten Werkzeug der Menschheit: den Gedanken. Wie mächtig meine Gedanken sind, habe ich sehr intensiv erfahren. So lächle und lache ich die ganze Zeit, erzähle dämliche Witze, spiele Karten und versuche, Freundschaften zu schließen, obwohl es schwierig ist. Nicht nur wegen meiner Unberechenbarkeit, auch, weil ich mich schwer damit tue. Victoria, die Stimme und Jerry Lee kann niemand ersetzen. Ich selbst bin mir nicht bewusst, wie ich auf die Umwelt wirke, aber als Doktor Parker die Aufmerksamkeit endlich auf mich richtet, da weiß ich, dass er eine gute Nachricht mitzuteilen hat.

»Ich sehe, Miss Hill, Sie haben Ihre Medizin artig eingenommen und Sie haben sich weitgehend unter Kontrolle.« Wenn der wüsste, welch eine Tortur es ist, die Herrschaft über meine Gedanken und meinen Körper zu wahren! Am liebsten würde ich mich einfach in meine Krankheit fallen lassen, sie annehmen und als eine Charaktereigenschaft akzeptieren. Doch um hier rauszukommen, muss ich dem Standard der glücklichen Gesellschaft entsprechen.

»Wie lange, denken Sie, muss ich noch hierbleiben?«, wiederhole ich meine Frage.

Doktor Parker schließt die Akte und legt die gefalteten Hände darauf. »Zwei Wochen, wie es einst abgemacht war.«

»Das klingt, als wäre das meine letzte Chance?«

»Sie kriegen so viele Chancen, wie Sie brauchen. Ich arbeite hier noch die nächsten zwanzig Jahre.«

Ich lache und es tut gut. Es ist das erste ehrliche Lachen seit Monaten. Zwei Wochen! Ich kann die Freiheit fast schon riechen. »Heißt das, ich bin gesund?« Es zuckt in meinem rechten Bein. Ich presse eine Hand darauf, um die Muskeln zu bändigen.

Der Doktor überlegt sich seine Antwort sehr wohl. Schließlich sagt er: »Das kann ich nicht sagen. Rückfälle sind niemals auszuschließen. Sie müssen einfach lernen, mit der Krankheit zu leben.«

»Ich arbeite daran.«

»Sie werden zu Hause die Pillen weiterhin einnehmen müssen.« Er schaut mich eindringend an, ich weiche ihm aus. »Versprechen Sie mir das?«

»Ja.« Ich nicke und gaffe dabei gedankenverloren den Drachenbaum an, der in der Ecke steht, wo das überfüllte Bücherregal endet. Ich bin nicht wirklich hier. Wo bin ich? Was mache ich hier? Und überhaupt – wer bin ich eigentlich?

»Miss Hill?«

Ich zucke auf und starre Doktor Parker erschrocken an. Ach ja, ich bin Jenny Hill. Reiß dich zusammen!

»Was geht Ihnen durch den Kopf?«

Ich hasse diese Frage! Was geht ihn das eigentlich an? Darf man hier keine Privatsphäre haben? »Ich habe mir gerade vorgestellt, wie es sein wird, wieder zu Hause zu sein.«

»Sie wissen, dass ich es nicht befürworte, wenn

Sie wieder in dieses Haus zurückkehren.«

»Es ist mein Zuhause«, entgegne ich empört.

»Sie sollten ins Dorf ziehen oder bei Jerry Lee auf der Farm wohnen. Gehen Sie unter die Leute, suchen Sie sich neue Freunde!«

Der Presslufthammer in meinem Kopf rattert auf Hochtouren.

»Ja, natürlich.« Meine Stimme klingt wie ein fernes Flüstern.

»Und hängen Sie die Liste der Umgangsstrategien bezüglich Symptome und Folgen der Schizophrenie an den Kühlschrank oder an den Badezimmerspiegel.«

»Ja, natürlich.« Der Gedanke an einen Spiegel versetzt mich schier in Panik.

»Werden Sie wieder Romane schreiben?«

»Definitiv«, antworte ich und stehe brüsk auf, wobei ich beinahe den Stuhl umgeworfen hätte. Nur raus hier!

»Vielen Dank für Ihre Zeit«, sage ich, während ich zur Tür haste.

Ruhe hüllt mich ein im leer gefegten Gang. Erleichtert atme ich auf. Noch zwei Wochen muss ich durchhalten! Es ist keine lange Zeit, aber ich bin eine tickende Zeitbombe. All die widersprüchlichen Gefühle zu unterdrücken und wirren Gedanken zu ignorieren, fühlt sich an, als würde ich mich selbst vergewaltigen. In jedem Moment könnte ich ausrasten, es ist nur eine Frage der Zeit.

Warte, würde die Stimme mich warnen. *Warte damit, bist du zu Hause bist!* Ja! Wenn ich erst einmal dort bin, kann ich tun und lassen was ich will. Ich werde mich in meiner Krankheit suhlen, werde das Leben leben, welches meine Gedanken mir erschaffen. Dort spielen Selbstbeherrschung und Anstand keine Rolle, ich kann endlich wieder ich selbst sein.

Achtundzwanzig

Einsam und friedlich liegt es da – Little Silence. Ein frischer Frühlingsduft weht durch das erstarrte Dorf. Leise und kopfschüttelnd lache ich vor mich hin. Letzten Sommer habe ich den Winter gefürchtet, aber meine Schizophrenie hat dafür gesorgt, dass ich die kalte Jahreszeit in einem kuscheligen Zimmer verbringen konnte. Während dieser Zeit war ich nie draußen an der frischen Luft gewesen. Ich kam mir eher wie ein Sträfling als wie eine Patientin vor. Aber jetzt steht ein weiterer Sommer bevor und ich erinnere mich, wie sich Glück anfühlt.

Frohen Mutes schlendere ich die Straße hinab, weg von der Bushaltestelle. Dort unten, wo die Eternity Road endet, stehen sie: Jerry Lee, Sam, Jack und Gamby. Die Erinnerung an meine Freunde hat mir Kraft gegeben, nur dank ihnen habe ich es bis hierher geschafft. Ich bin zurück im Paradies!

Am Tag meiner Entlassung habe ich entschieden, die Medizin wieder einzunehmen. Das Lügenspiel hat nun ein Ende, die Therapien haben mir eine Distanzierung zur Krankheit vermittelt. So habe ich meinen Zustand selbst als krankhaft erkannt. Ich kenne mich und weiß, dass ich ohne das Antipsychotika nicht klar kommen würde.

So sehr ich Victoria und die Stimme auch vermisse, so sehr fürchte ich die Wahnvorstellungen, die Panikattacken, der Verlust meines Selbstwertgefühls und die zusammenhanglosen, sprunghaften Gedanken. Dank der Medizin empfinde ich keine Abneigung mehr gegenüber den Menschen, die mir auf der Straße begegnen. Natürlich frage ich mich, ob sie über den Grund meiner Abwesenheit Bescheid wissen, aber ich registriere keinerlei Verachtung in den Blicken der Menschen und höre auch keine lästernden Worte. Habe ich mir das alles tatsächlich nur eingebildet? Es fällt mir schwer, das zu glauben.

Ein Mädchen mit Latzhose und langem Haar spaziert an mir vorbei. Ihre Nase steckt tief in einem Buch und sie prallt gegen mich. Der Titel des Buches lautet ‚Welten hinter dem Ereignishorizont'. Erschrocken blickt sie auf und das erinnert mich an mich selbst.

»Sie … Sie …«, stammelt das Mädchen, »Sie sind … Jenny Hill.«

»Ja", lächle ich sie verlegen an.

Geräuschvoll saugt sie die Luft ein, ist wie erstarrt. Hält sie mich für eine Gottheit oder weiß sie über meine gefährliche Krankheit Bescheid? Mein Augenmerk fällt auf den Namen des Autors. Mein Name steht da - Jenny Hill - in fetten Lettern. Jerry Lee hat mir nicht mitgeteilt, dass das Buch schon veröffentlich ist.

Vielleicht wollte er mich damit überraschen, aber dafür ist es jetzt zu spät.

»Du hast ein Pferd, nicht wahr?«, fragt mich das Mädchen. Ich schaue auf sie herab und mit ihrem unschuldigen Lachen erinnert sie mich an Victoria, obwohl sie ein paar Jahre älter ist. Ich nicke. »Darf ich es einmal reiten?«

Ich glaube kaum, was ich da höre. Ist das vielleicht der Beginn einer neuen Freundschaft? Hat nicht Doktor Parker gepredigt, dass ich versuchen muss, meine Halluzinationen in die Realität umzusetzen? Dass ich mir eine echte Freundin suchen soll, als Ersatz für Victoria? Erst muss ich auf Nummer sicher gehen.

Eine alte Dame watschelt an uns vorbei. Ich lege ihr eine Hand auf den Arm und frage sie: »Können Sie dieses Mädchen auch sehen?«

Verdattert starrt die Alte erst mich, dann das Mädchen an. Ohne zu antworten und kopfschüttelnd humpelt sie weiter die Straße hinab. Ich brauche keine Antwort, denn ihre Augen haben gezeigt, dass sie das Mädchen sehen kann und dass sie mich für bekloppt hält. Aber das ist okay, schließlich hast sie ja recht.

»Wie heißt du?«

»Angela.«

»Na schön, Angela. Dann komm am Samstag vorbei. Weißt du, wo ich wohne?«

Sie lächelt keck. »Natürlich, jeder weiß das!«

Pfeifend hüpft sie davon, mein Buch unter den Arm geklemmt. Sehnsuchtsvoll schaue ich ihr nach. Es ist schön, das Bedürfnis zu haben, mit Menschen zusammen zu sein, sie kennenzulernen und alles über sie zu erfahren, anstatt sie aus Prinzip zu verachten Und noch schöner ist das Gefühl zu wissen, dass die Menschen einem Gutes wollen.

Ich komme an Lextons Laden vorbei. Wie festgeklebt bleibe ich vor dem Eingang stehen und spähe hinein. Ein kleines Regal steht dort, eigens für meine Bücher. Von ‚Welten hinter dem Ereignishorizont' gibt es ein paar Dutzend, aber auch für meine anderen Romane hat Lexton Platz gemacht. Die Titelbilder von ‚Sonnenwinde', ‚Regenbogen zu den Sternen' und ‚Das verborgene Universum' gestalten das hölzerne Regal farbenfroh. Ich fühle mich geehrt und weiß, dass mir Lexton nicht mehr böse ist. Aber ich bin ein zweites Mal nach Little Silence gekommen, um ein neues Leben zu beginnen und um nichts in der Welt würde ich wieder in diesem Laden arbeiten.

Ein alter Herr und seine Dame stehen davor und schmökern in den Büchern. Es erfüllt mich mit Freude, dass sich nicht nur Kinder, sondern auch alte Leute für meine Geschichten interessieren. Ich lege einen Zahn zu, kann es kaum erwarten, meine Freunde zu begrüßen. Je näher ich ihnen komme, desto langsamer werden meine Schritte. Unsicher bleibe ich vor Jerry Lee und Sam stehen.

»Hallo Jenny«, sagen die beiden gleichzeitig. Ich habe nur Augen für Jerry Lee. Einen Moment halten wir inne, ein Blick und ein Schweigen, das alles sagt. Es kommt mir vor, als würde ich der Liebe meines Lebens noch einmal zum ersten Mal begegnen. Ich falle ihm um den Hals, weil ich nichts anderes kann. So lange habe ich auf diesen Augenblick gewartet. Herzhaft drückt er mich an sich. Jerry Lee ist warm und er riecht nach Pferd und Tannennadeln. Das Gefühl, einen wahren Freund in den Armen zu halten, ist mit keinem anderem zu vergleichen. Nie zuvor habe ich solchen Frieden empfunden.

Wir lösen uns voneinander und als nächstes umarme ich Sam, der nichts sagt, sondern nur herzhaft lacht und mir auf den Rücken klopft. Es gibt Freundschaften, bei denen man sich viele Dinge nicht zu sagen braucht. Und so ist es mit Sam. Er stellt keine lästigen Fragen über mein Befinden, er weiß, dass es mir gut geht. Dann falle ich Gamby um den Hals. Das Pferd senkt den Kopf und scharrt mit dem rechten Huf im Gras.

»Nur keine Eile, mein Schatz.« Wie sehr ich ihn vermisst habe! Nichts ist wirklich schlimm, solange er bei mir ist.

Wir verabschieden uns von Sam, steigen auf unsere Pferde und reiten im gemütlichen Schritt in die Prärie hinaus. All die Gerüche, nach denen ich mich in der Klinik gesehnt habe, hüllen mich ein und benebeln meine Sinne. Erst jetzt merke ich, dass ich vergessen habe, wie Gras riecht, wie der Wind sich anfühlt und wie lieblich die Sonne ist. Es ist lange her, da ich die Welt als eine Einheit verstanden habe. Die Natur ist perfekt, alles ist harmonisch aufeinander abgestimmt. Den Gräsern ist es egal, was ich tue, die Bäume mögen meine Gedanken hören, aber sie richten nicht über mich. Der Wind streicht das Gefühl der Freiheit auf meine Wangen.

Nach einer Weile des Schweigens stelle ich die Frage, die mich seit kurzem brennt. »Was hat es mit dem Titel des Buches auf sich? ‚Welten hinter dem Ereignishorizont'. Hört sich an, als hättest du recherchiert.«

Stolz brüstet er sich auf seinem Pferd. »Der Ereignishorizont ist die Grenze eines schwarzen Lochs, ab der es nicht mehr möglich ist, seiner Schwerkraft zu entkommen.«

»Der Titel gefällt mir.« Ich seufze. »Wie sehr ich diese Ruhe und diesen Frieden vermisst habe.«

»Man hat dich auch vermisst«, sagt Jerry Lee, seine Augen sind auf die Erde gerichtet. »Wer denn? Dein Vater?« Ich bin in der Klinik irgendwie ironisch geworden.

Jerry Lee lächelt. »Vater sitzt in Haft«, sagt er im trockenen Ton.

»Du warst also vor Gericht?«

»Ja, deine Aussage war nicht mal nötig. Unter

Tränen und Flehen hat er den Mord gestanden.«
Ein Gewicht von einem ganzen Gebirge fällt von
mir ab. Ich bin keine Mörderin!

»Was ist mit Christine?«

»Die hat sich schleunigst aus dem Staub gemacht. Vielleicht hätte er eines Tages mit ihr dasselbe getan wie mit meiner Mutter.«

»Dann bist du jetzt der Boss der Farm?«

»Ja, und ich möchte dir einen Job anbieten.«

Ein Job. Das hört sich ja wie richtige Arbeit an!
Es würde mir gut tun, von dem Stuhl auf der Veranda wegzukommen. Doch wenn ich ehrlich zu
mir selbst bin, ist dieses Angebot eher ein Mittel
zur Flucht vor der Schreibmaschine als eine Abwechslung. Und natürlich um des lieben Geldes
Willen.

»Was muss ich tun?«

»Sämtliche Pferde reiten.«

»Hey! Wie viele sind das?«

»Mittlerweile sind es zweiundzwanzig.«

»Das ist ein 48-Stunden-Job«, rufe ich.

»Du arbeitest so viele Stunden, wie du dir zumuten kannst.«

»Du bist ein wahrer Freund, Jerry Lee.«

»Ich bin glücklich, dass du wieder da bist.«

Ich lache und drücke die Fersen in Gambys
Bauch. Den Rest des Weges bestreiten wir im halsbrecherischen Galopp. Ich lasse die Zügel fallen
und breite die Arme aus. Frustriert stelle ich fest,

nicht das zu fühlen, was ich erwartet habe. Teuflische Drogen!

Stille Einsamkeit empfängt mich in meinem Haus. Ich schaue mich mit vor Staunen offen stehenden Mund um, so wie damals, als ich diesen gemütlichen Raum zum ersten Mal gesehen habe. Noch einmal verliebe ich mich in diese bescheidene Holzhütte. Die Wände sind gesäubert worden, die Blätter in Schubladen verstaut. Alles ist ordentlich aufgeräumt und auf dem Küchentisch steht eine Vase mit einer violetten Iris und dunkelroten Gladiolen. Ich kenne diese Blumen aus dem Ziergarten der McAuffrey Farm.

Jerry Lee stellt meine Tasche auf einen Stuhl am Küchentisch.

»Danke für alles, Jerry Lee.« Ich drehe mich nach ihm um.

»Du möchtest jetzt allein sein.«

Ich nicke. Erstaunlich. Er braucht mich nicht danach zu fragen, er weiß es einfach.

»Besuch mich, wenn du Lust hast.« Er verlässt die Küche und schließt die Haustür hinter sich. Seine Schritte die Treppe hinab werden mit jedem Tritt leiser, bis mich die absolute Stille umgibt. Es ist so mucksmäuschenstill, dass ich das Blut in meinen Venen rauschen höre und das Herz pochen. Es ist schön, wieder zu Hause zu sein, aber dass die Stimme es nicht mehr mit mir teilt, macht mir schwer zu schaffen. Victoria wird mich nicht mehr besuchen. Einsamkeit hüllt mich ein wie ein feuchtes Kleid, so plötzlich, dass mir kalt wird.

Ich setze mich hinaus auf die Veranda und schaue Gamby beim Grasen zu, und ein Stück des Glückgefühls kommt zurück. Jerry Lee hat die Schreibmaschine schon bereitgestellt, er weiß nicht, dass ich immer noch an der Schreibblockade leide. Sie ist nicht mehr ganz so schlimm wie im ersten Monat in der Klinik, denn das Schreiben ist mittlerweile ein chronischer Zwang geworden. Ich schreibe, aber ich produziere Müll und Schund. Weil mir nichts anderes in den Sinn kommt, beschreibe ich die Landschaft und mein Haus und Gamby, aber es fällt mir keine Geschichte ein, nicht einmal eine schlechte. Ich würde gerne über die Gefühle schreiben, die ich in den Momenten meiner Rückkehr empfinde. Aber entweder sind da keine oder sie sind so verfremdet, dass ich sie nicht in Worte fassen kann. Erst war ich überglücklich, jetzt bin ich leer. Wird dieses Auf und Ab niemals ein Ende haben? Selbst die Medizin ist nicht mächtig genug, um meine Krankheit vollständig zu besiegen. Es gibt einen Schatten in meinem Inneren, der keine Emotionen zulässt, der keine Erinnerungen speichert, jede Leidenschaft erstickt und alle Inspirationen vernichtet. Bin ich nicht mehr fähig, mich auf die Konflikte von Geschichten einzulassen? Warum werde ich mit der Konfrontation mit mir selbst nicht fertig? Ich lese das Geschriebene immer wieder durch, bin niemals zufrieden damit. Jeder Satz muss ich mühsam aufbauen, manchmal gewaltsam zusammenquetschen, so dass vieles unsinnig oder trocken klingt. Ich habe mein Gefühl für Grammatik verloren und Adjektive und Verben haben sich gegen mich verschworen. Mit jedem Satz dokumentiere ich mein Versagen als Schriftstellerin. Früher habe ich geschrieben wie eine Wahnsinnige. Mit dem Tippen innezuhalten war, wie den Atem anzuhalten. Ohne Unterlass habe ich stundenlang geschrieben, niemals zurückgelesen und nie an der Aussagekraft meiner Sätze gezweifelt. Wenn ich in einen Schreibrausch geriet, was früher täglich geschah, kam es mir vor, als würde die Fantasie als sichtbare Energie aus meinen Händen strömen. Ich vergaß die Welt um mich herum und befand mich inmitten meiner Fiktion.

Es war eine Sucht, heute ist es eine Bürde. Und ganz plötzlich wird mir etwas klar: Die Schreibblockade fiel über mich her, nachdem ich Jerry Lee kennen gelernt hatte, und diese Begegnung war die Geburt von Victoria gewesen. Die Schizophrenie hat seit dem Unfall mit Sarah in mir geschlummert. Jerry Lee hat sie erweckt.

Ich gebe mir zwei Wochen Zeit, um mich wieder einzugewöhnen und Geist und Seele zu vereinen. Dann sollte ich mit einer Geschichte beginnen – egal was. Krimi, Liebesschund, Horror, Fantasy,

Thriller oder sogar Lyrik würde ich schreiben, wenn ich nur irgendetwas erzählen kann.

Neunundzwanzig

Am Tisch sitzend, mit einem trockenem Müsli und einem Glas Wasser vor mir, starre ich auf die Schachtel in meinen Händen. Risperdal.

Wie ich diesen Namen verabscheue. Wie mich die öde Verpackung zur Raserei bringt. Die Zweiwochenfrist ist längst vorüber, aber ich habe nicht mehr zustande gebracht als eine geschmackslose Anekdote von gerade mal zwei Seiten. Mein Selbstvertrauen ist auf die Größe eines Sandkorns geschrumpft und schuld daran ist diese Hexenmedizin. Verflucht soll sie sein! Nichts ist, wie es einmal war und nie mehr wird es so sein.

Heute tue ich mich besonders schwer. Seit bestimmt einer halben Stunde hocke ich hier, mein Blick zwischen Glas und Verpackung pendelnd. Soll ich? Soll ich nicht? Ich wünschte, jemand wäre da um mir zu sagen, was ich tun soll, was das Beste für mich ist. Mein Herz sagt, ich soll die Medikamente ins Klos werfen und drei Mal spülen, während mein Verstand schreit, sie zu schlucken.

Ich denke zurück an die Zeit in der Klinik. Viele Erinnerungen sind verschwommen, manche ganz vergessen, aber andere sind so klar, dass sich meine Hände verkrampfen und langsam die Schachtel zerquetschen. Am deutlichsten habe ich jene Momente vor Augen, als sich herausstellte, dass Victoria eine Illusion ist, aber Jerry Lee nicht. Elendes Risperdal! Es hat mir meine beiden Freundinnen weggenommen. Die Verpackung liegt vor mir, zu einem Knäuel zerquetscht, ich habe mich entschieden. Schluss mit dem Gift, das meine Kreativität blockiert! Mit tiefer Befriedigung werfe ich das Teufelszeug in den Abfalleimer und mit einem Lächeln auf dem Gesicht gehe ich hinaus, um mit Gamby einen langen Ausritt zu unternehmen.

Ich freue mich höllisch darauf, die Stimme wieder zu hören und Victoria zu sehen – falls sie kommt.

Seit drei Tagen warte ich auf die beiden, aber nichts ist geschehen. Panische Angst würgt mich, dass Victoria nicht auftaucht, weil ich sie zu sehr verletzt und sie endgültig aus meinem Verstand vertrieben habe. Und es könnte sein, dass das Risperdal die innere Stimme dauerhaft vernichtet hat. Was mache ich bloß ohne die beiden? Ohne sie werde ich niemals mehr schreiben können.

Aufmerksam horche ich auf die geisterhaften Geräusche, immer wieder gaffe ich in den Spiegel, in der Hoffnung, nicht die Realität zu sehen. Doch nur mein eingefallenes Gesicht starrt mich an. Was ich in der Klinik zugenommen habe, habe ich Zuhause wieder abgenommen. Die Einsamkeit ist sehr schwer zu ertragen und ich zwinge mich weiterhin, zu schreiben, oder es wenigstens zu versuchen. Jerry Lee habe ich meine anhaltende Schreibblockade gestanden und er versucht, mir zu helfen. Wir sehen uns täglich, entweder besucht er mich oder ich schaue bei ihm vorbei. Von den zweiundzwanzig Pferden habe ich bereits fünf geritten. Dank Jerry Lee brachte ich ein paar Kurzgeschichten zustande. Aber mein Verlag wird das nicht akzeptieren, man erwartet Romane mit mindestens dreihundert Seiten von mir. Gott, diese Zahl kommt mir so furchtbar, so unmöglich vor.

Hör endlich auf zu jammern!

Die Stimme kommt so überraschend, dass ich vor Schreck schreie und ruckartig aufstehe. Einen Moment lang verstehe ich nicht, was geschieht. Mein Atem geht unregelmäßig, das Herz trommelt gegen die Rippen, dann kreische ich vor Freude.

»Geliebte Stimme, du bist zurück!«, rufe ich aus.

Hast du mich vermisst?

Vermisst? Machst du Witze? Ich kann ohne dich nicht leben!

Ich habe dich niemals verlassen, Jenny.

Warum hast du dann nicht zu mir gesprochen? Warum hast du mich im Stich gelassen?

Eins wollen wir gleich klarstellen: Du *hast* mich *im Stich gelassen. Ich habe immer mit dir geredet, habe dich sogar angeschrien und dich verflucht, aber diese Tabletten haben dich taub gemacht. Sie haben deine Sinne*

abgestumpft und du hast nicht mehr in dich hineinge-
horcht und deine Gefühle ignoriert.

Es tut mir leid, liebe Stimme. Du musst verstehen, dass die Ärzte dich nicht akzeptiert haben und ich musste doch aus diesem Loch heraus kommen. Aber jetzt wird alles gut werden, nicht wahr?

Natürlich, Jenny. Wir sind eins, nichts kann uns trennen.

Wirst du mir beim Schreiben helfen?

Dafür bin ich da. Ich bin deine Inspiration.

Würdest du mir noch einen Gefallen tun?

Alles was du willst, meine Freundin.

Bitte akzeptiere Jerry Lee als real und als meinen Freund.

Ich habe dir nur einzureden versucht, dass er eine Illusion ist, damit er dich nicht zu sehr verletzen kann. Ich existiere, um auf dich acht zu geben.

Mein Blick schweift zum Waldrand, der an Gambys Zaun grenzt. Ein Mädchen mit einem roten Röckchen springt aus dem Gebüsch. Hüpfend und winkend läuft es mir entgegen, wie sie das so oft getan hat.

»Hey, Jenny.« Jerry Lee kommt gerade um die Hausecke, Jack an den Zügeln führend. Alle meine Freunde kommen zur selben Zeit zu mir zurück. Was für ein Glückspilz ich doch bin.

»Hey, Jerry Lee.« Er bleibt vor der Verandatreppe stehen und schaut mich eindringend an. Weiter hinter ihm sehe ich Victoria näher kommen.

»Mit wem hast du gerade gesprochen?«, fragt er ernst.

Ich atme tief ein und aus, um wahrheitsgetreue Worte für Jerry Lee heraufzubeschwören.

»Ich nehme die Medikamente seit drei Tagen nicht mehr.«

»Du hörst die Stimme wieder.«

Ich nicke.

»Bist du jetzt glücklich?«

Victoria ist stehen geblieben. Es scheint, als würde sie unser Gespräch hören und nun auf meine Antwort warten.

Sie wartet noch auf etwas anderes.

Entschlossen stehe ich auf, schreite die Treppe hinab und fühle mich dabei leicht wie ein Blatt im Wind. Jerry Lee beobachtet mich aufmerksam und ich bleibe vor ihm stehen. Er schaut mich mit solch eindringenden Augen an, dass ich dahinschmelzen würde, wäre ich aus Eis. Er hegt in mir den Wunsch, ein besserer Mensch zu sein.

Fragend blickt er mich an und ich spähe zu Victoria, die immer noch reglos im Gras verweilt. Es ist nicht nur die innere Stimme, die ich höre, sondern auch die von Victoria.

Tu es! Hab Mut!

Lange schaue ich ihn nur an, zu lange, und am liebsten möchte ich nichts anderes tun. Jerry Lee wartet geduldig, bis ich endlich den Mut finde zu sprechen. »Es ist schön zu wissen, dass es in meiner wahnsinnig gewordenen Welt jemanden wie dich gibt, Jerry Lee«, beginne ich. Meine Stimme ist leise wie die eines Vögelchens.

»Es vergeht keine Sekunde, in der ich nicht an dich denke.«

Ich weiß, wie schrecklich das klingt, also erinnere ich mich an die unzähligen Liebesbriefe und wähle die Worte der Poesie, um Jerry Lee mein Gefühlschaos zu erklären und plötzlich sprudeln die Worte aus mir heraus. »Du bist so schön und besonders. Wie kann jemand wie du mich überhaupt eines Blickes würdigen? Bevor ich abends einschlafe, denke ich an dich und wenn ich morgens aufstehe, gilt mein erster Gedanke dir.« Endlich ist es draußen. Und plötzlich ist es mir egal, wie Jerry Lee reagiert, Hauptsache, ich konnte ihm endlich sagen, was ich fühle. Wir schauen uns eine Weile in die Augen, dann fragt er: »Willst du damit sagen, dass … dass du … mich liebst?«

Ich könnte diesen Menschen vor Dankbarkeit erdrücken, weil er mir diese drei simplen und doch so schweren Worte abgenommen hat. So muss ich nur nicken.

Gut gemacht, Jenny! Ich bin stolz auf dich.

Er weicht meinem Blick aus und lächelt verlegen. Seine Zunge leckt nervös über die Unterlippe.

»Du hast meine Frage nicht beantwortet.«

»Ja, ich bin glücklich, solange ihr an meiner Seite seid!«

Victoria beginnt wieder zu rennen.

Und Jerry Lee umarmt mich, stürmisch und leidenschaftlich. Riecht er tatsächlich nach Pfirsich oder täuscht mich mein Geruchssinn?

Es ist mir gleichgültig, denn noch nie ist mir so wohl gewesen. Ich preise meine Krankheit, denn dank ihr reagieren meine Sinne auf alles sehr empfindlich. Tief sauge ich seinen süßlichen Duft ein, und sein Atem, der mein linkes Ohr streift, flüstert: »Ich liebe dich.« Jerry Lees Augen funkeln in meinem Verstand, seine Nähe erregt mich. Und als er die Lippen auf meine presst, ist es, als würden tausend Ameisen durch meinen Körper flitzen. Es ist, als würden wir verschmelzen. Mir wird bewusst, dass ich bereits in dem Moment, als ich ihn zum ersten Mal sah, gefühlt habe, dass wir zusammen gehören. Wir sind seelenverwandt.

Ich löse mich von ihm und blicke an meiner Seite herab.

Victoria lächelt so freudestrahlend zu mir hinauf, wie nur sie es kann. Jerry Lee folgt meinem Blick und für einen Moment scheint es mir, als könne er sie auch sehen.

»Wirst du mir auch eine Frage beantworten?«

»Ja.«

»Akzeptierst du meine Krankheit? Nimmst du mich so, wie ich bin?«

»Natürlich! Du bist das Einzige, das ich mir je gewünscht habe. Und glaube mir: Du bist schön, so wie du bist.«

Ich fixiere ihn. »Das heißt, dass du auch Victoria und die Stimme respektierst? Denn sie sind ich.«

»Dank ihnen hast du Carol und dich selbst gefunden. Wenn sie deine Freundinnen sind, sollen sie auch meine sein.«

»Und du hältst mich nicht für verrückt, wenn ich Selbstgespräche führe und hin und wieder wegen scheinbar nichts laut aufschreie?«

Jerry Lee lacht. »Mit dir wird's bestimmt niemals langweilig!«

Ich gehe vor Victoria in die Knie und schließe sie in die Arme, ungeachtet dessen, wie seltsam dass für Jerry Lee aussehen mag. Ihre Umarmung verspüre ich nicht weniger intensiv als die von Jerry Lee. Was ist das in mir, das mich so täuschen kann? Ist es wirklich nur der Überschuss von Dopamin in meinem Gehirn?

Du nimmst die Umwelt nur anders ... intensiver wahr.

Danke, Stimme, für deine weise Antwort. »Danke, dass du zu mir zurückgekommen bist, Victoria. Es tut mir leid, was in der Klinik geschehen ist.«

»Ich bin dir nicht mehr böse, wenn ich dir etwas zeigen darf.« So führt uns das Mädchen erneut durch den Wald zu ihrem Haus – und jetzt sehe ich es so, wie Jerry Lee das tut. Es ist eine Bruchbude, eine Ruine. Ein Loch neigt das Dach schief nach unten, als hätte ein Felsbrocken eingeschlagen. Die

Ziegel sind kaum mehr zu erkennen, so dicht sind sie von Moos überwuchert. Die Scheiben sind zerbrochen, die Scherben stechen wie spitze Zähne aus den Festerrahmen. Tentakel aus Efeu ranken sich an den modrigen Holzwänden empor.

»Darf ich bei dir wohnen, Jenny? Es gefällt mir hier nicht mehr. Es ist einsam.«

»Wie konnte ich dich nur in so einer Baracke hausen lassen?«, frage ich mich und Victoria gleichzeitig.

»Solange du darin ein heimliches Häuschen gesehen hast, war es das auch für mich.«

»Aber warum sehe ich es nicht mehr so?«

Sie überlegt und spitzt dabei den Mund. »Vielleicht, weil du jetzt von deiner Krankheit weißt und versuchst, mit ihr umzugehen.«

»Aber wie werde ich jemals wissen, was real ist und was nicht?«

Eine leise Verzweiflung schleicht sich wieder an.

»Nicht einmal die Stimme und ich verstehen deinen Verstand ganz. Aber mach dir keine Sorgen! Wir passen auf, dass dir nichts passiert. Und Jerry Lee ist auch da.«

»Dann hast du also deine Meinung geändert?«

»Wenn er dein Freund ist, soll er auch meiner sein.«

»Du bist Sarah, nicht wahr?«

»Nein, ich nehme nur ihren Platz als deine beste Freundin ein.«

Noch einmal drücke ich sie fest und zärtlich. Ja, nichts ist mehr, wie es vorher war. Jetzt ist alles viel besser. Ich darf Victoria sogar auf Gamby setzen. Neben Jerry Lee herreitend, verlassen wir den Wald und tauchen ein in den Ozean aus hohem Gras, welcher von der untergehenden Sonne entflammt wird. Wieder einmal ist die Zeit viel zu schnell an mir vorübergeeilt. Doch auch das ist nicht von belang, denn alles, was zählt, ist Freundschaft.

Dreißig

Ich erwache in wohliger Wärme. Mit blinzelnden Augen wende ich den Kopf zur Seite. Sie kommt von Jerry Lee.

Er schläft noch und wie er so daliegt, unschuldig wie ein Kind und ruhig atmend, überschwemmt mich ein brennendes Glücksgefühl. Lautlos gähnend und darauf achtend, ihn nicht zu wecken, schlüpfe ich unter der Decke hervor.

Guten Morgen, Jenny.

Ich bringe als Antwort nur ein weiteres Gähnen heraus und schlurfe Richtung Küche.

Heute ist ein großer Tag.

Das weckt mich und ich bleibe wie festgeklebt in der Mitte des Raumes stehen.

»Warum?«

Es ist dein Geburtstag.

Ach, du meine Güte! Mein Geburtstag. Diesen Tag habe ich schon seit so vielen Jahren nicht mehr gefeiert, dass ich beinahe vergessen habe, wann ich das Licht dieser Welt erblickt habe. Außerdem gibt meine Schizophrenie keinen Pfifferling darauf.

»Wie alt werde ich denn?«

Ich hoffe, dass meine Stimme es weiß, denn ich kann mich nicht daran erinnern.

Siebenundzwanzig.

Danke. Aber warum fühle ich mich, als wäre ich erst zehn Jahre alt?

Doktor Parker würde das eine Ich-Störung nennen. Aber leg keinen Wert auf die medizinischen Ausdrücke. Nur, wenn du das Kind in dir wahrst, überlebst du in dieser Welt.

Du und deine Weisheiten!

Ich habe eine Überraschung für dich. Setz dich auf die Veranda!

Darum lasse ich mich nicht zweimal bitten, denn draußen beginnt gerade ein herrlicher Tag. Das Gras schimmert silbern vom Tau, feine Tröpfchen hängen an den Spitzen der Halme. Die Sonne steigt gerade über dem Dach empor und wirft einen sandroten Strahl über die Weide bis hin zu den Bäumen am angrenzenden Wald. Gamby und Jack stehen am Zaun und dösen vor sich hin. Aus dem Wald dringt ein aufgeregtes Pfeif- und Zwitscherkonzert. Da sitze ich und atme die frische Morgenluft ein, die mich mit Frieden erfüllt.

»Okay, was ist es?« Nur einen Sekundenbruchteil später schießt eine Hitze vom Kopf bis zu den Zehen durch meinen Körper. Eine geballte Ladung Energie, die hunderte Bilder vor meinem geistigen Auge aufblitzen lässt. Mit ihnen verbinden sich Gerüche, Geräusche und Gefühle zu einer einzigen großen Einheit. Wörter und Sätze erschallen wie ein Gesang in meinem Geist. Beine und Hände zittern wie verrückt, noch nie habe ich eine solche

Aufgeregtheit verspürt. Ich springe auf und schubse dabei den Stuhl zu Boden. Meine polternden Sätze durchs Wohnzimmer wecken Jerry Lee, aber das ist mir egal. Alles, woran ich denken kann, ist meine klapprige Schreibmaschine. Unbehutsam reiße ich sie hervor und haste zurück auf die Veranda. Victoria sitzt bereits draußen auf dem Geländer der Veranda und wartet breit grinsend auf mich. Ihre Anwesenheit beruhigt mich und ich stelle die Schreibmaschine bedacht auf den Tisch, setze mich hin und reibe die Hände aneinander. Sie schlottern noch immer, als ich die Finger auf die Tasten lege.

»Wie soll der Titel dieses Buches lauten?«, wende ich mich an Victoria.

»Jennys Universum«, ruft sie, begeistert von ihrer Idee. Ich akzeptiere und schreibe diesen Titel als Überschrift.

Der erste Satz lautet: ,Es klingelte.'

So beginne ich, meine eigene Geschichte niederzuschreiben, in der ich die Heldin und Romanfigur bin. Ich habe meine Blockade gerade überwunden, indem ich mich entschieden habe, etwas Neues auszuprobieren.

Die innere Stimme meint, mein Leben ist es wert, aufgeschrieben zu werden und sie ermutigt mich dazu. Meine Finger tanzen über die Tasten, die Maschine klappert und mit jedem Punkt, den ich ans Ende jeden Satzes setze, macht mein Herz ein Freudesprung. Victoria, die Stimme und ich zerfließen zu einer neuen Person und diese schreibt Jennys Geschichte.

Niemand von uns interessiert sich für die Zeit, für Jennys Geburtstag, für die Dinge außerhalb.

Erst, als sich eine Hand auf meine Schulter legt, schrecke ich von der Arbeit hoch. Jerry Lee steht hinter mir und lächelt auf mich herab. Die Erkenntnis, dass er mich an diesem Morgen zum ersten Mal richtig schreiben sieht, lässt mich sein Lachen erwidern. Victoria sitzt wieder neben mir.

»Alles Gute zum Geburtstag«, sagt er. Ich nicke dankend, freue mich, dass er – im Gegensatz zu mir – mein Geburtsdatum weiß.

»Wie fühlst du dich?«

»Ich bin ein neuer Mensch«, antworte ich und sein Gesichtsausdruck sagt mir, dass er nicht ahnt, wie ernst ich das meine. Ich wende mich wieder meiner Biografie zu und im selben Moment verschwindet Victoria aus meinem Blickfeld und ich wir drei fügen uns erneut zu einer Einheit zusammenfügen.

Jenny, wir schreiben wieder!, kreischt die Stimme vor Freude.

Jerry Lees Hand löst sich von meiner Schulter und wieder vergesse ich alles, außer mich selbst. Noch nie ist mir die Welt so real vorgekommen.

EPILOG

Jerry Lee und ich waren naiv und blind vor Liebe gewesen, zu glauben, dass ich meine Krankheit kontrollieren kann. Mit jedem Tag gewann die Schizophrenie an mehr Macht, ergriff ohne Rücksicht die Überhand. Es waren nicht mehr dieselben Halluzinationen und Wahnvorstellungen wie früher. Diese waren schlimmer. Manchmal sah ich meine Mutter an einem Galgen im Wohnzimmer baumeln, mit heraushängender, vor Speichel tropfender Zunge und einem anklagenden Blick. Dieses Mal plagten mich Vorwürfe, am Tod meiner Mutter schuld zu sein. Warum bloß habe ich nicht gemerkt, dass ihr Geist erkrankt war? Warum habe ich sie in ihrem Zimmer vergammeln lassen, anstatt mich um sie zu kümmern? Als sie begann, sich vor mir und allen anderen Menschen zurückzuziehen, habe ich ein paar Mal an die verschlossene Tür geklopft und sie gebeten, mich reinzulassen, aber ihr Weinen war die einzige Antwort gewesen. Ich werfe mir vor, nicht beharrlicher gewesen zu sein, mich nicht mehr bemüht zu haben, an sie ranzukommen. Hätte ich das getan, würde sie heute vielleicht noch leben – oder auch nicht.

Schizophrenie ist eine unberechenbare Krankheit; man weiß nie, was geschieht. Jeden Tag passierte etwas Neues, etwas Seltsames, etwas Beängstigendes. Unerwartete Halluzinationen tauchten aus dem Nichts auf, unzusammenhängende Gedanken machten mich verrückt. Hin und wieder sah ich Charlie, dieses Mal lebend, aber dennoch stand er regungslos wie eine Statue in einer Ecke oder saß auf meiner Couch und beobachtete mich. Meinen ganzen Mut habe ich zusammengerauft, um ihn anzusprechen. Aber er hat niemals eine Antwort auf meine Fragen gegeben und mich nur stumm angestarrt mit seinen Totenaugen. Nicht einmal seine Augen verrieten, was er dachte. Hätte seine Haut keine Farbe gehabt und die Augenlider nicht ab und zu gezwinkert, hätte ich ihn noch immer für eine Leiche gehalten.

Die Schizophrenie folterte nicht nur meinen Verstand, sondern auch meinen Körper. Er war von Nervosität befallen, eine motorische Unruhe plagte mich Tag und Nacht, so wie Schlafstörungen, Wahnvorstellungen und Halluzinationen. Was ich dachte und fühlte, konnte ich nicht zum Ausdruck bringen und ich war zu keinerlei Mimik und Gestik mehr fähig. Oft gab es Momente, in denen ich mich fragte, ob ich tot bin, und wenn ich zu dem Schluss kam, dass mein Körper immer noch von Blut –das ich während meiner akuten Psychose plötzlich flüstern hörte – durchströmt wurde, dachte ich ernsthaft daran, mir das Leben zu nehmen. Mein Alltag war von Gegensätzen geprägt, ich war müde, war es so schrecklich leid. Es war ein verlockender Gedanke gewesen, dieser chaotischen

Existenz, in der ich keinen Sinn sah, ein Ende zu setzen. Wäre Jerry Lee an diesem Abend nicht zufällig gekommen, hätte der Strick mich erwürgt. Denn das Schlimmste von allem war, dass die Stimme plötzlich bösartig wurde. Sie begann mich zu beschimpfen und zynische Kommentare abzugeben auf alles, das ich sagte und tat. Die Stimme erteilte mir Befehle, sie war diejenige, die mich dazu getrieben hat, den Strick um meinen Hals zu legen und vom Stuhl zu springen.

Ich war weit gereist, um dem Schmerz meiner Kindheit zu entkommen, doch die Erinnerungen haben mich eingeholt, denn die Narben der Vergangenheit gehen nie und nimmer weg. Mit Angela durfte ich keine Zeit verbringen, weil ihre Mutter es verbot. Kann ich ihr beim besten Willen nicht verübeln. Und wie Doktor Parker vorhergesagt hatte, behandeln mich viele Menschen so, als wäre meine Krankheit ansteckend.

Jerry Lee litt unter meiner Krankheit genau so sehr wie ich. Als die Psychosen immer schlimmer wurden, hat er mich gedrängt, das Antipsychotika wieder einzunehmen. Ich habe ihm versprochen, es zu schlucken, sobald ich meine Biografie beendet habe. Er hat sich einverstanden erklärt, aber ich schrieb das Manuskript nicht fertig, weil die Schizophrenie mir jeden Bezug zur Realität raubte. Wie soll man sein Leben aufschreiben, wenn man es nicht versteht?

So kam es, dass Jerry Lee mich gewaltsam zurück in die Klinik schleppte, wo man mich wieder reichlich mit Zuclopenthixol und Risperdal vollpumpte. Zum zweiten Mal musste ich monatelang mühsame Therapien bewältigen und ich wurde im problemorientierten Coping unterrichtet, eine sogenannte Stressbewältigung. Ich musste die Antworten, warum welche Dinge geschahen, in meinem Unterbewusstsein finden und dann über direkte Handlungen oder deren Unterlass entscheiden, um die Symptome der Schizophrenie zu erkennen und sie zu bewältigen. Doktor Parker meinte, dass die Krankheit mich lebenslänglich heimsuchen könnte, weil sie bereits lange Zeit vor der ersten Behandlung bestanden hat. Schleichend ist sie gekommen über die Jahre hinweg.

Dieses Mal nahm Jerry Lee an den Therapien teil, später kam auch Sam dazu. Victoria habe ich endgültig aufgegeben. Die Zeit war gekommen, eine Entscheidung zu treffen - meine Krankheit zu akzeptieren und dennoch irgendwie mit ihr fertig werden, denn sie hätte meine Liebe und mein Leben kosten können. Aber wie bloß? Wie geht man mit Schizophrenie um?

Ich habe damit begonnen, mich mit den Negativsymptomen abzufinden, welche Bestandteile sowohl der chronischen Schizophrenie als auch die Nebenwirkungen des Antipsychotika sein können. Das eine ist die Affektverflachung. Ich bin unfähig,

Emotionen auszudrücken oder gar sie zu verspüren. Das Lachen fällt mir schwer, ich bringe nur noch für sehr wenige Dinge Freude auf. Oft weiß ich nicht, ob ich traurig oder glücklich bin, so dass ich nur noch vor Verzweiflung heulen kann. Auf gegebene Situationen reagiere ich völlig verkehrt. Wenn Jerry Lee oder Sam einen Witz machen, gute Neuigkeiten erzählen oder mir gut zureden, breche ich in Tränen aus, ohne zu wissen warum. Und umgekehrt kann ich mich vor Lachen kaum retten, wenn ich realisiere, dass ich wieder einer Depression verfalle.

Das zweite sekundäre Negativsymptom, das mir Drogen und Krankheit bescheren, ist die Apathie. Mir fehlt jegliche Energie und das Interesse an so vielen Dingen. Willensschwäche und Antriebslosigkeit machen mir das Leben schwer. Während einer schlimmen Phase habe ich nicht den Ansporn gehabt, Jerry Lees Pferde zu reiten. Gamby habe ich weniger vernachlässigt, weil er mich regelrecht dazu gezwungen hat. Die Negativsymptome können ein Leben lang bestehen bleiben. Doch die Medikamente haben auch ihre Vorteile. Ich bin befreit von der Stimme, Paranoia und die Halluzinationen von meiner Mutter und Charlie haben ein Ende genommen. Und Jerry Lee ist auch nicht mehr krank vor Sorge um mich. Victoria war das einzig Schöne an meiner Krankheit gewesen, aber ich musste sie aufgeben, um endlich ein weitgehend normales Leben führen zu können. Und das Wichtigste war, dass ich mir selbst wegen meiner Mutter und Sarah verzeihe. Ich glaube, das habe ich geschafft.

Zwei Jahre sind nun seit meinem Rückfall vergangen. Zwei Jahre lang habe ich das Risperdal geschluckt und es in den letzten paar Monaten sukzessiv abgesetzt. Die Frist ist nun zu Ende, die letzte Pille gestern geschluckt. Die folgenden Monate werden zeigen, wie weit ich geheilt bin.

Nicht lange habe ich die Einsamkeit in dem Haus ausgehalten. Deshalb wohne und arbeite ich seit der Rückkehr aus der Klinik auf der McAuffrey Farm. Mein Häuschen zu verkaufen, habe ich nicht übers Herz gebracht. Zu viele Erinnerungen verwahre ich dort, heitere und unangenehme. Ich fühle mich verbunden mit diesem magischen Ort und es gibt Tage, an denen ich mit Jerry Lee dort hinreite, um Zeit in meinem Zuhause zu verbringen.

Es sind Jerry Lee, Sam und Gamby, die mir Halt geben und meinem Leben ein Quantum Würde verleihen. Und das Schreiben. Jeden Tag bete ich inbrünstig zu Gott, dass die Inspiration ohne die Schizophrenie zurückkommt. Ich habe niemals ganz aufgehört, an meiner Biografie zu schreiben, mit und ohne Krankheit, mit und ohne Medikamente. Jeden Tag nehme ich Stift und Papier hervor, und selbst wenn ich nur einen Satz zustande

bringe, lobe ich mich überschwänglich und verkünde meinen Stolz Jerry Lee. Dies ist eine meiner
Methoden, Stresssituationen zu bewältigen.

Die Biografie soll heute, an diesem besonderen
Tag, in diesem heiligen Moment, fertig geschrieben
werden. Es fehlt nur noch das Ende des Epilogs.
Ich sitze am Küchentisch und kaue auf dem Blei-
stift herum. Nur ein Gedanke kommt mir in den
Sinn, eine Frage, auf die ich keine Antwort weiß:
Gibt es für Schizophrenkranke ein Happy End?

DANKE

Zu allererst danke ich meinen lieben Eltern Heidi und Reto Tollot. Ohne ihre Unterstützung wäre dieses Buch nicht möglich gewesen. Immer sind sie da für mich und verweigern mir niemals ihre Hilfe.

All meinen Dank hat sich auch meine Lektorin Sabine Dreyer verdient. Für meine Werke ist sie immer viel weiter gegangen. Ihre Geduld, die vielen wertvollen Ratschläge und die Liebe zu meinen Geschichten und Figuren haben mich niemals aufgeben lassen.

Besonderer Dank geht an Thorsten Jurai für die Erstellung des Titelbildes.

Danke Sharilyn, für deine fotografische Expertise.

Meine Familie in der Schweiz: Corinne, Gregor, Luana und Sophia; Ruth, Julius, Christoph und Aileen; Martin und Pierinna, Markus und Ursula, meine lieben verstorbenen Grosseltern Fritz und Rosa, Monika und Ubaldo. Ich vermisse euch jeden Tag!

Meine Familie in Kanada, vielen Dank für alles, was ihr für mich getan habt und immer noch tut!

Danke Brielle, für die lautstarken Kritiken und deine Hilfe, immer schön fleißig die Tasten zu drücken!

Buchvorschau

Weitere Bücher der Autorin aus dem Bereich Fantasy:

Die Chroniken von Elexandale – Das leere Buch
(Teil 1)

Elexandale – eine zerstörte Welt in den Klauen eines Tyrannen; eine Welt, in der die Menschen nur noch Sklaven sind.

Das Mädchen Kiathira entflieht ihrer Gefangenschaft, und mit sich trägt sie Erebus, das leere Buch, geschrieben vom Zauberer Aros. Dieser ist die einzige Hoffnung der Menschen auf Freiheit; ihn zu finden ist ihre Queste.

Das leere Buch, das in Form von Gedichten zu ihr spricht, hilft ihr auf dem Weg durch das menschenleere und zerstörte Land, das von Tochors Seuchen und Plagen heimgesucht wird. Und nicht nur Erebus steht ihr zur Seite. Nach und nach trifft Kiathira auf weitere treue Gefährten, Überlebende der verschiedenen Völker Elexandales, die sich ihr anschließen, um gemeinsam mit ihr das Unmögliche zu wagen.

Doch die Reise der tapferen Gemeinschaft wird begleitet von grässlichen Krankheiten, furchteinflößenden Kreaturen, bösartigen Landschaften und vielen anderen gefährlichen Abenteuern.

Die Rettung des Zauberers wird mit jedem Schritt, den sie vorankommen, unwahrscheinlicher.

Erschienen im Sommer 2015
ISBN: 9783734773907

Die Legende von Oasis

Brielle ist ein rebellisches Mädchen, das ihr Leben auf einem Segelschiff verbringt und täglich auf der Suche nach Abenteuern ist. Seit Kindertagen träumt sie davon, so wie die Orkusianer, eine Fischflosse zu haben und durch die Meere von Oasis zu schwimmen. Eines Tages macht sie unter Deck eine grausige Entdeckung: ein Gefangener, von dem niemand sonst auf dem Schiff zu wissen scheint. Dieser behauptet, der vergessene Gott Isea und König der Orkusianer zu sein. Brielles Mutter, so behauptet er, die selbst eine Göttin sei, habe ihn gefangen genommen, um sich an ihm zu rächen.

Brielle ist misstrauisch, aber könnte Isea ihre Chance sein, um endlich eine Orkusianerin zu werden – ihre Chance auf Freiheit?

Doch sie hat keine Zeit, ihre Entscheidung zu überdenken, denn sie wird vom Strudel der Ereignisse mitgerissen.

Die zornige Göttin Este rüstet zum Krieg, um die sechs Unterwasserreiche von Oasis zu zerstören. Und Brielle findet sich plötzlich inmitten eines schrecklichen Feldzugs wieder – angefacht von ihrer eigenen Mutter.

Erschienen im Sommer 2015
ISBN: 9783734773976

Die Chroniken von Elexandale – Die Rückkehr
(Teil 2)

Sechzig Jahre sind seit der Zerstörung von Tra Atreb vergangen, und die sieben Völker haben sich in Elexandale wieder angesiedelt. Doch nun dämmert eine weitere Bedrohung über dem Frieden des Landes: Regen, der seit Monaten Tag und Nacht fällt, Ernten zerstört und sogar ganze Siedlungen überschwemmt.

Die Leondris sind machtlos dagegen, denn nur die sieben Zauberer können das Wetter beeinflussen. Doch niemand weiß, wo sie sich aufhalten, und wieder ergreift eine dunkle Macht von Nandureen Besitz.

Eine Handvoll Menschen bricht auf, um die legendären Sieben Gefährten *zu finden, die Elexandale einst vor dem Untergang bewahrten, denn es gehen Gerüchte um, dass sie noch leben und dass man sie in Achalens Wald gesichtet habe.*

Können sie vielleicht die verschollenen Zauberer finden? Die Fluten des Himmels stoppen? Elexandale ein weiteres Mal retten?

Erscheint voraussichtlich 2016